講談社文庫

蓬萊橋雨景

九頭竜覚山　浮世綴(二)

荒崎一海

講談社

目次

『蓬莱橋雨景　九頭竜覚山　浮世綴（二）』――おもな登場人物

九頭竜覚山《くずりゅうかくざん》　総髪の浪人。団栗眼《どんぐりまなこ》と団子鼻《だんごばな》。兵学者。
よね　元深川《ふかがわ》一の売れっ子芸者米吉《よねきち》。覚山の押しかけ女房。
長兵衛《ちょうべえ》　永代寺門前仲町《えいたいじもんぜんなかちょう》の料理茶屋万松亭《ばんしょうてい》の主《あるじ》。覚山の世話役。
長吉《ちょうきち》　長兵衛の嫡男。
松吉《まつきち》　門前山本町《やまもとちょう》の船宿有川《ありかわ》の船頭。
柴田喜平次《しばたきへいじ》　北町奉行所の定町廻り。
弥助《やすけ》　柴田喜平次の御用聞き。女房のきよが居酒屋〝笹竹《ささたけ》〟をいとなむ。
浅井駿介《あさいしゅんすけ》　南町奉行所定町廻り。
仙次《せんじ》　浅井駿介の御用聞き。
ふじ　門前町の両替屋の大店《おおだな》、達磨《だるま》屋の娘。門前小町。
阿部伝右衛門《あべでんえもん》　入船町《いりふねちょう》の裏長屋に住む傘張り浪人。
阿部勝太郎《あべかったろう》　伝右衛門の嫡男。
金次《きんじ》　入船町の裏長屋の札付《ふだつき》。母親もとは、佃町の岡場所で居酒屋をいとなむ。
松平出羽守治郷《まつだいらでわのかみはるさと》　松江松平家七代目城主。隠居後に不昧《ふまい》と号した粋人。

九《く》頭《ず》竜《りゅう》覚《かく》山《ざん》　浮《うき》世《よ》綴《つづり》　二

蓬《ほう》萊《らい》橋《ばし》雨《う》景《けい》

第一章　門前小町

一

晩春三月二十一日は永代寺《えいたいじ》の山開きである。

この日から初夏四月の十五日まで、永代寺は山門を開いて境内《けいだい》の逍遥《しょうよう》をゆるした。ことに牡丹《ぼたん》の花で知られ、老若男女《ろうにゃくなんにょ》が蝟集《いしゅう》した。

初夏を思わせる陽射しの朝、九頭竜覚山《くずりゅうかくざん》は妻のよね《、、》と牡丹見物にでかけた。

よねは米吉《よねきち》との通り名で深川《ふかがわ》一の名妓《めいぎ》であった。その二十代最後の夜に、覚山はおしたおされ、齢《よわい》三十二まで学問のさまたげになると知るのを避けてきた女体《にょたい》をついに知ってしまった。

かくなるうえはけじめをつけねばならぬと、新春早々に祝言をあげたのだった。妻となったよねは、芸者をやめて、三味線《しゃみせん》と踊りを教えている。

山開きに行くため、この日は朝の稽古《けいこ》を休みにした。

住まいのある永代寺門前仲町《もんぜんなかちょう》から永代寺までは、十五間川ぞいを近道すれば二町（約二一八メートル）ほどだ。

ゆるりと牡丹見物をしてもどると、上屋敷からの使いが戸口の上《あが》り框《かまち》に腰かけて待っていた。

殿よりつぎの日に上屋敷にまいるようにとの下命であった。覚山はうけたまわった。

覚山は、出雲《いずも》の国松江《まつえ》藩十八万六千石松平《まつだいら》家から半期ごとに六両、年に十二両の手当をえている。

家臣ではない。上屋敷文庫への出入りを許してもらい、もとめられれば兵学を講じ、話し相手もつとめる。手当を頂戴している食客《しょっかく》か御伽《おとぎ》（話し相手）のごとき立場であった。

松江城主は松平出羽守治郷《でわのかみはるさと》、四十七歳。名君であり、茶人として名高い。

のちの文化《ぶんか》年間（一八〇四～一八）のことだが、客をして酒を飲んだ気がしないと嘆かせるほどの美貌であった堀《ほり》（山谷《さんや》堀）の小万《こまん》が江戸一の名妓との評判をえたのも治郷のはからいによってであった。

呼出しは落着した山形屋《やまがた》の一件にかんしてであろう。話しにくるよう申しわたされていた。

翌日は曇り空であった。

朝、覚山は、文庫に返す書物の袱紗《ふくさ》包みと弁当行李《べんとうごうり》と吸筒《すいづつ》（竹製の水筒）の袱紗包みと蛇の目傘をもって上屋敷へむかった。

借りていた書物を返却し、借りるべき書物を物色することで朝がすぎ、弁当を食べて、控えの間で待ち、治郷に呼ばれた。

やはり山形屋の一件についてであった。覚山は、発端からのあらましを語った。

羽州《うしゆう》屋儀兵衛《ぎへえ》と長谷《はせ》堂元右衛門《もとえもん》の両名が死罪、家財は闕所《けつしょ》（没収）。行方をくらました亀助《かめすけ》は甲州《こうしゆう》道中の内藤新宿《ないとうしんじゆく》で捕縛されたが、小伝馬町《こでんまちよう》の牢屋敷にいれられたその夜に死んだ。

北町奉行所定町廻りの柴田喜平次《しばたきへいじ》によれば、十手持ちや手先はたいがい三日と生きていない。

芸者房次《ふさじ》の前借は山形屋が肩代わり。山形屋の三ヵ所の地所のうち、店《たな》がある伊沢《いざわ》町《ちよう》の三百坪はそのまま、三十三間堂町《さんじゆうさんげんどうちよう》の百五十坪は殺された五郎兵衛《ごろべえ》の姉に、冬木《ふゆき》町《ちょう》の二百坪は遺された羽州屋と長谷堂の者にわたされた。

　羽州屋と長谷堂の身内は、ほんらいであればかるくても江戸払（追放刑）である。北町奉行小田切《おだぎり》土佐守《とさのかみ》直年《なおとし》の温情だ。交代寄合《こうたいよりあい》五千石最上《もがみ》家より、生活《たずき》がなりたつようにしてやってほしいとの内々《ないない》の願いがあったと、柴田喜平次に教えてもらったむねを言上した。

　治郷がつぶやいた。

「欲は人を鬼にする。小糸《こいと》と房次が座敷ではちあわせせずとも、山形屋五郎兵衛と房次は殺《あや》められたであろうな」

「御意にござりまする」

「最上家と潮来《いたこ》についてはふれずじまいか」

「さようにござりまする」

「水戸《みと》さまのご領地とあらばな。最上も名家。さもあろう。ところで、来月、御暇《おいとま》をいただき国へもどらねばならぬ。そちはいかがいたす」

「できますれば、このまま江戸にとどまるをおゆるし願いまする」

「万松亭《ばんしょうてい》の長兵衛《ちょうべえ》もそのように申しておった。よかろう。おりをみて使いをやるゆえ、出立《しゅったつ》まえに顔を見せにまいれ」

「はっ。ご無礼つかまつりまする」

覚山は退室した。

松江松平家の上屋敷は、赤坂《あかさか》御門のよこにある。御門をでて、坂道をくだっていくと、鼠《ねずみ》色の空から雨粒がおちてきた。

覚山は、蛇の目傘をひらいた。

柄《え》をにぎった左手で書物の袱紗包みをもつ。躰《からだ》はぬれてもかまわぬが、書物をぬらすわけにはゆかぬ。

永代橋をわたるころには、雨の糸が汐風にゆれ、袴《はかま》をぬらした。

住まいがちかづくにしたがい、雨は小降りになった。しかし、帰りつくのを待っていたかのごとくふたたび雨脚が音をたて、日暮れをはやめた。

油《あぶら》堀から枝分かれした一町半（約一六四メートル）余の入堀をはさんだ西岸が門前仲町で東岸が門前山本町《やまもとちょう》である。

覚山は、月に三両二分で入堀通りの用心棒をやっている。暮六ツ（春分時間、六時）と夜五ツ（八時）に入堀ぞいの通りを見まわる。

暮六ツも夜五ツも雨であった。入堀の岸は、朱塗りの常夜灯と柳とが交互にある。料理茶屋などからの灯りもあるので提灯《ちょうちん》をもたずとも歩ける。

蛇の目傘をさし、左褄《ひだりづま》を高くとって紅《あか》い蹴出《けだ》しをみせている芸者の姿は風情があった。

川岸では、蓑笠《みのかさ》姿の駕《か》籠《ご》舁《かき》や船頭が身をよせあって話しこんでいる。油堀とのさかいにある猪《い》ノ口《くち》橋の頂上から入堀に眼をやると、常夜灯や屋根船の灯りが水面《みなも》にゆれていた。

翌未明、暁七ツ半（五時）じぶんに万松亭嫡男の長吉《ちょうきち》が朝稽古にきた。明六ツ（日の出、六時）までの半刻（一時間）、剣の修行をつづけている。

長吉は、いずれ料理茶屋万松亭を継ぐ。主としての自信と護身の術《すべ》をえるための修行であった。

熱心にとりくむようすに、覚山は父親の長兵衛にことわり、家伝の水形《すいぎょう》流を教えはじめていた。

明六ツにはすぐちかくの裏店《うらだな》に住む十五歳のたきがきて、よねの朝餉《あさげ》のしたくをてつだう。

朝五ツ（八時）まえには、よねが門前山本町に住んでいたころからつかっている三十八歳のてつがかよってくる。てつにとってたきは娘のようなものだ。じっさいにいろいろと教えているようであった。てつがいるのは朝四ツ（十時）までの一刻（二時間）余だ。

てつがくると、覚山とよねは湯屋《ゆうや》に行く。覚山は、小半刻（三十分）余でもどる。

よねはもうすこしかかる。

よねが帰ってきて居間におちつくころあいに、てつがふたりに茶をもってくる。

茶を喫してくつろいでいると、庭のくぐり戸が開閉した。

「おはようございやす。先生《せんせえ》、おじゃましてもよろしいでやしょうか」

入堀と十五間川とのかどにある船宿有川《ありかわ》の船頭松吉《まつきち》だ。

縁側の障子は左右にあけてある。

「あがるがよい」

松吉が姿をみせた。

股引《ももひき》に有川の印半纏《しるしばんてん》。年齢《とし》は二十七で、中肉中背。たくましく陽焼けしている。

沓脱石《くつぬぎいし》からあがってきた松吉が、敷居をまたいで膝《ひざ》をおった。

「およねさん、今朝はまたいちだんと若く見えやす」

「ありがとね」

声がかけられて襖《ふすま》があき、たきが盆をもってはいってきた。

「おたぁきちゃぁん」

よねがするどい声を発した。

「松吉ッ」

「なんも言いやせん。なんも言いやせん。黙ってやす。へい」

顔をふせた。

肩をふるわせて笑いをこらえるたきが、なんとかこぼさずに茶托《ちゃたく》ごと茶碗を畳においた。

居間から廊下にでて膝をおって襖をしめ、厨《くりや》へ去った。

よねが言った。

「まったく。懲《こ》りないんだから」

聞こえないふりの松吉が、茶を喫して茶碗をもどした。

「先生《せんせえ》、昨日《きのう》の夕方、身投げがありやしたが、ごぞんじでやしょうか」

覚山は首をふった。

「いや、知らぬ」

「門前町《もんぜんちょう》　達磨《だるま》屋の娘おふじが……」

よねがさえぎった。

「達磨屋のおふじですって。ちかぢか祝言をあげるって聞いたわよ」

「へい、そうなんで。そのおふじが蓬萊《ほうらい》橋から身投げしたらしいんでやす」

「らしい、とはどういうことだ」

「蓬萊橋へ行くのは見られておりやす。ですが、身投げするところを見た者《もん》がいねえんで。こういうことでやす」

一ノ鳥居がある大通りの入堀から東は、通りをはさんで北に門前山本町、南に門前仲町がある。そこから富岡八幡宮《とみがおかはちまんぐう》までの三町（約三二七メートル）ほどが南北とも門前町である。その北側のやや門前山本町よりに両替《りょうがえ》屋の達磨屋がある。大店《おおだな》である。

達磨屋には娘がふたりある。長女のつるは二十歳《はたち》で、婿をむかえ、子もある。つるも縹緻《きりょう》よしであったが、十七歳のふじは〝門前小町《もんぜんこまち》〟と評される佳人《かじん》であった。日本橋のほうの両替屋に嫁ぐとの噂《うわさ》がひろがり、永代寺かいわいの男どもをなげかせていた。

富岡八幡宮参道正面は、二十間（約三六メートル）ほどの幅で町家がなく、大島川《おおしま》ぞいからの船入《ふないり》（船着場）になっている。東の永代寺門前東仲町には船入から大島川に道がないが、西の門前町には道がある。船入と大島川とのかどにあるのが蓬萊橋だ。

蓬萊橋は、長さが二十間、幅が一間半（約二・七メートル）。川は荷の運搬路であり、橋はまるみをおびて架けられる。

雨の日は刻限がわかりにくい。夕七ツ（四時）の鐘から小半刻（三十分）ばかりがすぎたころだった。雨が音をたて、すぐそこが霞《かす》むほどにはげしくふりしきっていた。

門前町の船入にめんしたかどの料理茶屋の土間にいた若い衆《しゅ》が、裾《すそ》をあげた振袖《ふりそで》姿が店《たな》のまえを歩いていくのを見た。

若い衆は、門口《かどぐち》の敷居をまたぎ、暖簾《のれん》をわけた。

蛇の目傘をさした若い娘が蓬莱橋にむかっていた。着ているものからしていいところの娘のようであった。それが女中もともなわずに、雨のなかをひとりで歩いている。首をかしげるまもなく、なにを見てるんだと怒鳴られ、土間へもどった。

「……というしでえでやす。夕七ツや七ツ半（五時）じぶんなら、料理茶屋への客や、芸者衆、客をのせてきた屋根船や辻駕籠《つじかご》なんかもあったと思いやす。そのまんなかじぶんで、しかも大雨でやした。二町半（約二七三メートル）ほど川しもにある石《いし》嶋《じま》橋をわたっていた振売りが、浮かんで流れてくる紅い着物を見つけたそうでやす」

蓑笠姿の振売りは、橋のいただきから門前町へひきかえし、女が流れてくるとさわいだ。

自身番屋や船宿へ人が走り、猪牙舟《ちよきぶね》にのった船頭たちが川から女をひきあげた。娘のととのった美しい面差しを見た町役人が、もしかして達磨屋のお嬢さんではあるまいかと言った。念のために自身番屋の書役《かきやく》を行かせた。

蓬萊橋でもさわぎがもちあがっていた。

いただきの川しもがわにそろえた女物の草履《ぞうり》と蛇の目傘があるのをとおりがかった者が見つけたのだ。

達磨屋から番頭と手代がやってきて、ふじだとわかった。

「……先生《せんせえ》、暮六ツ（六時）の見まわりのころには入堀通りはその噂でもちきりだったそうでやす」

「そういえば、そこかしこであつまっておったな。雨のせいかと思うておった。……おい、およね」

「あい」

「祝言がいつか、知っておるか」

「五月のはじめごろだったように思います」

「達磨屋、大店の両替商だ。わしでも知ってるくらいだからな」

「永代橋まえ佐賀町《さがちよう》の日高《ひだか》屋さんと達磨屋さんが、深川で一、二をあらそう両替屋さんです」

「その言いようからすると、双方とも主を知っておるのだな」

「あい。ごひいきにしていただきました」

「娘は知らぬであろうな」

よねが、右手を口にあてた。

「先生、娘をお茶屋さんにおつれになるお客はおりません」

「であろうな。大店の両替屋の娘。かどわかされるかもしれぬ。にもかかわらず、夕刻の雨のなか、供もつれずにひとりで歩いていた。どういうことだ」

「先生《せんせえ》、あっしばかりでなく、みなも首をひねっておりやす。裏店や小店の娘がひとりで使いに行くことはありやす。けど、大店の娘がひとりだったたってのがしっくりしやせん」

「蓬莱橋のむこうは」

「佃町《つくだちょう》でやす」

「達磨屋から大島川へでるには、斜めまえに横道がある。なにゆえわざわざ蓬莱橋まで行ったのか。どこぞの帰りだったのかもしれぬが、すると、供がいないのがますますわからなくなる」

覚山は、松吉に眼をむけた。

「ひとりであったというのがいささか気になる。なにか聞いたら教えてくれぬか」

「へい、がってんでやす。……およねさん、馳走《ごち》になりやした。……先生《せんせえ》、失礼《しつれえ》しやす」

辞儀をした松吉が、縁側から庭におり、去っていった。

二

江戸の金遣い、大坂の銀遣い、庶民の銭遣い。その三貨が変動相場で取引される。それを商いにしたのが両替商である。

両替商には本両替と脇両替とがある。初期の脇両替は銭両替ともいった。庶民あいてに金銀と銭との両替がもっぱらであったからだ。

本両替は、大名貸しや為替《かわせ》手形の決済など現在の銀行業務とほぼおなじようなことをおこなった。

しかし、元禄《げんろく》時代（一六八八～一七〇四）あたりからの武士階級の経済的衰微と商人階級の経済的隆盛をうけ、脇両替が商業金融として発展していく。

江戸中期から幕末にかけて大名家との腐れ縁が絶てぬ本両替は衰退し、しだいに脇両替がとってかわるようになる。文化《ぶんか》元年（一八〇四）には、江戸の脇両替屋は百二十九軒をかぞえた。質屋などの兼業も多い小口の銭両替屋をのぞく数字である。

よねは、芸者のころから門前仲町表通りの大津《おおつ》屋に貯えを預けている。覚山も初春一月から当座の入用をのぞいて預けるようになった。達磨屋と日高屋ほどではないが、深川ではそこそこの両替屋である。

売れっ子になって貯えができるようになったよねが大津屋にしたのは、ひいきにしてくれている達磨屋と日高屋の顔をつぶさぬためであった。その気づかいに、覚山は感心し、売れっ子になるわけだと得心もした。

よねが弟子に稽古をつけるのは、朝四ツ（十時）からの半刻（一時間）と昼八ツ（二時）をはさんだ半刻ずつだ。半刻の刻限は香盤《こうばん》時計をつかっている。

松吉が帰ったあと、覚山はきがえた。朝四ツの鐘が鳴るまえに弟子がきて、よねが客間で稽古をはじめた。

覚山は、脇差を腰にして刀を左手でもち、住まいをでて格子戸をしめ、刀をさした。

路地から入堀通りにでて堀留にむかう。大通りを西へ半町（約五四・五メートル）

余のところに一ノ鳥居があり、そのてまえ左の横道かどに大津屋がある。

覚山は、東へむかった。

堀留から達磨屋までは二町（約二一八メートル）ほどだ。そこだけ暖簾がだされてないのですぐにわかる。門口もわずかにあけてあるだけのようだ。

南の門前仲町と門前町とのさかいの横道にはいる。

半町余で大島川だ。

十五間（約二七メートル）ほど上流に石嶋橋がある。

川岸ではなく、橋のうえから身を投げようと思いつめていたとする。ならば、蓬萊橋よりも石嶋橋のほうがちかい。

覚山は、川ぞいの道をすすんだ。

歩きながら蓬萊橋を眺める。

東海《とうかい》の三神山《さんしんざん》に不老不死の霊薬があると具申した徐福《じょふく》が、秦《しん》の始皇帝《しこうてい》の命で霊薬を求めて船出をした。その三神山のひとつが蓬萊山である。けだし、橋の名はそれにちなむ。

覚山は、蓬萊橋へのぼらずに左へおれて大通りにでた。

帰路をとる。

達磨屋は、門口の板戸が二枚ぶんあけられていた。急な客や弔問の者のためであろう。

江戸では、女の身投げはとめる、助ける。女、ことに娘は、ふとしたはずみで死をえらぶからだ。そのかわり、男は覚悟のうえだから見ないふりして死なせてやる。それが江戸っ子の心意気と情けだ。

雨の夕刻、大店の娘がひとりで傘をさして歩いていた。

気になるのはそのことだ。

門前仲町の入堀通りにはいり、住まいにもどった。よねはまだ弟子に稽古をつけていた。

晩春三月は〝花見月〟や〝桜月〟との異称がある。

染井吉野《そめいよしの》は、幕末から明治初期にかけて染井村で江戸彼岸桜と大島桜との交配によってつくられた。染井村は、現在の豊島《としま》区駒込《こまごめ》七丁目あたりだ。いまふうの住所表記をすれば〝豊島郡上駒込村字染井〟となる。

この時代は、山桜がおもである。開花が染井吉野より十日から半月ほどおそい。

中食《ちゅうじき》のおり、よねがどうしましょうと訊いた。

上屋敷の桜が満開であった。それで、夕餉《ゆうげ》を食べながら、明日《あす》が晴れなら近場へ桜見物へまいろうと話していた。今朝、湯屋へ行っているあいだに、たきを昼の稽古にくる弟子のところへ休みにするとつたえにやった。

覚山は言った。

「若い命が散った。供養のつもりで花見にまいろう」

「あい」

よねがほほえんだ。

中食のかたづけをたきにやらせ、よねはしたくにかかった。

ふたりで寺町通りの寺をまわり、仙台《せんだい》堀の海辺《うみべ》橋をわたって霊巌寺《れいがんじ》まで足をのばした。

霊巌寺境内の出茶屋で、団子を食して茶を喫し、住まいにもどった。

夕七ツ（四時）になろうとするころ、庭のくぐり戸があけられた。

「先生」

女の声だ。縁側の障子は左右にあけてある。万松亭の女中があらわれ、辞儀をした。

「通りで置屋の若い衆《しゅ》が浪人にからまれております」

覚山は立ちあがりながら訊いた。

「ひとりか」

「三名おります」

刀掛けから大小をとって帯にさし、径《けい》が一寸（約三センチメートル）で長さが一尺五寸（約四五センチメートル）の樫《かし》の八角棒も着流しの腰にさした。

濡れ縁から沓脱石の下駄《げた》をはく。

女中があけたくぐり戸のよこで待っている。

覚山は、背をかがめ、路地にでた。つづいてでてきた女中がくぐり戸をしめた。

さきになった女中が万松亭のくぐり戸をあける。覚山は、いそぎ足で庭をとおり、表の土間へ行った。

長兵衛が板間で膝をおって待っていた。

「先生、左どなりでございます」

「あいわかった」

覚山は、土間から通りへでて左を見た。

野次馬が遠巻きにしつつある。三味線箱をもった若い衆のうしろにいる芸者がほっとした表情になる。気づいた浪人三名がふり返った。

覚山は歩きだしていた。

野次馬が道をあける。

浪人三名の技倆《ぎりょう》を見てとる。よこをとおり、気配をしめせばすぐさま抜刀すべく右肩を浪人らにむけて若い衆と対した。

「わしを知っておるか」

「へい、それはもう、ぞんじておりやす」

「なにがあった」

「そこのご浪人が、とおりすぎようとした春次《はるじ》のうしろ姿にふり返ったはずみで、あっしの腰に鞘《さや》がぶつかってしまいました」

「芸者をふり返っただだとッ。無礼を申すな」

覚山は、眉間《みけん》に縦皺《たてじわ》をきざんで団栗眼《どんぐりまなこ》をほそめ、激昂《げっこう》した浪人を睨んだ。

「そこもとには訊《き》いておらぬ。さかりがついた犬ではあるまいし、むやみに吠《ほ》えるでない」

野次馬らのそこかしこで、失笑がこぼれる。あからさまに嗤《わら》う者もいた。

「い、犬だとッ。こやつッ」

まんなかの大柄が、喚《わめ》く中背を右手で制した。三人とも三十代なかばあたりだ。大柄が言った。

「おぬしにはかかわりあるまい。でしゃばりは迷惑。ひっこんでもらおう」

「そうはいかぬ。入堀をはさんだ通りの用心棒をいたしておるゆえ、かかわりはある」

「ふん、町人ごときに雇われておるを恥もなくぬかしよる」

「芸者にみとれて鞘をぶつける。そのほうがよほどに不心得であろう。弱い者いじめをせず早々に立ち去れ。拙者がなにゆえ雇われたかというと、ゆすりたかりをする二本差しの狼どもがうろつきよるからだ」

中背の顔が怒気に染まる。

「おのれッ、言わせておけば」

中背が右手を柄《つか》にもっていく。

覚山はとびこんだ。刀を抜きかけた中背の右小手を八角棒で痛打。撥《は》ねあげた八角棒でこめかみを撃つ。

顔をゆがめかけた中背が、白眼《しろめ》をむき、よろける。

おなじく抜刀しかけている大柄の右小手と額に一撃をあびせる。大柄が柄から右手を離す。しばらくは痺《しび》れて右手はつかいものになるまい。

のこった痩身《そうしん》を睨《にら》みつける。

「ふたりをともなって去れ」

「お、おのれ、憶《おぼ》えてろ」

瘦身が、左手で刀をおさめなおした中背と大柄とをうながして堀留のほうへ足早に去っていった。

「先生《せんせえ》」

覚山はふり返った。

「ありがとうございやす」

若い衆と春次が頭をさげた。

上体をもどしたふたりにうなずき、覚山は万松亭へもどった。

翌朝、湯屋からもどってしばらくして、置屋の主が春次に菓子折をもたせて礼にきた。おなじ置屋の芸者が稽古でかよっている。

客間で応対していると、庭で松吉の声がした。居間でてつが小声をだし、松吉がくぐり戸から去った。

昼まえに、柴田喜平次の御用聞き弥助《やすけ》の手先三吉《さんきち》がおとないをいれた。

覚山は戸口へ行った。

三吉がぺこりと辞儀をする。

「先生《せんせえ》、柴田の旦那が夕七ツ（四時）すぎじぶんにおじゃましてえそうでやす。いかがでやしょう」

「お待ちしておりますとおつたえしてくれ」

「へい。失礼《しつれえ》しやす」

辞儀をした三吉が、表へでて格子戸をしめ、低頭して去っていった。

夕七ツの鐘から小半刻（三十分）になろうとするころ、柴田喜平次と弥助がきた。

覚山は、ふたりを客間に招じいれた。

喜平次は三十六歳、弥助は三十一歳。弥助は、熊井町《くまいちょう》の正源寺《しょうげんじ》参道で、女房のきよに居酒屋〝笹竹《ささたけ》〟をやらせている。喜平次から手札《てふだ》をもらっている御用聞きなので周辺の町家からの付け届けがある。それと、笹竹の儲《もう》けで、手先らをつかっている。

よねとたきが食膳をはこんできた。よねが酌をしているあいだに、たきが弥助の食膳をもってきた。よねが弥助にも酌をした。

襖をしめてよねが去った。

喜平次がほほえむ。

「昨日《きのう》の朝、おめえさん、大島川ぞいで蓬莱橋を見ていたそうだが、身投げの件かい」

覚山はうなずいた。

「さようにございまする。大店の娘がひとりで歩いていたというのがいささか気になりました」

「理由《わけ》はわかってる」

富岡八幡宮の参道から三十三間堂のほうへ半町（約五四・五メートル）ほどのところにある小間物屋銀杏屋《いちょうや》が叔母の嫁ぎ先だ。叔母の名はしげ。達磨屋から銀杏屋まではおおよそ二町半（約二七三メートル）。

小間物屋は、紅《べに》、白粉《おしろい》、櫛《くし》、簪《かんざし》、鬢付《びんつ》け油《あぶら》、鋏《はさみ》や針や糸などの裁縫《さいほう》道具、房楊枝《ふさようじ》や歯磨《はみがき》といったこまごましたものをあつかう。銀杏屋ではそのほかに、傘、手拭《てぬぐい》、小刀なども商っている。

しげは姪のふじをかわいがっていた。それもあって、ふじはしばしば銀杏屋をおとずれていた。

一昨日《いっさくじつ》も、ふじは手代に送られて朝のうちにきた。しげには十四歳の長女と十歳の長男がある。しげとふじと長女の三人で昼を食べ、ふじはまた長女の部屋ですごした。

夕七ツ（四時）の鐘が鳴り、ふじが帰ると言った。しげは、小降りになるまで待てばととめた。ふじが首をふった。しげは、ならば手代に送らせようと言うと、ふじがふたたび首をふり、雨のなかをすこし独りで歩きたいからと詫《わ》びた。

仲夏五月八日に祝言をひかえている。しげにも憶えがある。怖れや不安にとらわれ、すべてがいやになったり、涙がこぼれて枕を濡らしたりもした。

しげは、蛇の目傘をもち、土間から表の庇《ひさし》したまででてふじを見送った。

「……叔母のしげはひどく悔やんでいた」

「夕七ツ。身投げしたは小半刻（三十分）ばかりすぎたころと聞いておりますが」

喜平次が顎《あご》をひく。

「富岡八幡宮の境内には、葦簀《よしず》囲いばかりでなく屋根つきの出茶屋もいくつかある。蛇の目傘をさした娘がひとりで石畳を行き、しばらく祈ってからひきかえすのを見ている。たぶん、そのまま蓬莱橋へむかい、身を投げた。嫁ぐってのが、ふいに怖くなったのかもしれねえ。祈ってもだめで、死のうと思った。そういうことじゃねえかな」

「ようやく得心がまいりました」

喜平次がほほえむ。

「ところで、昨日《きのう》の夕方、浪人三名《めえ》を追っ払ったそうだな」

覚山は首肯《しゅこう》した。

「めぐまれている拙者がこのようなことを申しあげるは不遜《ふそん》の誹《そし》りをまぬがれませぬが、おなじ武士として情けなく思いまする」

「そう卑下することもあるめえよ。有川の松吉は、岡惚《おかぼ》れでもしてるかのごとくかよいつめてるそうじゃねえか。まあ、ご府内には食いつめ浪人がおおい。料理茶屋の客になるくれえだから、武家も商人《あきんど》も小金《こがね》をもってる。いちど味をしめると、恥も外聞も捨て、ゆすりたかりをするようになる。だが、そういったろくでなしばかりじゃねえ。侍《さむれえ》の覚悟を忘れねえ者《もん》もいる。ついこねえだのことだ、聞いてくんな」

二十日朝の見まわりで、永代橋をわたって佐賀町《さがちょう》をすぎ、相川町《あいかわちょう》のかどから一ノ鳥居がある大通りにはいってほどなく、入船町《いりふねちょう》自身番屋の書役《かきやく》が急を報せに駆けてきた。

その日、その刻限、月番の定町廻りがどのあたりを見まわっているかを自身番屋は承知している。いなければなにごとかが出来《しゅったい》したということだから、月番の御番所へ行く。

入船町は、三十三間堂門前の大島川をはさんだ両岸と、大島川が二十間川と呼び名がかわる汐見《しおみ》橋から木場《きば》までのあいだの掘割にかこまれた一郭の三ヵ所にある。自身番屋があるのは汐見橋をわたったすぐのところだ。

大島川南岸の入船町裏店で、浪人父子《おやこ》が切腹しているという。

喜平次は、手先のひとりを御番所へ走らせた。

大通りから大島川ぞいにでて、蓬莱橋をわたれば、南岸の入船町までは二町（約二一八メートル）たらずである。

大島川ぞいの通りで町役人が待っていた。

案内されたのは路地をはいっておれた裏長屋だった。大島川の南岸は表通りにめんしたところも小店ばかりだ。裏長屋も店賃が安い。

長屋への木戸の周辺に、近所の女や年寄らがかたまっていた。顔をむけ、あわてて道をあける。木戸で家主《いえぬし》（大家）の仁兵衛《じんべえ》が待っていた。裏長屋は家主の名を冠して呼ぶ。

ほとんどの裏長屋は、まんなかに板で蓋《ふた》をした溝《どぶ》をとおした三尺（約九〇センチメートル）から四尺（約一二〇センチメートル）幅の路地をはさんで両側に平屋か二階建がある。

仁兵衛長屋は左右に六軒の棟割九尺店があった。間口が九尺（約二・七メートル）、奥行が二間（約三・六メートル）、つまりは六畳間のひろさである。そこに、三尺幅の土間と四畳半の板間もしくは畳間がある。棟割長屋なので奥の壁をはさんでおなじ間取りがある。

左三軒めの腰高障子を仁兵衛がしめした。

喜平次は、仁兵衛にうなずき、手先に顎をしゃくった。

手先が腰高障子をあけた。

血の臭いがおしよせてきた。戸口のよこにいた仁兵衛が顔をしかめる。喜平次は、仁兵衛にさがっているよう言った。

――弥助。

――へい。

――無双窓《むそう》をあけな。

――わかりやした。

弥助が土間にはいり、竈《かまど》うえの無双窓をあけた。

無双窓は、二枚重ねの縦連子《たてれんじ》になっている。外側は固定され、左右にうごく内側で開閉する仕組みだ。

喜平次は、眼をほそめて土間にはいった。

白無垢《しろむく》でこそないものの自刃は一目瞭然であった。

左に、つっぷした躰と、そのまえに介錯《かいしゃく》された頭。若者だ。右に、頭のあるつっぷした躰。

瞑目《めいもく》して合掌《がっしょう》する。ふかく息をしてから眼をあけた。袂《たもと》から手拭をだして足袋《たび》の埃《ほこり》をはらい、雪駄《せった》をぬいだ。

住まいは板間の筵敷《むしろじ》きだった。ゆっくりとふたりをまわり、膝をおって顔を筵によせ、たしかめる。

息子は懐紙をまいた脇差を左腹に突き刺している。

左腹に脇差を突いたせつなに、父親が介錯した。そして、斬りおとした頭を息子のまえにおいた。

父親は、脇差で左腹から右腹に真一文字に切り、左首の血脈を断っている。

みごとな死にざまである。

喜平次は、ふたたび合掌してから立ちあがった。壁ぎわの文机《ふづくえ》におかれた半紙を手にとる。

——勝太郎《かったろう》が瑞運寺《ずいうんじ》の賽銭箱《さいせんばこ》より賽銭を奪ったとの噂を耳にいたした。われら父子、貧するといえども武士。かくのごとき嫌疑は恥辱の極み。一命にかえて身の潔白を証《あか》さん。仁兵衛どの、ご迷惑ではござろうが、あとの始末をおたのみ申しまする。

喜平次は、半紙をていねいにふたつにおり、文机から半紙の上端《じょうたん》をおさえていた財布をとった。

壁から天井まで眼をやる。わずかな家財をふくめてきれいにかたづけられている。なにも気になるものはない。

雪駄をはき、弥助をうながして表にでた。

仁兵衛に躰をむけて半紙をしめす。

――倅《せがれ》は勝太郎とあるが、父親の名は。

――阿部伝右衛門《あべでんえもん》でございます。

――誰が見つけた。

――はい。まえに住んでおりますおてうが、雨戸はあけてあるのにいつものように井戸ばたにこないので、声をかけて腰高障子をあけたそうにございます。

――瑞運寺の賽銭箱があらされてんのがわかったんは十五日だ。なんで倅の勝太郎が疑われた。おいら、そんなことは聞いてねえぞ。

――奥に金次《きんじ》という札付《ふだつき》がおります。その者が長屋の女たちに言いふらしたようにございます。昨日《きのう》から見ておりません。

――わかった。あとで吟味方と物書とがくる。それまで誰もなかにいれちゃあならねえ。

——承知いたしました。

喜平次は、検使の吟味方にわたすように言って仁兵衛に半紙と財布とをあずけて見まわりにもどった。

「……父子で傘張りやなんかをして、かつかつの生活《たずき》だったようだ。それでも、財布には一両余になる銀や銭がへえってたそうだ。金次ってのは、父親の伝右衛門にたびたび意見されていた。それで、意趣返しにやったんじゃねえかと思う。見かけたら報せるよう家主には言ってある。まだ、そんな武士もいるってことよ。長居しちまった」

「拙者も、申しあげたきことが」

喜平次があげかけた腰をおろした。

「なんでえ」

「殿より、江戸にとどまるお許しをいただきました」

「達磨屋のふじが身投げした夜、押込み強盗が一件あって、片方は独り暮らしの妾が、片方は質屋が奉公人をふくめて七名も皆殺しされた。自刃に若え娘《わけ》の身投げ、押込み強盗といやなことがつづいてたが、そいつはいい報せだ」

笑顔になった喜平次が、脇の刀をもった。

覚山は、戸口で膝をおってふたりを見送った。

三

翌朝、覚山は湯屋からもどったよねにてつだってもらってきがえ、道筋などを聞いて住まいをでた。

晩春も下旬、空は青く、雲は白く、あかるい陽射しには初夏のかぐわしさがあった。

卑下することはあるまいと柴田喜平次は言ったが、おのれは美しき伴侶をえて暮らしに困ることもない。めぐまれすぎている。

二日まえとおなじように門前仲町と門前町とのさかいにある横道から大島川にでた。石嶋橋で南岸にわたる。

正面に、阿波《あわ》の国徳島藩二十五万七千石松平（蜂須賀《はちすか》）家の一万三千坪弱の下屋敷正門がある。拝領地に抱地《かかえち》などをくわえた広さである。そのむこうは、海辺新田だ。

町家の奥行は半町（約五四・五メートル）もない。川ぞいの通りには小店ばかりがならんでいる。

よねによれば、このあたりは路地裏に岡場所がある。その客をあてにしてであろう数軒おきにある縄暖簾が眼につく。一ノ鳥居がある大通りから一町（約一〇九メートル）ほどしか離れていないが、川をはさんだだけで場末《ばすえ》のわびしさがただよっている。

蓬莱橋を背にする。

一町余のところに武家屋敷にはさまれて瑞運寺の山門があった。

境内にはいる。

出茶屋もなく、いるのは幼子と裏長屋の若女房だけであった。江戸ではほとんど見かけない総髪に驚いたのか、顔をこわばらせた若女房が幼子を抱きあげて山門へ去っていった。

覚山は、本堂へ行き、巾着《きんちゃく》から一文銭を十二枚だして賽銭箱へたてまつった。合掌して阿部父子の冥福を祈る。

孔子《こうし》は、その名がよくないからと〝渇《かつ》すれども盗泉《とうせん》の水を飲まず〟で不義の志《こころざし》をしめした。盗泉は山東《さんとう》省泗水《しすい》県にある泉の名である。

水は低きに流れる。矜持《きょうじ》を失わずに生きるは難しい。おのれも、学問をないがしろにしていないつもりだが用心棒を生業《なりわい》にしている。割腹によって恥辱を雪《すす》ぐ覚悟と気概とをしめした阿部父子に、覚山はわが身をかえりみ、たれていた頭《こうべ》をもどした。

肩で息をして踵《きびす》を返す。

入船町の通りも、豆腐屋や八百屋、髪結床《かみゆいどこ》、縄暖簾といった小店ばかりであった。

大島川は、入船町のはずれで二股になっている。北が大島川から二十間川で、南はすぐに東へおれる平野川《ひらの》だ。

平野川は木場のそとを流れている。東から北へおれるかどの海がわには洲崎弁財天《すさきべんざいてん》がある。

覚山は、平野川ぞいにすすみ、一町半（約一六四メートル）ほどで平野橋をわたり、汐見橋から大通りをゆき、住まいにもどった。

よねは弟子に稽古をつけていた。覚山は、きがえ、刀掛けに大小をおいて書見台を縁側ちかくにだした。

翌二十六日朝、松吉がきた。

達磨屋のふじが叔母の嫁ぎ先である小間物屋の銀杏屋へ行っていたこと、富岡八幡宮の出茶屋の者が祈っている姿を見たことなど、柴田喜平次から聞いていたが、覚山はなるほどなとこたえた。

知らぬこともあった。

ふじが嫁ぐことになっていた日本橋平松町《ひらまつちょう》の両替屋がたいへんに立腹していて、通夜にも葬儀にも顔をださなかった。

——こちらからではなく、そちらからもってきた縁談である。それを、祝言までひと月あまりになって身投げとはなんたること。まるで、こちらがむりむり縁組をすすめたかのようではないか。まことにもって不快千万。

人をかいしてそのようにつたえてきたという。詫びに参上したいと申しでたが、かえって迷惑、向後いっさいのおつきあいをお断りしますとかえってきた。

ひでえじゃありやせんかと憤慨する松吉に、たぶんに体面をつぶされたととらえたのだ、よほどに気位が高いのであろう、そんなところに嫁入りすれば苦労するだけだったのではないかな、と覚山は言った。

そして、入船町の裏長屋であった浪人父子の切腹騒動を知っているかと訊いた。松吉は知らなかった。

瑞運寺の賽銭箱荒らし。それを倅のしわざだと、おなじ長屋の金次という札付が言いふらしたらしいこと。それがため、阿部伝右衛門と勝太郎父子が潔白を証すために腹を切ったことを話した。

それだけではたりない気がしたので、みずからの父親も仕官の口をもとめて諸国をさまよい、松江《まつえ》城下の村で行《ゆ》き倒れて庄屋に助けられたことを語った。

父子について、年齢《とし》などをふくめて調べてもらえぬかとたのむと、松吉が承知して帰った。

阿部父子は自刃である。金次を捕縛しても、〝叱《しか》り〟か〝屹度《きつと》叱り〟、重くて〝敲《たた》き〟あたりであろう。

まだみじかいつきあいながら、話のはしばしから柴田喜平次がいくつものことがらをかかえているのがわかる。身投げや自刃にかかずらっているゆとりはあるまい。

昼まえに弥助手先の三吉がきた。柴田喜平次からの言付けで、夕七ツ（四時）から小半刻（三十分）ばかりしたら笹竹にきてもらえまいかとのことであった。覚山は承知した。

夕七ツの鐘は、三度の捨て鐘のあとで七回撞かれる。

鐘の響きが消えたところで、覚山は他出のしたくにかかった。

着替えはひとりでできる。ずっとそうしてきた。しかし、てつだわせぬとよねがつむじをまげる。そうなると寝床で背をむけられてしまう。勝てぬ軍《いくさ》は避ける。兵法《へいほう》のいろはである。

帰りにそのまま見まわりをするさいにそなえ、大小だけでなく八角棒も腰にした。

路地から裏通り、湯屋のかどから横道を行き、大通りにでた。すぐそこに一ノ鳥居がある。正源寺の参道までは五町（約五四五メートル）たらずだ。

参道の長さはおおよそ二十間（約三六メートル）。なかほど右に笹竹がある。

晩春ものこり数日。江戸の空は青く、相模《さがみ》からの西陽が参道に影を描いている。笹竹は腰高障子をあけてあった。

覚山は、暖簾をわけた。

女将《おかみ》のきよが、笑顔でかるく首をかしげる辞儀をした。

客の姿はない。厨《くりや》よこにある六畳間の障子があいている。奥で柴田喜平次が窓を背にし、弥助が敷居から半畳たらずのところで厨との壁を背にしていた。

覚山は、腰から刀と八角棒とをとって座敷にあがった。六畳間のなかほどで左壁を背にして膝をおり、左脇に刀と八角棒をおく。

きよと女中が三人の食膳をはこんできた。きよが酌をし、土間におりて障子をしめた。

喜平次が顔をむけた。

「勘違《かんちげ》えするといけねえんで話しておきてえ。おいらも南の浅井《あさい》駿介《しゅんすけ》も、三日にわけてかさならねえように見まわってる。おいらが深川なら、駿介は南本所《みなみほんじょ》ってぐええにだ。おいらの供は、弥助とてえげえは手先が二名《めえ》だ。弥助の手先で、振売りや屋台担ぎを商いにしながら探索にあたってる者《もん》がいる。世間じゃ下《した》っ引《ぴき》って呼んでる。ほかにも何名《めえ》かつかってる。そいつらは、報せることがあれば、夕刻にここか、おいらたちが昼を食う見世に顔をだす」

喜平次が笑みをこぼした。

「……おめえさんの総髪は眼につく。そいつらもおめえさんを知ってる。昨日《きのう》の朝、おめえさんが瑞運寺の境内《けえでえ》にへえるのを見た者《もん》が昼を食ってる見世に報せにきた。耳にへえるにしてはいささか早《はえ》え。それで、ちょいと気になったんだ」

「なにがあったのでしょう」

喜平次が眉根をよせた。

「おめえさん、瑞運寺になにしに行ったんだ」

「割腹した阿部伝右衛門、勝太郎父子が三途《さんず》の川の渡し賃十二文を賽銭箱にたてまつり、おふたりのご冥福をお祈りいたしました。おのれをかえりみるに、忸怩《じくじ》たるものがありまする。川ぞいを行き、平野橋をまわってもどりました。なお、有川の船頭松吉に、ふたりにつきましてできるだけ調べるようたのんでござりまする」

「なるほどな。そういうことかい。あとでおいらが知ってることを話す。じつはな、昨日《きのう》の朝、勝太郎に濡れ衣をきせた金次の死骸《しげえ》が、新大橋したの中洲に流れついてるのが見つかった」

簀巻《すまき》の死骸が中洲の上流突端にあるのを、明六ツ（日の出、六時）まえに荷船の船頭が見つけた。

律儀な船頭で、見て見ぬふりをせずに、箱崎《はこざき》川から日本橋川をさかのぼって一石橋《いちこく》南岸の栈橋に荷船を舫《もや》い、呉服《ごふく》橋御門内の北御番所まで報せにきた。

宿直《とのい》の臨時廻りがでむいた。

死骸が金次らしいと報せがあったのは、昼の見まわりの途中でだ。見まわりを終えた喜平次は、北御番所へ行って仔細を聞き、八丁堀南茅場町《はっちょうぼりみなみかやばちょう》の大番屋へ行って死骸をあらためた。

顔も手足も躰も痣《あざ》だらけだった。

「……ふつうに考《かんげ》えれば地廻りのしわざだ。博奕《ばくち》がらみのいざこざで始末された。よほどに恨みをかったんなら痣の多さも得心がいく。今朝、家主の仁兵衛にたしかめに行かせた。金次は十九日に姿を消してから長屋に帰《けえ》ったようすがねえ。簀巻にされて川へ放りこまれたんが、たぶん二十四日の夜だ。で、おめえさんが知ってるんなら誰から聞いたんだろうと思ったのよ」

「瑞運寺は両隣が武家屋敷。拙者がおとずれたおりも、境内には幼子と若女房のみにございました。賽銭箱も、これといってこわされているようすはなかったように思いまする」

　喜平次がうなずく。

「造りは錠《じょう》をかけられるようになってる。が、かけてなかった。たしかめちゃいねえが、いまもそうだろうよ。和尚《おしょう》は、賽銭に手ぇつけるんは罰当たりなおこないであるし、うたがいたくねえからだって言ってた。月に二度か三度、賽銭箱をあける。で、十五日の朝、賽銭がねえのがわかった。和尚は黙ってるつもりだったが、庫裡《くり》にいるかよいの年寄がしゃべった。おいらの耳にへえったのは十六日の夕刻だった」

　十七日の見まわりのあと、瑞運寺へ行った。

　和尚は、悔い改めて詫びにくるかもしれない、わずかな銭で科人《とがにん》をつくりたくないのでご高配願えまいかと言った。

　喜平次は、ふたたびあらされたら報せるということで承知した。

「……賭場のいざこざだと思うが、殺しにはちげえねえ。金次について調べさせてる。阿部父子も、てえしたことはわかってねえ」

阿部伝右衛門は四十七歳、倅の勝太郎は十九歳。八年まえにふたりで仁兵衛長屋にひっこしてきた。

今朝、五十すぎの十手持ちを仁兵衛長屋へ行かせた。

十八日の昼まえ、女房らが井戸ばたで瑞運寺で賽銭が盗まれたのを話していたら、水汲みにきた金次が、そういえば十四日の昼間、境内から勝太郎がなんかわけありげなようすででてくるのを見たと言った。翌朝、井戸ばたでその話をしていると、米をとぎにきた勝太郎に聞かれてしまった。女房らは、おもしろおかしく噂していただけで悪気はなかった、まさか死ぬとは思わなかったと言っている。

「……人別帳をあたれば生国なんかもわかるかもしれねえが、自刃だしな。あんまし穿鑿《せんさく》するのもどうかと思うんで調べてねえ」

「金次の年齢《とし》はいくつでしょう」

「二十五だ。店賃がとどこおったことはねえそうだ。なにをして食ってたのかもさぐらせてる」

「阿部父子につきまして、なにかわかりましたらお教え願えますでしょうか」

「ああ」

「これにて失礼させていただきまする」

覚山は、喜平次に一揖《いちゆう》し、脇の刀と八角棒をとった。

三日後の二十九日朝、よねが湯屋からもどってすこしして、庭のくぐり戸が開閉した。

「おはようごぜえやす。松吉でやす。先生《せんせえ》、おじゃましてもよろしいでやしょうか」

縁側の障子は左右にあけてある。

松吉が顔を見せた。

覚山は言った。

「あがるがよい」

「へい。ありがとうございやす。およねさん、今朝は二十四、いや、おまけで二十三ってことでどうでやしょう」

「いつも気をつかってくれてありがとね」

松吉が、沓脱石からあがってきて敷居をまたいで膝をおった。

「蟻《あり》が十《とお》なら、わしゃ二十歳《はたち》。おめえ十九で嫁にきた。臭《くせ》え年ごろだなって言うたら、臭《くさ》くありませんと泣かれてしもた。てめえの嫁を臭いとぬかすたわけがおるかっておっかあにどつかれた。へい」

「なんだ、それは」

「あっしは、臭くてもかまいやせん。十九でも、二十歳でも、二十一でもけっこうでやす。ぜいたくは言いやせん。眼と鼻と口とがふつうにあって、やさしくて、飯が旨《うめ》えんなら、多くは望みやせん」

声がして、襖があいた。

口をひらきかけた松吉をよねが睨みつける。松吉が天井に眼をむける。

たきが、盆をもってはいってきて、松吉のまえに茶碗をおいた。

天井から眼をもどした松吉がにやける。

「おたきちゃんが淹れてくれたのかい」

「はい」

「なら旨《うめ》えにちげえねえ。ちょいと飲んだだけで、酔っぱらっちまうかもしれねえな」

「松吉ッ」

「口がすべっちまいやした。聞かなかったことにしておくんなさい。恋の病《やまい》に医者を呼んじゃならねえ、やぼな薬でけえって熱がでるってね。熱でぼうっとなり、無口にならなきゃあならねえのに、あっしはどうしたんでやしょう」

「まったく」

毎度のことながら肩をふるわせて笑いをこらえるたきが、盆をもち、廊下に去って襖をしめた。

覚山はため息をついた。

「おっと、先生《せんせえ》。お願《ねげ》えでやすから、よくよく考《かんげ》えろ翌々日、なんておっしゃらねえでおくんなさい。豆腐のかどに頭《どたま》ぶつけてこの世とおさらばしてえ気分になりやすから」

「ふん。わしには言いたいほうだいだな」

「およねさんはおっかねえが、先生《せんせえ》は喧嘩沙汰《けんかざた》さえおこさなきゃあとりあえずはでえじょうぶでやす。それよか、ご浪人父子についちゃあお話しできることはまだありやせんが、佃町に住んでる船頭仲間が金次のことを知っておりやした」

「ほう。聞かせてくれ」

「申しあげやす」

金次の母親の名はもと。年齢《とし》は四十すぎ。高輪《たかなわ》のほうの寺で出茶屋娘をやっていたが、男にひっかかり、孕《はら》んで捨てられた。それで生まれたのが金次だ。

親は代々木《よよぎ》村《むら》の百姓だと、もとは話している。親からは、ふしだらだということで縁切りされた。

乳飲み子をかかえていては妾奉公さえできない。けっきょく、岡場所をてんてんとして佃町にやってきた。

金次はがきのころから悪《わる》だった。手習所へかよってないから読み書きができない。が、悪知恵ははたらく。

もとは、岡場所でちいさな縄暖簾をやりながら、女たちのめんどうをみている。吉原《よしわら》ふうには遣り手婆《やりてばば》のようなものである。

金次は、夕刻から夜五ツ半（九時）じぶんまでもとの縄暖簾にいる。女が客ともめると、金次がでむく。その上前《うわまえ》が金次の稼ぎだ。ただ、毎日顔をだしているわけではない。ほかの岡場所や品川宿《しながわじゅく》、吉原へ女を抱きに行くし、賭場にも顔をだす。

佃町の岡場所は入船町の権造《ごんぞう》一家の縄張である。金次は権造一家の子分ではない。一家が黙っているのは、金次がもとの倅だからだ。二十年あまりもいるもとは主《ぬし》のようなものであった。

「……というしでえでやす」

「なるほどな。よく報せてくれた。その船頭は、金次が簀巻で殺されていたをぞんじておろうな」

「へい。死骸《しげえ》をひきとった母親のもとが、お通夜で、いつかこうなるんじゃねえかと思ってたと言ってたそうで。それと、阿部勝太郎っておかたはきりっとした二枚目で、町内《ちようねえ》の若え娘《わけ》たちが騒ぐんを金次はおもしろからず思い、三度の飯にも事欠くどさんぴんがとののしってたそうでやす」

松吉が話している途中に居間をでていったよねが、盆をもってもどってきた。

畳におかれた盆には、茶碗と菓子皿があった。茶碗と菓子皿とを松吉のまえにおき、あった茶碗をさげた。

「もらいものだけど、食べておくれな。いつも先生のためにありがとね」

「とんでもございやせん。いただきやす」

よねが、長火鉢の猫板まえにもどった。炭は燃やしていない。

菓子を食べ、茶を喫した松吉が、礼を述べて去った。

朝四ツ（十時）の鐘が鳴るまえに弟子がきた。よねが稽古をつけに客間へ行った。

覚山は、文机《ふづくえ》で墨を擂《す》りながら文面を考え、松吉に聞いた話をしたためた。読みかえし、乾くのを待って封をした。

中食《ちゆうじき》のあと、かたづけをすませたたきに書状を笹竹までとどけさせた。

暮六ツ（六時）の見まわりはなにもなかったが、夜五ツ（八時）の見まわりでは入堀通りのそこかしこで駕籠舁や船頭が顔をよせあっていた。

小田原提灯《おだわらぢょうちん》を万松亭におき、通りを堀留へむかうと、はずれの常夜灯のよこにいた松吉が駆けよってきた。

「先生《せんせえ》、ついいましがた、蓬萊橋で身投げがあったそうでやす。娘が橋のうえから身投げしたんを、船頭らがとびこんで助けたそうで」

「それはよかった」

「おっと、お客がでてめえりやした。くわしいことがわかったら、お話しに行きやす。ごめんなすって」

通りを斜めに駆けた松吉が、川岸から石段をおりていった。

仲町通りだけでなく山本町通りも駕籠舁や船頭がかたまっていた。猪ノ口橋をわたる。万松亭のまえに小田原提灯の柄《え》をにぎった長兵衛らしき人影があった。

覚山は、やや歩をはやめた。

長兵衛も身投げ騒動を耳にしていた。おなじところで身投げがつづくと、流行《はやり》のごとくなってしまってまねる者がでてくる。長兵衛はそれを案じていた。

翌晦日《みそか》の朝、松吉が報せにきた。

大島川にめんした門前町の裏店に住む十四歳の娘が、父親に口ごたえして頬をはられた。泣いて、裸足のまま住まいをとびだし、蓬萊橋の頂上から身を投げた。屋根船や猪牙舟がゆきかう刻限であった。船頭らがとびこんで娘を助けた。報せをうけて、柴田喜平次が八丁堀から駆けつけてきた。

――倅ならけがしねえてえどに殴るのはかまわねえ。男は世間のきびしさにたちむかって生きていかなけりゃあならねえからな。娘は、かわいい、かわいいって褒《ほ》めて育てるんだ。こんど娘に手えあげやがったら、小伝馬町《こでんまちょう》の牢屋敷にぶちこむぞ。

父親をどやしつけ、助けてくれた船頭らによく礼をするよう言ってひきあげたという。

四

初夏四月朔日《ついたち》。

茶の湯では、初冬十月朔日に炉開きをして、初夏四月朔日に地炉《じろ》を閉じて風炉《ふろ》を開く。地炉は床に切ったちいさな囲炉裏《いろり》で、風炉は土製や鉄製、銅製などの床置き炉である。

そして、風炉開きの日に、火鉢もしまう。火鉢をだすのは、初冬十月の最初の亥《い》の日だ。この日は、玄猪《げんちょ》の祝儀で、亥の子餅《もち》を食する。亥は十二支の最後で、猪《いのしし》である。

湯屋からもどった覚山は、万松亭の若い衆《しゅ》にきてもらい、上蓋をした長火鉢を居間のすみに移した。

この日は更衣《ころもがえ》でもある。

絹の綿《わた》入れを小袖《こそで》といい、木綿《もめん》の綿入れを布子《ぬのこ》という。

覚山は上屋敷へおもむくおりのほかは布子でもかまわぬと思っていたが、あたしが恥をかくからとよねが承知しない。それで、見まわりをふくめて他出は小袖、住まいでは布子にしている。

祝言をあげてしばらくして、むりやり古着屋にひっぱっていかれ、小袖と布子を何着もあがなわされた。さらに、木綿屋へまわり、いったい何着縫うつもりだと驚愕《きょうがく》するほどの木綿も買った。

肌襦袢《はだじゅばん》だけでなく下帯も、と頬を染めながらちいさな声で言われ、なにゆえか、通りの陽射しをまぶしく感じてどぎまぎした。

着物も木綿も、店《たな》の者にあとでとどけさせた。

小袖や布子から綿をのぞいたのが袷《あわせ》である。袷を着るのは仲夏五月の四日までで、端午《たんご》の節句の五日からは単衣《たんい》（もしくは、ひとえ）を着る。絹も木綿も単衣である。麻《あさ》のひとえは帷子《かたびら》という。

端午の節句から重陽《ちょうよう》の節句（晩秋九月九日）の前日まで足袋《たび》を脱ぐ。晩秋九月朔日から八日までは袷を着て、九日から晩春三月晦日まで綿入れになる。ちなみに、浴衣《ゆかた》は湯帷子《ゆかたびら》の略で、もともとは湯浴みにもちいるものだった。着用して湯を浴びたり、湯浴みのあとの湯拭きに着たりした。

室町時代（一三九二～一五七三）末期ごろには、禁中から一般にも普及するようになったようだ。

江戸時代になり、三代将軍家光《いえみつ》のころには伊達《だて》な意匠の踊《おどり》浴衣（盆帷子）が、元禄（一六八八～一七〇四）のころには温泉浴衣がつくられているが、現在のような夏の涼み着としての浴衣の形態が定着するのは天明《てんめい》（一七八一～八九）から寛政《かんせい》（一七八九～一八〇一）期にかけてである。

昼まえに、三吉がおとないをいれた。柴田喜平次が夕七ツ（夏至時間、四時四十分）じぶんにたずねたいとのことであった。覚山は承知し、よねに告げた。

夕七ツの鐘が鳴ってほどなく、柴田喜平次と弥助がきた。覚山は、ふたりを客間に招じいれた。すぐに、よねとたきが食膳をはこんできて、よねが酌をして去った。

喜平次が箸《はし》をおくのを待ち、覚山は言った。

「一昨日《いっさくじつ》におきました蓬莱橋の身投げのこと、有川の松吉より聞きました。夜五ツ（春分時間、八時）の見まわりを終えたあと、万松亭の長兵衛どのとも話しましたが、蓬莱橋からの身投げが流行《はやり》のごとくなるのではあるまいかと案じておりました」

喜平次がうなずく。

「おいらも心配《しんぺえ》してる。達磨屋のふじは、門前小町って評判の縹緻よしだった。祝言もひかえていた。それが、なんでかしらねえが身投げしちまった。かどの料理茶屋に、とくに雨の日は注意するよう言ってある。一昨日《おとつい》の娘も、父親《ておや》に頰をはられ、そんなに嫌《きれ》えなら死んでやるって思ったそうだ」

「十四だと聞きました。命の意味、死んだりすればまわりがどれほど悲しむか。はたからは、とるにたらぬ、愚かな、と思えても、当人には命を捨てるほどのことかもしれませぬ」

「たしかにな。生きていればこそだ、死んじまったらなんにもならねえ。思いつめると、それがわからなくなる。おめえさんが気にしてるんで、ひとりに阿部父子を調べさせてる。ところで、金次なんだが、まずは松吉に礼をつてえてもらいてえ。もとは佃町の岡場所で知らねえ者《もん》はいねえ。その倅だってことはこっちでもつかんでた。それも、あらためてさぐらせてる。ほかに、ちょいとひっかかることがうかんできた。聞いてくんな」

横《よこ》川をすぎた小名木《おなぎ》川北岸の武家地うらに細長い猿江《さるえ》裏町《うらまち》がある。

先月の二十二日、達磨屋のふじが蓬萊橋から身投げをした夜、猿江裏町はずれの一軒家で押込み強盗があった。

翌二十三日の朝、一刻（春分時間、二時間）のかよいでかたづけや掃除にくる裏店の女房が死骸をみつけた。

見まわりの途中で自身番屋の書役から報せをうけた喜平次は、手先のひとりを北御番所へ走らせ、書役を案内にたてて猿江裏町へいそいだ。

腰高の竹垣にかこまれ、枝折戸《しおりど》がある平屋だった。戸口は雨戸がしめられ、裏の水《みず》口《ぐち》は腰高障子があけたままになっていた。

住まいは、厨に居間と寝所、渡り廊下のさきに湯殿と後架（便所）があった。寝所で、寝巻姿の女が猿轡《さるぐつわ》をかまされ、布団のうえで心の臓を一突きされて殺されていた。得物はなかった。

寝所は死の臭いがこもっていた。喜平次は雨戸をあけさせた。

両頰に、平手で殴られたであろう痣があった。寝巻を脱がさせると、腹や二の腕にも痣があった。湯文字の紐をほどかせ、ひろげさせた。腿《もも》にも痣があった。膝をおったしかめたが、てごめにされたようすはなかった。

弥助と手先に、湯文字と寝巻とをもとどおりにするよう命じた。

押入の襖が片方にひかれたままだった。柳行李《やなぎごうり》がひっぱりだされ、隅の板が二枚はずされている。

深さ八寸（約二四センチメートル）ほどの隠し処だった。蠟燭《ろうそく》をもってこさせ、もぐりこんでたしかめたがなにもなかった。

喜平次は厨に行った。

書役に呼ぶように言った家主と見つけた女房が土間で待っていた。

まずは家主にたしかめた。

殺されたのは、ひで、二十六歳。独り住まいで、借り主でもあった。囲い者ということだ。しかし、家主はあいてを知らなかった。

蒼ざめている女房に、喜平次はどうやって見つけたのかを訊いた。

裏へまわると、いつものように水口の雨戸があけられて腰高障子はしまっていた。けれど、竈《かまど》も囲炉裏《いろり》も、火をおこしたようすがなかった。厨の板間から廊下にでて、格子窓の雨戸をあけた。物音をたてているのに、寝所はしずまりかえっていた。いぶかしく思い、声をかけて寝所の襖をひくと、格子窓からのあかるさに寝巻姿の死骸がうきあがった。

腰をぬかすほど驚き、自身番屋へ報せに走った。

——はい。それだけでございます。うごかしたりしたものはございません。

——旦那を見たことあるかい。

女房がうなずく。

——数ヵ月から半年おきくらいにおいでになり、半月からひと月くらいおられます。

——年齢《とし》は。

——四十なかばくらいだと思います。居間におられるのをちらっとお見かけするくらいで、お話ししたことはございません。おひでさんは、伊勢《いせ》のほうの大店の旦那さんで、江戸のお店を見にくるのだと言ってました。

「……そんとき、御番所へ使いにやった手先が息せききって土間にとびこんできた。本所でも押込み強盗があったっていう。で、家主と女房を帰し、本所へむかった」

横川にめんした本所長崎町《ながさきちょう》で、質屋が皆殺しにされていた。主夫婦と若旦那、手代が二名に、下男下女がひとりずつの七名だ。屋号は安房《あわ》屋で、表向きは質屋だが裏で高利の金貸をやっていて評判がよくなかった。土蔵があけられ、店をふくめて有り金のこらず奪われていた。

殺されかたは、刺された者、頸《くび》の血脈を断たれた者、刀疵《きず》はなかった。

前夜は雨で、長崎町かいわいは雨粒が屋根に音をたてるほどはげしくふったという。それもあり、両隣や裏店で物音を聞いた者はいなかった。

翌二十四日朝の見まわりを、喜平次は臨時廻りに願い、猿江裏町の裏長屋にひでを見つけた女房をたずねた。

ひでの旦那は、中肉で、旅のせいか商人にしては浅黒く、眉間に二本の縦皺があった。すわってる姿しか見たことがないので身の丈はわからない。たぶん、五尺四寸（約一六二センチメートル）くらいだと思う。

「……その女房は見たことがねえそうだが、屋根職の亭主がひでは間男をしてるって話してたそうだ」

喜平次は、普請場を教えてもらい、そのまま足をむけた。

ひでは、色白で、ぞくっとくるようないい女だった。だから、町内の野郎どもが縄暖簾で飲むとよく噂になった。

何名かが、夜、ひでの家にはいったり、家からでてくる男を見ている。身の丈が五尺六寸（約一六八センチメートル）。ややほっそりしていて、細面《ほそおもて》。着物の襟《えり》がはだけぎみで、堅気には見えない。

「……金次が消えたあと、風采《ふうさい》のあがらない恰好《なり》をした手先のひとりをもとの縄暖簾に行かせていた。死骸《しげえ》になってからも、なにかつかめるかもしれねえんでかよわせている。金次の通夜と葬式をすませて見世をあけたもとがぼやいていたそうだ。博奕のせいかもしれないけど、他人《ひと》さまのものに手をつけてやっかいなことになってもしらないよって言ったのにって。金次は、二十五歳、細身で、身の丈が五尺六寸。たしかじゃねえ、けど、間男が金次だとする。ひでは女の独り暮らしだ、押込み強盗のしわざかもしれねえ。だが、ちょいと気になる」

「間男を知り、ふたりを殺《あや》めさせたかもしれぬ、と」

「商人もいろいろだ。むろん、多くは堅気でまっとうな商売《しょうべえ》をしてる。だが、裏であやしげなことをやってる者《もん》もいる。本所長崎町の安房屋もあこぎな高利貸だった。十手持ちを騙《かた》るろくでなしや地廻りなんかもつかってとりたてていた。さて、これくれえにしとこ。弥助」

「へい」

ふたりが腰をあげた。

冬場なら日暮れのけはいが濃くなっているか、陽が相模の彼方に沈むころであろう。春から夏へと陽射しはあかるく、力強く、昼はながくなっていく。

客間がかたづけられ、よねとたきが、夕餉の食膳を居間にはこんできた。さらに、たきが飯櫃《めしびつ》をもってくる。たきは厨で食べる。

夕餉をすませてころあいをみてきがえ、居間で暮六ツ（日の入、七時）の鐘を待っていると、庭のくぐり戸があけられた。

「先生ッ」

女の声だ。

縁側の障子は左右にあけてある。

万松亭の女中が顔をみせた。

覚山は訊いた。

「もめごとか」

「はい。旦那さまが騒ぎがおきそうなのでいそぎおこしいただきたいと」

「あいわかった」

刀掛けの大小を腰にさし、八角棒を手にして、沓脱石の草履をはいた。

さきになってくぐり戸から路地にでる。つづいてでてきた女中が、くぐり戸をしめ、斜めによこぎって万松亭のくぐり戸をあけた。

覚山は、庭をつっきり、厨よこをとおって表の土間に行った。上り框に腰をおろして待っていた長兵衛が立ちあがる。

「先生、青柳《あおやぎ》さんのまえで、船をどけろ、どけないで言い争っております」

青柳は、万松亭から猪ノ口橋へ四軒さきにある料理茶屋である。

覚山はうなずき、通りへ躰をむけた。長兵衛がついてきた。

人だかりができはじめていた。ゆきかう者は軒下ちかくをまわり、川岸に男らが剣《けん》呑《のん》なようすで顎をつきだして大口をあけ、喚きあっている。

松吉がいた。

こちらに気づいて破顔する。

足早にすすむと、左右で安堵のざわめきやささやきがこぼれた。

三人の船頭と、四人の船頭らが躰をむけあい、松吉は四人のほうで双方をなだめているようであった。

立ちどまったとたんに、三人組のまんなかにいたのがとがった声をだした。

「なんだ、てめえは」

そいつの額に八角棒をあびせる。

──ポカッ。

「痛《いて》えッ。なにしやがる、このどさん……」

──ポカッ。

ついでに左右も、ポカッ、ポカッ。

「この野郎ッ」

──ポカッ、ポカッ、ポカッ。

「無礼を申すでない。血を流したくないゆえ手加減しておるが、つぎは額を割るぞッ。そこでおとなしくしておれ」

──ゴォン、ゴォン、ゴン。

暮れゆく空に暮六ツ（七時）の捨て鐘がながれ、すぐに時の鐘が追ってきた。

「時の鐘があと六つばかり瘤《こぶ》をつくってやれと申しておる」

三人がひるむ。

覚山は、松吉に顔をむけた。

松吉は顔じゅうで笑みをうかべ、ほかの四人もうれしげであった。

「なにをもめておる」

「へい。この三名《めえ》、そこに舫《もや》ってる二《に》挺艪《ちょうろ》屋根船の船頭でやす。舳《みよし》でひとりが棹をもち、ふたりで艪を漕ぎやす」

覚山は首をのばした。

ふつうの屋根船よりふたまわりほどおおきな屋根船が桟橋によこづけされていた。さらにおおきなのが、大名遊びにもちいられる屋形船である。しかし、武家が窮するにともなって数を減じ、宝暦（一七五一～六四）のころはそれでも六十艘《そう》ほどあったが、文化（一八〇四～一八）にはわずか二十艘ほどになった。

「大勢でのれそうだな」

「そうなんで。このかいわいにはありやせんが、大川河口の相川町《あいかわちょう》や熊井町《くまいちょう》、神田川《かんだ》の柳橋《やなぎ》あたり、浅草《あさくさ》はずれの橋場町《はしばちょう》なんかの船宿がもっておりやす。ご覧のようにでけえんで、ほかの屋根船や猪牙舟の出入りがめんどうでやす。それで、十五間川の桟橋で待つようたのんでいたんでやすが、できねえってぬかしやがるんで」

覚山は、松吉にうなずき、二挺艪の三人に顔をむけた。

「無礼な口のききようはゆるさぬ」

八角棒を腰にさす。

「……額に瘤をつくるより、髷《まげ》を斬りとばすか、尻《しり》にばってん印の刀疵をつけたほうが、この者らも、まわりで見ている者らもよろこぶ」

　左手を鯉口にあてる。

「……さて、ほかの船頭らが迷惑しておる。おなじ船頭、わからぬわけはあるまい。なにゆえ十五間川で待たぬ」

　額の三ヵ所が腫れあがっているまんなかが、腰の刀に眼をおとしてからちいさく辞儀をした。

「申しあげやす。暮六ツの迎《むけ》えでやしたが、半刻（五十分）のなおしをいれたそうで。なら、それまでどけてくれって言われやしたが、そうするとおなじとこに船をつけられるかわかりやせん。こっちも、大事《でえじ》なお客でやす、ご機嫌をそこねちまうわけにはいきやせん」

　覚山は、松吉らに顔をむけた。

「刻限になれば、桟橋をあけてやれるか」

　四人の顔を見た松吉がこたえた。

「へい。お約束しやす。待たされても、お客を待たすわけにはめえりやせん。それはおたげえさまでやすから」

　覚山は、顔をもどした。

「聞いてのとおりだ。ひとりをのこし、ふたりで船を十五間川にだして待つがよい」

「へい。ご迷惑《めえわく》をおかけしやした」

額に手をあてていた左右のふたりも手をおろし、そろって辞儀をした。

覚山は、うなずき、腰の刀から左手を離した。

青柳のまえにいた亭主の理左衛門《りざえもん》と女将のつねがふかぶかと腰をおった。

笑顔で待っていた長兵衛とすこし話し、そのまま見まわりにでた。

堀留から山本町の通りをゆき、猪ノ口橋のいただきで十五間川へ顔をむけると、おおきな屋根船は有川の桟橋につけられていた。

翌朝、よねが湯屋からもどってほどなく松吉がきた。

初夏の空が年ごろの娘のようにきれいな青で、白い雲も恥ずかしがって両手でかぞえられるくらいしかないので、今朝のよねは二十二歳にしか見えないと褒《ほ》めた。

たきが、声をかけて襖をあけ、茶をもってきた。

松吉が、あきれるほどでれっとした笑顔になる。

「綺麗《きれえ》な空だと思ってたが、おたきちゃんにはかなわねえな。うん」

よねが釘を刺した。

「それでやめときなさい」

「へい。わかっておりやす。おたきちゃんが淹れてくれたお茶を飲んで、酔っぱらうことにしやす」

　たきが噴きだし、右手で口を隠した。赭《あか》くなり、左手で盆をつかみ、口をおさえたまま逃げるようにでていった。

　襖がしまり、よねがこぼした。

「ほんとに、もう。どう言えばいいんだろう」

　聞こえないふりをして茶を喫した松吉が、茶碗をおいて顔をあげた。

「先生《せんせえ》、昨日《きのう》はありがとうございやす。ですが、いきなりのポカッはおどろきやした」

「無礼な口をきくからだ。まえも話したように思うが、機先を制するという。殺気だってたのがおさまったではないか」

「そりゃあ、みな、びっくりしちまったからでやす。あっしらだけでなく、あいつらも魂消《たまげ》てやした。橋場町の船宿の者《もん》で、先生《せんせえ》が、地廻りの頭にでっけえたんこぶだけでなく、髷を斬った者《もん》と、尻《けつ》にばってん印をつけた者《もん》がいて、磯吉《いそきち》って名のそいつがいまでは〝ばってんの磯〟って呼ばれてるって教《おせ》えたら、仲町の入堀にきたさいは先《せん》生《せえ》に睨まれねえよう気ぃつけやすって言ってやした」

「よいか。好きで殴っておるのではない。あくまで、騒ぎをしずめるためだ。勘違いいたすでないぞ」

「わかっておりやす。手加減したってのもわかっておりやす。ですが、みなも言ってやしたが、先生《せんせえ》は、あっしらのときもそうでやしたが、いきなりポカッでやすからあぶなっかしくていけやせん。それと、腹をお切りになった阿部ってご浪人がめえに住んでたとこがわかりやした」

「くわしく聞かせてくれ」

「へい。船頭仲間に教《おせ》えてもらいやした。申しあげやす」

船頭仲間のひとりに、住込みで見習から船頭になり、生まれ育った小名木川南岸の海辺《うみべ》大工《だいく》町《まち》で所帯をもった者がある。名を太吉《たきち》という。

入船町で腹を切った浪人父子について、擂粉木《すりこぎ》先生《せんせえ》が、と口にしたとたんに松吉がしまったというふうによねを見た。よねは柳眉《りゅうび》をひそめたがなにも言わなかった。

松吉が、ほっとしたようすでつづけた。

とにかく、船頭仲間に知ってることがあれば教えてくれとたのんでおいた。

昨夜《ゆうべ》、あそこにいたうちのふたりと夜五ツ（八時四十分）まえにいつもの縄暖簾に行くと太吉がひとりで飲んでいた。

誘っていっしょに飲みはじめ、なにがあったかを話すと、太吉が、聞いたのに言うのをつい忘れてた、すまねえ、とあやまった。

海辺大工町は、小名木川の河口ちかくから南岸にそって四町（約四三六メートル）あまりある。太吉は川ぞいの裏店で生まれ育った。小名木川の高橋《たか》から海辺橋のほうへ一町（約一〇九メートル）あまり行ったところに本誓寺《ほんせいじ》がある。その裏門にめんした海辺大工町裏町に浪人一家が住んでいた。

太吉の女房が裏町で生まれ育った。大工町で所帯をもったのは、女房が年老いた両《ふた》親《おや》のちかくにいたがったからだ。太吉が松吉にたのまれたことを女房に話すと、そのご浪人のことなら知っていると言った。

ご浪人は阿部さまで、ご妻女は妙《たえ》、ご嫡男が勝太郎。旦那さまが傘張り、ご妻女はご嫡男にてつだってもらいながら房楊枝をつくっていた。

妙は、しとやかで色白、裏長屋の女房たちにも気づかいをするおだやかさとやさしさがあった。しかし、浪々暮らしのながさがこたえたのか、ついに臥《ふ》せってしまった。貧しさゆえ医者を呼ぶこともできない。妙は、火が消えるようにしずかに亡くなった。

その死に、ちかくの長屋の者まで泣いた。

阿部さまは、住職のゆるしをえて境内でご嫡男に剣を教えていた。貧しい暮らしであり、墓をもとめて埋葬するゆとりなどない。住職の厚志《こうし》で墓所の片隅にちいさな墓をえた。

それからしばらくして、父子は裏長屋を去った。

「……たぶんでやすが、海辺大工町より大島川むこうの入船町のほうが店賃は安くすみやす」

「財布に一両あまりあったそうだ。ご妻女の葬儀をすることができなかった。それで、安い店に住まいを移し、あるいは本誓寺に供養料などをふくめてきちんと納めるべくこつこつ貯めていたのかもしれぬ」

「先生《せんせえ》、おふたりは瑞運寺に弔《とむら》ったって聞いておりやす。ご内儀がおられる本誓寺のお墓にいれてもらえば、親子三人になれやす。なんでそうしなかったんでやしょう」

「住まいを血でよごしておる。葬儀までふくめるとはたして一両あまりですむか。家主や本誓寺のご住職に迷惑がかかるをはばかったのではあるまいかな」

松吉の両眼がうるむ。

「ちくしょう、泣けてきやがった。先生《せんせえ》、およねさん、失礼《しつれえ》させていただきやす」

低頭した松吉が、顔をうつむけたまま腰をあげてふりかえり、沓脱石から地面におりて足早に去っていった。

よねも、目頭に手拭をあてていた。

朝四ツ（九時四十分）の鐘が鳴り、弟子がきた。よねが客間へ行き、覚山は柴田喜平次への書状をしたためた。

中食のあと、たきに書状を笹竹へとどけさせた。

夕七ツ（四時四十分）の鐘が鳴ってすこしして、青柳の亭主と女将が菓子折をもって昨夕の礼にきた。

第二章　武士の気概

一

翌三日朝、上屋敷から使いがきた。

明日《みようにち》、上屋敷に参上するようにとのことであった。覚山はうけたまわった。

四日も快晴であった。

湯屋からもどったよねにてつだってもらってきがえた覚山は、弁当行李《べんとうごうり》と吸筒《すいづつ》の袱紗《ふくさ》包みをもって上屋敷へむかった。

罷《まか》りこしたむねをお側取次に言上して文庫へ行くと、ほどなくお呼びがあった。

覚山は参上した。

いつものごとく治郷《はるさと》のほかは小姓がひとりのみであった。

畳に両手をついてふかく低頭してなおり、ご機嫌うるわしくあらせられ祝着至極《しゅうちゃくしごく》にぞんじあげまする、と挨拶を述べた。

「うむ。国へもどれば、そちが所帯をもち、江戸にとどまるを庄屋の杢兵衛《もくべえ》に申さねばならぬ。さすれば、そちに夜這《よばい》をかけておった後家にもつたわろう。思いつめて自害でもされたら寝覚めがわるいゆえ、いかがしたものかと思うてな。存念があれば申せ」

「それがしには、なんとも申しあげようがござりませぬ。なにとぞご高配をたまわりたくぞんじまする。ただいま仰せの自害につきまして、いささか忸怩《じくじ》たる思いにかられるできごとがござりました。お聞き願えますでしょうや」

「申してみよ」

覚山は、阿部《あべ》父子《おやこ》について語った。

座敷に沈黙がおちた。

ややあって、治郷がわずかに肩を上下させてから口をひらいた。

「人にはそれぞれ運命《さだめ》がある。予にも、そちにもな。その者、武士としての気概をしめしたのであろう。ところで、よねと所帯をもったいきさつは万松亭《ばんしょうてい》の長兵衛《ちょうべえ》より聞いた。よねがなにゆえそちに惚《ほ》れたと思う。そうなればと考えたことがあったか」

「めっそうもござりませぬ。まったくもって青天《せいてん》の霹靂《へきれき》にござりました。いまもって、それがしごときをなにゆえと思うておりまする」

「万松亭にて用心棒をいたしておったころ、よねが挨拶しても、そちは苦虫をかみつぶしたがごとき顔で返答したのであろう」

「仰せのごとく、挨拶をされ、言葉をかわすことはござりましたが、おのれがどのような顔をしていたかまではよく憶《おぼ》えておりませぬ。どちらにいたしましても、それがしごときには縁なき者にござりました。父は士たる者は歯などみせずに片頬《かたほお》だけで笑えばよいと申しておりましたゆえ、笑顔はむけなんだように思いまする」

「やはりな。深川一の名妓《めいぎ》である米吉《よねきち》には誰しも相好《そうごう》をくずし、機嫌をとる。それを、まるで関心をしめさぬゆえ、かえって気になったのであろう」

「それがし、女性《によしよう》につきましては不調法《ぶちようほう》にござりますれば、日々、学んでおりまする」

治郷が微苦笑をこぼした。

「同情するのはよい。みずからをかえりみ、襟《えり》をただすもよい。したが、度をこせばかえって無礼であるぞ。長兵衛はそちをたよりにいたしておるし、むろんのことよねもそうであろう。村の後家については、そちが江戸にてしあわせに暮らしているむねを杢兵衛よりさりげなくつたえさせよう。それでよいな」

「はっ。ありがたくぞんじあげたてまつりまする」

覚山は、ふたたびふかぶかと低頭して退座した。

文庫で当座の書物を物色して持参した袱紗でつつみ、弁当を食べて帰路についた。

住まいの格子戸をあけて、ただいまもどったと声をかけると、三味線《しゃみせん》の音《ね》がやみ、よねが客間からでてきた。

「先生、昼まえに弥助親分とこの三吉がきてました。上屋敷へおいでになっていると言うと、お稽古《けいこ》をはじめるまえにまたきて、早くお帰りになるようなら夕七ツ（四時四十分）すぎに笹竹《ささたけ》へおいでいただきたいとのことです」

「あいわかった。稽古にもどるがよい」

「すみません」

覚山は、居間の刀掛けに大小をおいて羽織と袴《はかま》を脱ぎ、袱紗包みをひらいて借りてきた書物を文机《ふづくえ》のよこに積んだ。

書見台をだして書見をはじめると、たきが茶をもってきた。覚山は、弁当行李と吸筒の袱紗包みをしめし、さげるように言った。

よねが稽古をつけるのは、昼八ツ（二時二十分）をはさんで半刻（一時間十分）ずつだ。

稽古をおえたよねが居間にきたので、覚山は書見台をかたづけた。

たきが、ふたりに茶をもってきた。殿に拝謁したようすなどを語ったが、村の後家についてはふれなかった。

夕七ツの捨て鐘でしたくをはじめた。羽織袴、大小と八角棒とを腰にする。よねに見送られ、住まいをでた。

初夏になり、笹竹は腰高障子をあけてあった。

暖簾《のれん》をわけてはいると、女将《おかみ》のきよが笑顔でむかえた。

柴田喜平次らはまだであった。覚山は、六畳間で壁を背にして、左脇に刀と八角棒をおいた。

ほどなく、喜平次らがきた。

喜平次が奥の窓を背にし、弥助が敷居ちかくで厨《くりや》との壁を背にする。きよと女中が食膳をはこんできて、きよが座敷にあがった。

食膳をおき、喜平次から順に酌をしたきよが、土間におりて障子をしめた。

喜平次が、障子から眼を転じた。

「上屋敷へ行ったそうだが、このめえが先月の下旬だった。江戸にのこるって聞いた。きゅうにお供を申しつかったんじゃねえよな」

覚山は首肯した。

「ご帰国まえのご挨拶に参上いたしました」

「安堵《あんど》したぜ。書状をありがとよ。阿部父子をあたらせてる者を入船町《いりふねちょう》の家主仁兵衛《じんべえ》んとこと海辺大工町裏町《うみべだいくまちうらまち》へ行かせ、おいらは昨日《きのう》の見まわりの帰りに本誓寺《ほんせいじ》によって住職に会った。人別帳も見た。いくつかわかったことがある」

阿部伝右衛門の生国は御当地で、旦那寺が妻女の妙《たえ》が眠る本誓寺となっている。つまりは、生国をあかしたくないということだ。

本誓寺の住職は、伝右衛門と勝太郎父子が自刃したことを知らなかった。事情《わけ》を話すと、吐息をつき、律儀なお人にございましたと言った。墓については、畳に額をこすりつけんばかりに感謝し、供養料などをふくめて何年かかろうともかならずお納めいたしますと言っていた。

海辺大工町裏町の家主は倅《せがれ》の代になっていた。生活《たずき》が苦しいであろうに店賃がいちどもとどこおったことがないのを、父親が感心していたと語った。倅が憶えている三人も、偉ぶるところがまるでなく、とてももの静かだった。

入船町の仁兵衛は、六年まえに株を買って家主になった。家主株は、二、三十両から、日本橋かいわいなら二百両ほどで取引された。

まえの家主は子がなく、女房に先立たれて年をとったのでと隠居した。風の噂《うわさ》では

すでに亡くなっているという。

仁兵衛にとって、阿部父子はまったくめんどうのかからない店子《たなこ》であった。

「……ちなみに、金次《きんじ》は四年めえからだ。店請人《たなうけにん》（保証人）は母親のもとで、居酒屋

をてつだってもらってるというんで仁兵衛は貸したそうだ。その仁兵衛がちょいと気

になることを言ってる。阿部父子が傘張りをしてたことは話した。おめえさんの書状

にも、海辺大工町裏町に住んでたころから、伝右衛門が傘張り、妻女が倅の勝太郎に

てつだわせて房楊枝《ふさようじ》づくりをしてたことが書かれていた」

覚山は首肯した。

喜平次がつづけた。

「微禄の御家人は内職をしなきゃあ食っていけねえ。傘張りは青山百人町《あおやまひゃくにんちょう》の甲賀鉄《こうがてつ》

炮組《ぽうぐみ》が知られてるが、本所も微禄の御家人が多い。浪人の内職もけっこうある。で、

注文なんかをふくめ、取引は傘屋もしくは傘問屋とだ。ところが、仁兵衛によれば、

傘と房楊枝とを、勝太郎が、じかに、門前東仲町《もんぜんひがしなかちょう》の小間物屋銀杏屋《いちょうや》にとどけていた

そうだ」

覚山は、眉根《まゆね》をよせた。

「銀杏屋……たしか、蓬莱《ほうらい》橋で身投げをした達磨《だるま》屋のふじがまいっておった叔母の嫁ぎ先」

喜平次が顎をひいた。

「そういうことよ。蓬莱橋から二町（約二一八メートル）あまりに阿部父子が住んでた裏店がある。阿部父子が切腹したんが十九日の夜。ふじが身投げしたんが二十二日の夕刻。金次が姿を消したんも十九日。その金次とできてたかもしれねえ猿江《さるえ》裏町《うらまち》の妾ひでが押込み強盗に殺されたんも二十二日。金次が簀巻《すまき》にされて川へ投げこまれたのが二十四日。なんかひっかかる」

喜平次がおおきく息をした。

「……達磨屋のふじと阿部父子は、どっちもかたづいた一件だ。阿部勝太郎が十九歳、達磨屋のふじが十七歳。ふたりにかかわりがあったとは思えねえんだが、もういっぺん調べなおす」

「朔日《ついたち》、猿江裏町のほかに本所長崎町《ほんじょながさきちょう》でも質屋への押込み強盗があったと仰せにござりました。いくつもかかえておられるのに、阿部父子の件でわずらわせておるようで恐縮にござりまする」

「なあに。気になるんで洗いなおすだけよ。猿江裏町も長崎町も、火盗改《かとうあらため》がひっかきまわしてる。奴らは張りあう気まんまんだが、おいらはその気はねえ。奴らがけりをつけてくれるんなら、それでけっこうよ」

覚山はほほえんだ。

「失礼いたしてもよろしいでしょうか」

「かまわねえよ。なんかわかったら報せる」

「ありがとうございまする。ご無礼いたしまする」

覚山は、喜平次にかるく低頭して、左脇の刀と八角棒をとった。

参道にでると、夕陽が相模《さがみ》の空でおおきくなりつつあった。通りは、出職や店者《たなもの》、裏店の女房などがゆきかっていた。

住まいにもどって夕餉《ゆうげ》をすませ、暮六ツ（七時）の捨て鐘で見まわりにでた。

翌五日も快晴であった。初夏の陽射しは日ごとにつよくなり、空は青さを増していく。

よねが湯屋からもどってほどなく、庭のくぐり戸が開閉した。

「おはようございやす。松吉でやす。おじゃましてもよろしいでやしょうか」

声にあかるさがない。

覚山は、よねと顔を見あわせた。

縁側の障子は左右にあけてある。顔を見せた松吉は、やはり元気がなかった。

覚山は言った。

「あがるがよい」

「へい。ありがとうございやす」

松吉が、沓脱石《くつぬぎいし》からあがってきて、敷居をまたいで腰をおった。

「いかがした」

「先生《せんせえ》、無口になるにはどうしたらいいんでやしょう」

「しゃべらねばよい」

松吉が眼をまるくする。しかし、たちまち光がにぶる。やはりいつもの松吉ではない。

「わかっておりやす。わかっておりやすが、それができねえんで。あっしも無口な男になりてえってしんそこ思いやす。このままなら、なぁんか、生きててもしょうがねえんじゃねえかって気がいたしやす」

よねが柳眉《りゅうび》をくもらせた。

廊下で声がして、たきが襖《ふすま》をあけてはいってきた。松吉は、畳に眼をおとしたままだ。たきが、盆から茶碗を畳において立ちあがってふり返った表情がものたりなさそうであった。

たきが襖をしめるまで待ち、覚山は声をかけた。

「なにがあった。話してみろ」

「へい。……昨夜《ゆうべ》、三好《みよし》屋の友助《ともすけ》に、男のくせにまいどまいど、よく飽きないね、って言われてしまいやした。おかめに言われたんならどうってことねえんでやすが、友助のような別嬪《べっぴん》に虚仮《こけ》にされると、あっしも男でやすからこたえやす」

よねが、小首をかしげた。

「どこで言われたの。友助になにを言ったのさ」

「京橋までお客を迎《むけ》えにめえり、もどってきて入堀の桟橋につけたら、友助が迎えにおりてめえりやした。で、あっしが、今宵《こよい》はいちだんと綺麗《きれえ》でって言うと、睨《にら》まれ、言われちまいやした」

「ふぅん。明日《あす》の朝、三好屋の見習の妓《こ》がふたりお稽古にくるから訊《き》いてみるし、言っとく」

「いいえ。そんなつもりじゃ……」

よねがさえぎった。

「虫の居所がわるかったにしても、言いすぎ。そんな口のききかたをしてたら評判がおちてしまう。自惚《うぬぼ》れているんだとしたら、ちゃんと言ったほうが本人のため。そんなしょげてる松吉は見たくない。こないだ青柳《あおやぎ》さんからいただいたお菓子がのこってるからもってきてあげる」

よねが、腰をあげて居間をでていった。

「先生《せんせえ》、およねさん、なんであんなにやさしいんでやしょう。泣きたくなりやす」

「先日も涙をうかべておったではないか。男はめったやたらと涙を流してはならぬ。どうしても泣きたいおりは後架《こうか》で流せばよい」

「そんな。小便《しょんべん》じゃあるめえし。厠《かわや》で、ひとり、涙なんか流した日にゃあ、臭《くせ》え奴だって思われちまいやす」

「ようやく松吉らしくなってきたな」

「ですが、先生《せんせえ》。醜女《ぶす》がなに言おうが屁《へ》の河童《かっぱ》なのに、なんで別嬪に言われるとぐさっとくるんでやしょう」

「おまえのは、なにゆえすぐに屁だの臭いだのになるのだ」

「先生《せんせえ》が厠をだしたんですぜ」

「ん、そうであったか。それはすまぬ。わしは、ぐさっときたことがないゆえわからぬ。おまえが言うように、およねはやさしいからな」

松吉が啞然《あぜん》とした顔になる。

「お菓子がくるめえに言っときやす。ごちそうさまでやす」

襖があき、よねが盆をもってはいってきた。

膝をおって菓子皿をおく。

「おや、元気になったようだね」

「先生《せんせえ》のおかげでやす。いただきやす」

松吉が、饅頭《まんじゅう》の一切れを箸《はし》ではさんで食べ、茶で喉をうるおす。

覚山は言った。

「昨夕、正源寺《しょうげんじ》参道の笹竹で柴田どのにお会いした。阿部父子が海辺大工町裏町に住んでおられたことを文でお報せしたら、本誓寺のご住職をたずねられたそうだ。お墓のことにかんし、阿部どのは、額を畳にこすりつけんばかりにして何年かかろうとも供養料などをかならずお納めするとおっしゃっておられたらしい」

「やはりそうでやしたか。お気の毒に。金次って野郎は簀巻で殺されたそうで。罰《ばち》があたったんだと思いやす」

ほどなく、饅頭を食べ、茶を飲んだ松吉が、礼を述べて去った。

中食《ちゅうじき》のあと、覚山はかたづけをすませたよねにてつだってもらってきがえ、住まいをでた。

路地から入堀通りにでて、大通りを富岡八幡宮《とみがおかはちまんぐう》へむかった。鳥居から参道を行き、掘割に架かる橋をわたれば境内《けいだい》だ。

石畳がまっすぐのびている。ところどころに、梅や桜、松の木がある。一町（約一〇九メートル）ほどのところに石段と石垣とがあり、のぼったさきに本殿がある。

そこかしこに出茶屋がある。

屋根のないかんたんな葦簀《よしず》囲いがおおいが、板屋根に石の錘《おもり》をのせた造りの出茶屋もあった。

石畳わきにある板屋根の出茶屋のまえで、本殿の賽銭箱あたりで祈っているうしろ姿が見えた。

本殿へ行って、賽銭をたてまつり、合掌して祈った。

祈っているあいだは考えない。手をおろしてふり返り、参拝のじゃまにならぬように斜めまえへすすんで、境内をながめた。

達磨屋のふじは、雨のなか、傘をさしてここまできて、なにを祈ったのか。

雨のなかを歩いているつもりでゆっくりと石段をおりた。

石畳から橋をわたって参道を行き、大通りをよこぎる。船入《ふないり》ぞいにすすんで蓬萊橋をのぼる。

いただきで、瑞運寺《ずいうんじ》の杜《もり》とそのむこうの入船町を遠望し、ふりかえって石嶋《いしじま》橋へ眼をやり、ふたたび四周に眼をくばる。

橋のうえで立ちどまるのはご法度《はっと》である。もどり、門前町のかどにたたずみ、大通りのむこうがわの半町（約五四・五メートル）ほどにある銀杏屋を見た。

眼で参道の鳥居までをたどる。雨がふっている日暮れとはいえ、大通りでの勾引《かどわかし》は考えにくい。ひとりで歩きたいと言われ、叔母は嫁ぐまえの心の揺れを思いそうさせた。

――なにゆえ。

胸中で十七歳の娘に問いかける。

阿部伝右衛門については、ひととなりを思いえがくことができる。しかし、勝太郎についてはほとんど知らない。

大店の両替屋の娘と内職でその日暮らしをしている浪人の倅。しかも、娘は祝言をひかえている。

ふたりとも銀杏屋へ行っていた。顔をあわせるのは、ありうる。

――しかし……。

覚山は、首をかしげ、首をふり、帰路についた。

二

翌六日。

朝の稽古を終えたよねが、厨でたきと中食のしたくをしていると、戸口の格子戸があき、女の声がおとないをいれた。

陽射しがつよいので風をとおすために居間の襖はあけてある。よねがいそぎ足で戸口へ行った。

すこしして、もどってきて、膝をおった。

「三好屋さんの友助でした。見習の妓に聞いたって詫《わ》びにきてました。まえの座敷でお客にいじわるされてむしゃくしゃしていたそうです。それで、松吉なら怒ったりしないだろうからと、ついあたってしまったと言ってました。これから有川《ありかわ》に行って、松吉がいなければもどる刻限を聞いてお詫びするそうです」

「そうか。しかし、およねはたいしたものだな」

よねが、笑みをうかべて首をふった。

「松吉だからよかったんで、言いふらされたりしたら、お茶屋さんでの評判がわるくなり、なによりも芸者うちで足をひっぱられてしまいます。三好屋の女将さんに怒られたそうです。すぐにお昼にします」

昼の稽古がすんだ昼八ツ半（三時三十分）からほどなくして、三好屋の女将と友助とがたずねてきて、よねが客間で対した。小半刻（三十五分）もせずにふたりは帰った。

見送ったよねが居間にきた。

昼まえの松吉はでかけていたので女将とふたりで詫びにでむいたという。客商売だからわるい噂はすぐにひろまる。それを消すのは容易ではない。

覚山は言った。

「万松亭で用心棒をいたしておったころはまぶしいほどにきらびやかだと思うておったが、気苦労もおおいのだな」

よねがほほえむ。

「先生のおかげです」

覚山は眉根をよせた。

「どういうことだ」

「あたしが知ったのは、松吉がここにきて先生に話したから。先生は、入堀通りでみんなにたよりにされています。あたしだけだったら、女将さんまでついて有川へは行かなかったろうし、ここにもおいでにならなかったと思います」

「そういうものか」

「あい。そういうものです。先生の女房だから、万松亭のご亭主も気をつかってくださる。そうでなければ、あたしは三十路《みそじ》になった元芸者です」

「そうではあるまい。松吉ではないが、およねはおどろくほど若い」

頬を染めたよねが睫《まつげ》をふせる。

「お茶をおもちしましょうか」

「そうだな。たのむ」

よねが、襖をあけたままにして厨へ行った。

暮六ツ（七時）も、夜五ツ（八時四十分）の見まわりも、松吉を見かけなかった。

夜四ツ（十時二十分）の鐘が遠くに消え、二階の寝所へ行った。床がのべてあり、ひとつ布団に枕がふたつならべてあった。

覚山は、あさましくもごくりと唾を飲みこんだ。

よねが恥ずかしげに睫をふせている。覚山は、ふたたび喉仏を上下させ、よねの帯をほどきにかかった。

女が紐《ひも》だらけなのは男をじらすためにちがいない。

肌襦袢《はだじゅばん》を脱がす。

たおやかにして優美な白い肌があらわになる。心がときめく。

蹴出《けだ》しもはぎとり、湯文字だけにする。

息がかかるほどちかくに、神仏が手塩にかけたうつくしい胸乳《むなぢ》がある。たまらず、豆粒の乳首に赤児のごとくむしゃぶりつく。

乱暴に脱ぎすてて下帯だけになり、天女《てんにょ》をやさしくよこたえる。唇を吸い、舌をからめる。胸乳をなぞり、なでる。吸い、しゃぶり、唇を離す。

熱い吐息がもれた。

――壮年、女体《にょたい》に溺《おぼ》れ、学《がく》遠ざかるばかりなり。嗚呼《ああ》、柔肌抗《やわはだあらが》い難《がた》し。

いとおしさと自責とのはざまで揺れていると……。

「あっ、これ、およね、そ、そこをくすぐってはならぬ。……うぃひっひっひっ」

翌朝、いつもの刻限に松吉がきた。

すぐに客を迎えにいかねばならないのでと、沓脱石のところで礼を述べて去った。

昼まえに三吉がきた。柴田喜平次が夕七ツ（四時四十分）すぎじぶんにたずねたいとのことであった。覚山は承知し、よねにつたえた。

夕七ツの鐘が鳴ってほどなく、喜平次と弥助がおとずれた。

覚山は、ふたりを客間に招じいれた。

よねとたきが食膳をはこんできた。よねが喜平次から酌をしているあいだに、たきが弥助の食膳をもってきた。よねが弥助にも酌をし、襖をしめて去った。

食膳には、鱚《きす》の唐揚げと焼き茄子《なす》田楽《でんがく》と香の物があった。

唐揚げから白身をつまんで食べた喜平次が、箸をおき、諸白《もろはく》（清酒）を注いで喉をうるおした。

杯をもどして顔をあげる。

「十手持ちのなかでも年季のへえった甚六《じんろく》って者《もん》に阿部父子をさぐらせてる。で、勝太郎についてわかったことがある。これえだも話したが、本所は御家人の内職がおおい。傘張りはそのひとつだ」

竪《たて》川南岸の本所松井町《まついちよう》二丁目に、遠州屋《えんしゆう》という傘問屋がある。主の名は彦兵衛《ひこべえ》で、六十二歳。いまだ矍鑠《かくしゃく》としている。

甚六がていちょうに挨拶したからだろうが、彦兵衛は店《たな》ではお客さまの眼と耳がございますのでと、甚六を奥の客間に案内して女中に茶まで申しつけた。

阿部伝右衛門の亡くなった妻女妙《たえ》は嫁ぐまえの名字を杉浦《すぎうら》という。父親は半太夫《はんだゆう》。母親の名は聞いたかもしれないが憶えていない。

杉浦半太夫は遠州屋先代のころから傘張りを生業《なりわい》にしていた。妻女は房楊枝づくりをしていると聞いた。住まいは、深川北森下町《きたもりしたちょう》の裏店。遠州屋からは六町（約六五四メートル）ほどである。

半太夫がおなじ長屋に住むことになった者ゆえお願いいたすとともなってきたのが阿部伝右衛門で、そのころは伝一郎《でんいちろう》と名のっていた。

あいては武士であり、いらざる穿鑿《せんさく》はひかえねばならない。おなじ長屋に引っ越してきたからなのか、まえからの誼《よしみ》があったのかまではわからない。

翌年か翌々年に伝右衛門と妙が祝言をあげた。たしか、その年のうちだったように思う。半太夫は、遠縁にたのんでいた仕官が西国《さいごく》のほうでかなうかもしれないと旅立った。

仕官がかなったのであれば、便りがある。しかし、それっきり妙の両親《ふたおや》については聞いたことがない。

伝右衛門と妙とのあいだに勝太郎が生まれ、北森下町の裏店ではせまいので、おなじくらいの店賃ですこしひろくなる海辺大工町裏町にうつった。

妻女の妙には会ったことがない。やはり房楊枝をつくっていたようだが、どこの店へおさめていたかも知らない。

育ちざかりの子があると暮らしむきはいっそう苦しくなる。それもあってか、やがて妙が亡くなった。

傘張りだけでは店賃がおぼつかなくなるとの相談があったので、出入りの者らにも訊いてもらい、入船町の裏長屋に空店をみつけた。

問屋をとおせばそのぶん傘張りの手間賃が安くなる。それで、取引がある永代寺門前東仲町の銀杏屋に事情《わけ》を話して、銀杏屋がいるぶんはじかにおさめて、のこりを遠州屋でひきとることにした。それも、手代を行かせるのではなくもってきてもらえるのであれば、そのぶん高くひきとると言うと、勝太郎がもってくるようになった。

銀杏屋へは年始の挨拶に行った。父子の死も、月末《つきずえ》に勝太郎がこないので、二日に手代を行かせて知った。その昼、銀杏屋をたずねた。主の惣八《そうはち》も知らなかったらしく、たいへんに驚いていた。

「……というしでえなんだ。銀杏屋主の惣八も、それでまちげえねえって言ってる。それとな、勝太郎が、売ってる房楊枝を見て、つくらせてもらえませんかとたのんだそうだ。ためしにやらせてみたら、母親をてつだってたとのことでいいのをつくる。それで、房楊枝もたのむことにした。傘よりも房楊枝のほうがよく売れるからな。で、肝腎《かんじん》なことだ」

銀杏屋は両隣とのあいだにほとんど隙間《すきま》がない。その両隣のよこに裏店への木戸と路地がある。

出入りの振売りなどは、路地からうらにまわる。家の者や知り人などは、表の門口から出入りする。達磨屋のふじもそうであった。

勝太郎はよくきていた。ふじもしばしば遊びにくる。店の土間あたりで顔をあわせることはあったかもしれない。しかし、ふたりが口をきいているのを見たことはない。そんなことがあれば気づかぬはずがないから、勝太郎には出入りを遠慮してもらって、手代をとりに行かせていたろう。

あの日、惣八は板間に腰かけた客のあいてをしていた。帰るふじをちらっと見ただけだが、いつもとおなじだったように思う。

阿部父子は自刃である。家主の仁兵衛は、世間をはばかり長屋の者だけで葬儀をすませた。傘と房楊枝とを銀杏屋におさめていることは知っている。初七日をすませてから報せに行こうと思っていたが、身投げをした達磨屋のふじが内儀の姪だというので遠慮した。

月がかわって二日の朝に遠州屋の手代がきて、昼に遠州屋の主と銀杏屋の主がそろって焼香におとずれた。

「……房楊枝屋も両国《りょうごく》橋から竪川かいわいだろうが、甚六にはまだあたらなくてもいいって言ってある。それと、ふじがひとりで帰《けえ》ったのはあの日だけだそうだ。だから、ふたりが、たとえば富岡八幡宮あたりで会ってたってのもありえねえ。おなじところに出入りし、日をおかずして亡くなってるからよもやと思ったんだが、やはりたまたまだったんじゃねえかな」

覚山は、かるく低頭した。

「ご雑作をおかけいたしました」

それからすこしして、覚山は戸口でふたりを見送った。

初春のころにくらべると、昼間がだいぶながくなってきた。

春分は、明六ツ暮六ツともに六時。おおよそ三ヵ月後の夏至は、明六ツが五時で暮六ツが七時。春分との差が二時間、百二十分。時の鐘は二十四節気ごとに調節する。

したがって、春分から夏至にむかっては約半月ごとに二十分ずつ日がながくなっていく。そして、夏至から秋分にむかって二十分ずつみじかくなっていく。春分秋分は、昼夜ともに一刻が二時間である。

日中がながくなれば、そのぶん夜間はみじかくなる。一日二十四時間、一年三百六十五日、和時計や香盤時計をもちいて正確に時を刻んでいく。

時の鐘は、きめられた範囲からの鐘撞料《かねつきりよう》収入があった。しかし、かならずしもなり手が多かったわけではないようだ。

たきがくるようになって、昼間のうたた寝ができなくなった。このごろは、見まわりのあと、居間でよねと枕をならべることがある。

柴田喜平次と弥助が去り、居間に夕餉の食膳がはこばれた。食べてきがえ、暮六ツの鐘を聞いて見まわりにでた。

路地から入堀通りにでると、堀ばたから笑顔の松吉がきた。

「先生《せんせえ》、さっき、とおりかかった友助がよってきて、また詫びておりやした。本心で申しわけなかったと思ってるようでやす。心根も別嬪でやす。売れっ子になっていくにちげえありやせん。ちかくにいた者《もん》に、おやすくねえってからかわれちまいやした」

てれ笑いになる。

覚山はほほえんだ。

「よかったな」

「先生《せんせえ》とおよねさんのおかげでやす。ごめんなすって」

踵《きびす》を返してもどっていった。

覚山は、仲町通りから山本町通りと見てまわり、住まいにもどった。松吉のようすを話し、枕をならべてまどろむ。夜五ツ（八時四十分）の見まわりもなにごともなくすんだ。

翌八日未明。

下総《しもうさ》の空が白からいくらか青みがかかりだした暁《あかつき》七ツ半（四時十分）じぶんに、庭のくぐり戸をあけて稽古着姿の長吉《ちょうきち》がきた。

覚山は、いくぶん早めに稽古を終え、長吉を濡れ縁に腰かけさせ、あいだをおいてみずからも腰をおろした。

「長吉、わが流名水形流《すいぎょう》のいわれを話しておこう。はるか古《いにしえ》の唐土《もろこし》に孫武《そんぶ》というかたがおられた。孫子《そんし》との呼び名のほうが知られている。わしのように軍《いくさ》を学ぶ者にとっては神のごときお人だ」

『孫子』「虚実篇」に〝それ兵《へい》の形《かたち》は水《みず》に象《かたど》る（夫兵形象水）〟との一文がある。

水は自在である。ものの形にあわせていかようにも変化する。だが、ひとたび流れとなれば、巨木を根こそぎ奪い、岩を石に、石を砂に砕き、山を削って千尋《せんじん》の谷にする。

「……水のごとくやわらかく、水のごとく強く。これが水形流だ。他言はならぬ。おのがなかで噛みしめ、みずからのものにする。よいな」

「はい」

「よし。今朝はこれまで」

腰をあげた長吉が躰《からだ》をむけた。

「先生、ありがとうございます」

顔を紅潮させ、ふかぶかと一礼してふり返った。

流派の神髄《しんずい》を教えるのはまだ早い。だが、稽古が単調にならぬようくふうせねばならない。教えるは、みずから学ぶことでもある。

よねが手盥《てだらい》を濡れ縁においた。覚山は、諸肌《もろはだ》脱ぎになり、濡らしてしぼった手拭で肌をぬぐった。

そのあいだに、よねが手盥と水をいれた茶碗、房楊枝と歯磨き粉をもってきた。

覚山は、歯をみがいて口をすすぎ、顔を洗った。

居間にあがって縁側の障子と廊下の襖をしめて稽古着をきがえる。よねが、髷《まげ》をゆいなおして剃刀《かみそり》で髭《ひげ》をあたる。それから、濡れ縁の手盥などを厨へもっていき、稽古着を庭の物干しにかけた。日干しで汗の臭いをとる。汗臭さがのこるようになれば水洗いをする。

東の空がいよいよあかるくなり、明六ツ（五時）の捨て鐘が鳴るまえに、厨の水口があけられ、たきの声がした。

朝餉をすませてほどなく、庭のくぐり戸があけられた。

「先生、長兵衛にございます」

縁側の障子は左右にあけてある。顔をみせた長兵衛が、両足をそろえてかるく低頭した。

「朝早くから申しわけございません」

「あがられよ」

「ありがとうございます」

沓脱石から濡れ縁にあがった長兵衛が、敷居をまたいで膝をおった。

厨に行ったよねがもどってきた。風をとおすために襖もあけてある。

「先生、長吉がなにやら顔をかがやかせておりました。なにかあったのかと訊きましたところ、先生に口止めされておりますとのこと。申しわけございません」

長兵衛がかるく低頭した。こたえられぬと言われれば、ますます気になる。とくにわが子のこととあればそうであろう。

覚山はあかした。

「流名のいわれを話し、他言無用とつたえた」

「長吉にそのようなことを。ありがとうございます」

膝に両手をおいた長兵衛が、ややふかく低頭した。

たきが盆で茶をもってきて、長兵衛のまえにおいた。

長兵衛がほほえみかけて、茶を喫し、茶碗をもどす。

「昨日《さくじつ》、上屋敷へおうかがいいたしまして、お殿さまに、ご帰国のご無事をお祈りいたしておりますと申しあげました。先生のおかげで、入堀通りでの諍《いさか》いがずいぶんすくなくなったとお話しいたしましたところ、お喜びにございました」

「わしも四日にご挨拶をいたした」

「はい、うかがいました。長吉が先生に剣の弟子入りをしたことも申しあげました。お殿さまより、修行にはげむようつたえよ、とのお言葉をたまわり、手前は思わず涙をこぼしてしまいました。お笑いください」

「いや。それが親というものであろう」

「これからも、長吉のこと、よろしくお願いいたします」

低頭した長兵衛が、茶を喫し、辞去した。

三

暮六ツ（七時）の鐘で見まわりにでた。

入堀通りはにぎやかであった。町人や武士やあでやかな芸者がゆきかい、堀ばたの柳と朱塗りの常夜灯のあいだには客待ちの駕籠《かご》舁《かき》や船頭がたむろしている。辞儀をする駕籠舁や船頭にはかるく顎《あご》をひき、芸者には笑みを返す。

下総からは夜がしのびより、相模では落日が名残を惜しんでいる。堀ばたの柳は川風とたわむれていた。

覚山は、堀留から山本町の入堀通りへはいった。

山本町の入堀通りは、なかほどに裏通りがある。一ノ鳥居がある大通りと、十五間川にめんした通りとが、永代寺門前山本町の表通りである。

かどから覗《のぞ》いていた顔がひっこんだ。髷がゆがんでいた。地廻りかそのたぐいの者だ。

裏通りには居酒屋や豆腐屋、八百屋などの小店が軒をならべている。湯屋もある。よねは、裏通りの路地をはいった二階建て長屋に住んでいた。朝の一刻だけかよってくるてつの住まいもある。

心がけがある者は通りのまんなかを歩く。左右からの不意打ちにそなえてだ。

裏通りにちらっと眼をやる。印半纏《しるしばんてん》の職人ふたりがならんで去っていく。

左右にある食の見世《みせ》の腰高障子に灯りがある。裏通りにはいった二軒めは左右とも居酒屋だ。

裏通りをすぎ、ゆっくりとすすむ。

背後がざわめいた。

覚山は、さっとふり返った。

裏通りから浪人三名がとびだしてきた。通りにいた者らが逃げ散る。

三名が抜刀。白刃の切っ先が空を刺す。

敵が技倆《ぎりよう》を感取。

脇差の鯉口《こいぐち》を切り、一尺七寸（約五一センチメートル）の加賀《かが》を抜いて左手にもちかえ、八角棒も帯から抜く。

柄《つか》に左手をもっていった三名が、上段にとり、突っこんでくる。いずれも眦《まなじり》を決し、悪鬼《あっき》の形相だ。

三方からの一気の斬撃。三振《みふ》りの白刃が、蒼《あお》い空を裂く。

覚山は、上体をわずかに正面へおした。まんなかの敵が両腕に力をこめる。そのぶん、うごきがにぶる。

さっと顔をふって左の敵を眼で刺し、右へ跳ぶ。

「オリャーッ」

右敵が裂帛《れっぱく》の気合を放った。蒼くなりだした空を、大上段の白刃が裂く。

宙で樫の八角棒を振る。風を切り、唸《うな》る。白刃の鎬《しのぎ》を叩く。右足が地面をとらえた。八角棒で白刃を抑える。左足も地面につく。

まんなかが跳びこんできた。加賀を奔《はし》らせ、薪割《まきわ》り斬撃を弾く。左足をまえへ。撥《は》ねた加賀が牙を剝《む》き、切っ先で右敵の右腋下を斬る。

左足爪先を立てて右回りに反転。白刃を八相にとったまんなかが、袈裟《けさ》懸《が》けにくる。

樫では危うい。刃が喰《く》いこみかねない。

上体を捻《ひね》る。加賀を突きだす。白刃が鎬を滑り、鎺《はばき》で止まる。八角棒で、右親指を撃つ。撥ねあげ、額に一撃。

まんなかが刀を落とす。

覚山は、駆けぬけ、四歩めでふり返った。

上体をむけて踏みこまんとする左敵を睨みつける。

「無益ッ。命が惜しくば、仲間を連れて去れ」

憤怒《ふんぬ》の形相から口惜しげな表情になった左敵が、上段に構えていた刀をおろす。覚山は、さらに一歩さがり、両足を肩幅の自然体《じねんたい》にひらき、加賀と八角棒とをたらした水形流不動《ふどう》の構えをとった。

切っ先を落としながら隙あらばとの気配をしめしていた左敵が、肩の力をぬく。懐紙をだして刀身をぬぐい、刀を鞘にもどした。

頭をふったまんなかが、かがんで左手で柄《つか》をつかんだ。背をのばし、右肘《みぎひじ》をおって袖《そで》で刀身をぬぐう。左手で切っ先を鞘へいれかね、右のてのひらで逆手《さかて》に柄をつかんで鞘にもどした。

刀を鞘におさめた右敵は、手拭で右腋下をおさえている。

おそらくは地廻り一家に雇われた。問い、こたえを得んとすれば、さらに血を流すことになる。

三名が猪ノ口橋のほうへ去っていく。遠巻きにしていた野次馬も散った。

覚山は、鼻孔から息をもらした。おのれも、用心棒を生業《なりわい》としている。

八角棒を帯にさし、懐紙をだして加賀の刀身をていねいにぬぐって鞘におさめた。

万松亭のまえで、長兵衛が小田原提灯を手にして待っていた。

覚山は、地廻り一家に雇われたのであろうと告げ、住まいにもどった。

夜五ツ（八時四十分）の見まわりはなにごともなかった。

翌朝、覚山は加賀を刀袋にいれて住まいをでた。

海辺橋で仙台堀《せんだいぼり》をわたり、高橋で小名木川《おなきがわ》をこえて森下町《もりしたちょう》へ行った。

刀の切れ味をたもつには手入れが肝要である。抜いてまじえたあとは研ぎにだしている。

顔見知りとなった手代に、刃引した脇差をあつかっているかと問うと、手前どもにはございませんとのことであった。

さがして取りよせることはできますという手代に、それにはおよばぬとこたえた。取りよせれば、そのぶん高くつく。

住まいにもどった覚山は、文机で柴田喜平次への書状をしたためた。

中食のあとのかたづけをすませたたきに、書状を笹竹へとどけさせた。

夕七ツ（四時四十分）の鐘からほどなくして、戸口の格子戸があけられて弥助の声がおとないをいれた。

覚山は、居間から戸口へ行った。土間に柴田喜平次と弥助がいた。

「どうぞおあがりください」

喜平次が首をふった。

「いや、すぐにすむ。書状にあった刃引のことだが、おいらたちは捕物のさいは刃引の刀を腰にする。八丁堀《はっちょうぼり》の霊岸橋《れいがん》から河岸ぞいに半町（約五四・五メートル）ほどの南茅場町《みなみかやばちょう》に、刀剣や十手捕縄なんかを商ってる山城屋《やましろ》って店《たな》がある。そこならあると思うし、なくともふっかけたりはしねえはずだ。あとで、御番所へ行くおりによって話しておく」

「かたじけのうございまする。明朝、まいりまする」

「なら、そうつてえておく。じゃあな」

弥助が格子戸をあけて表にでた。喜平次が敷居をまたぎ、弥助が格子戸をしめて辞儀をした。

翌十日の朝、湯屋からもどったよねにてつだってもらってきがえ、戸口の格子戸をあけて表にでると、路地のかどから松吉があらわれた。

覚山は、左手でさげていた刀を右手にもちかえて腰にさした。

やってきた松吉が立ちどまった。

「先生《せんせえ》、おでかけで」

覚山はうなずいた。

「ちと八丁堀までまいる。昼まえにはもどれると思う」

「あっしも昼を食ったら船をださねばなりやせん。まためえりやす。失礼《しつれえ》しやす」

ぺこりと辞儀をした松吉が、ふり返って去っていった。

覚山は、上《あが》り框《かまち》のところで膝をおっているよねにうなずき、格子戸をしめた。

路地から裏通りを行き、湯屋をとおりすぎ、門前仲町と黒江町《くろえちょう》との横道から大通りにでた。

初夏四月の陽射しが、あかるく、まぶしい。

振売りや担売り、店者《たなもの》らがゆきかっている。

八幡橋《はちまん》、福島橋《ふくしま》をのぼりおりして、笹竹がある正源寺参道まえもとおりすぎる。大通りは相川町《あいかわちょう》で丁字路《てい》になっている。左へ行けば大島川《おおしま》河口で、右へ行けば永代橋《えいたい》がある。

永代橋のたもと両脇には、床見世《とこみせ》や出茶屋、屋台をおおきくした据見世《すえ》や担ぎ屋台などがある。永代橋は百二十間（約二一六メートル）余。河口には石川島《いしかわじま》と佃島《つくだじま》があり、江戸湊《みなと》からの潮風が吹いてきた。

頂上では、はるかかなたにいまだ冠雪している霊峰富士が望めた。

永代橋の西岸は、霊岸島新堀とのかどに御船手番所《おふなてばんしょ》がある。島送りの科人《とがにん》はここで船にのせられ、湊の五百石船《ごひやっこくぶね》で八丈島《はちじょうじま》へ送られる。

たもと右には高尾稲荷《たかおいなり》がある。杜《もり》の若葉があざやかだ。

霊岸島新堀には、御船手番所よこに豊海橋《とよみ》が、三町（約三二七メートル）ほどさきに湊橋がある。

覚山は、湊橋をわたって右へおれた。一町（約一〇九メートル）余に亀島川《かめしま》に架かる霊岸橋がある。

霊岸橋をわたれば八丁堀島だ。

覚山は、山城屋の暖簾をわけて土間へはいった。

顔をむけた帳場の番頭らしき者に名のると、腰をあげた手代が奥へ行った。

すぐに主がでてきて、板間に膝をおった。

「九頭竜さま、どうぞおかけください」

覚山は、刀をはずして板間に腰をのせ、刀を脇においた。

上体をむける。

主がかるく低頭した。

「庄左衛門《しょうざえもん》と申します。昨夕、柴田さまよりおうかがいいたしました。さっそくにもおこしくださり、お礼を申します。刃引の脇差は、ただいま三振りございます。ご覧になられますか」

「見せてくれ」

「かしこまりました」

手代が帳場のところから一振りずつ脇差を両手でささげもってきた。

覚山は、抜いて見つめ、重さ、棟の厚み、手へのなじみぐあいをたしかめた。そして、二振りをえらんだ。刀身はいずれも一尺七寸（約五一センチメートル）余。一振りは奥州月山《おうしゅうがつさん》の刀鍛冶の作。もう一振りは武蔵《むさし》の国多摩郡《たまごおり》の下原《したはら》鍛冶の作だという。甲州《こうしゅう》道中の八王子宿《はちおうじじゅく》から脇往還《わきおうかん》を行ったあたりの刀鍛冶らをそう呼ぶとのことであった。

価を訊いた覚山は、金子《きんす》をととのえておくゆえ明朝とどけてもらいたいと告げ、住まいを教えた。

「……ところで、研ぎもたのめるか」

庄左衛門が笑みをうかべる。

「うけたまわっております」

「では、明日《あす》、朝五ツ半（八時三十分）じぶんがよい」

「かしこまりました。とどけさせます」

低頭してなおった庄左衛門にうなずき、覚山は刀を手にして腰をあげた。

安いなまくらではすぐにつかいものにならなくなる。さらに、二振りは要る。できうればあまり血を流したくない。かといって、つねに樫の八角棒二本をもち歩くのも考えものである。思いついたのが、刃引の脇差だった。

船頭や駕籠舁、匕首《あいくち》をにぎった地廻りどもがあいてなら、一尺五寸（約四五センチメートル）の八角棒でまにあう。二本差しも、技倆によっては八角棒に刃引の脇差で血を流すのを避ける。むろん、遣い手には刀を抜かざるをえない。

なろうことなら、学問で生活《たずき》がなりたてばと思う。だが、泰平《たいへい》の世、兵学をこころざす者がはたしてどれほどあるか。いたとしても、名もなき九頭竜覚山の門など叩きはすまい。花街《かがい》の路地住まいとあってはなおさらだ。

しかし、その花街に住んでいるからこそ、よねは生き生きとしている。余所《よそ》へ移れば、輝きを失い、しだいに色褪《いろあ》せよう。

考えすぎかもしれぬ。だが、懸念は怖れからだ。よねはかけがえがない。いつまでも美しくあってほしい。

永代橋をわたって深川の大通りをゆき、一ノ鳥居をすぎた横道のかどにある両替屋の大津屋《おおつ》によった。脇差二振りを購《あがな》う金子をひきだして住まいにもどった。

翌十一日の朝、よねも湯屋からもどり、五ツ半（八時三十分）になろうとするじぶんに、戸口の格子戸があけられておとないの声がした。

覚山は、戸口へ行った。

昨日《さくじつ》の手代が、細長い風呂敷包みをかかえて立っていた。

手代が辞儀をした。

「山城屋の藤吉《とうきち》と申します。九頭竜さま、脇差をお持ちいたしました」

「あがるがよい」

「失礼いたします」

藤吉が、風呂敷包みを右胸にあてて右手でおさえ、左手で袂《たもと》からだした手拭で、片方ずつ沓脱石にのせた足袋をはらって草履をぬいだ。

覚山は、襖をあけて客間の上座につき、下座を手でしめした。

すすんできた藤吉が、膝をおって右横に風呂敷包みをおき、低頭した。

「まずは、おあらためを願います」

風呂敷包みをひらく。さしだされた脇差を、覚山は一振りずつていねいにあらためた。二振りともあらためてまえにおく。

「相違ない」

「ありがとうございます」

覚山は、懐から半紙で包んだ金子をだして畳においた。

「あらためるがよい」

「失礼させていただきます」

藤吉が、紙包みをひらいて金子をかぞえた。

「はい。まちがいございません。ありがとうございます」

懐からだした袱紗でつつまれていた短冊折りの半紙を畳におく。

「おたしかめ願います」

覚山は、うなずき、半紙をとってひろげた。金子を受領したむねの証文であった。

半紙を折りなおして脇におく。

「たしかに」

「ありがとうございます。ごひいきのほど、よろしくお願い申しあげます」

低頭した藤吉を、覚山は戸口まで送った。

客間にもどって証文と脇差二振りをもって居間に行った。

証文を手文庫にしまう。月山、多摩と名づけることにした刃引の脇差を刀袋からだして、加賀と近江《おうみ》をいれる。刀袋の二振りは押入にしまった。

文机にむかい、刃引の脇差二振りを入手したむねの報告をかねた礼状をしたため、中食のあとでたきに笹竹へとどけさせた。

翌十二日の昼まえ、三吉がきた。暮六ツ（七時）の見まわりのあとで山本町入堀通りの蕎麦《そば》屋八方庵《はっぽうあん》にきてもらえないかとのことであった。覚山は承知した。

暮六ツの見まわりのあとで万松亭によった覚山は、長兵衛に八方庵で柴田喜平次と会っているむねを告げた。

八方庵は大通りから山本町の入堀通りにはいって四軒めにある。

覚山は、万松亭をでて堀留へむかい、門前仲町裏通りまえの名無し橋をわたった。

初夏四月も中旬、八方庵も腰高障子はあけてあった。

暖簾をわけて土間にはいる。

三脚ある一畳の腰掛台にいる裏店の独り者らが、いっせいに顔をむけた。ひとりで蕎麦を食べる者の食膳には、おむすびが二個のった皿と香の物の小鉢がある。仲間と酒を飲む者らの食膳には、卯《う》の花（おから）、佃煮《つくだに》、炒殻《いりがら》（細切りにした鯨《くじら》の脂身を炒って脂をとり、乾かしたもの）などの皿があった。

客らが顔をもどしてふたたびにぎやかになった。

奥が厨、てまえに二階への階《きざはし》と、そのしたが畳敷きの小上がりになっている。そこに、弥助と南町奉行所定町廻り浅井《あさい》駿介《しゅんすけ》の御用聞き仙次《せんじ》が腰かけていた。

ふたりが立ちあがった。

弥助がぺこりと辞儀をする。

「先生《せんせえ》、柴田の旦那と浅井の旦那が二階《にけえ》の座敷でお待ちになっておられやす。ご案内《あんねえ》させやす」

前垂《まえだれ》をした若い娘が、まえで両手をかさねて低頭した。

覚山は、腰の刀と八角棒をはずした。

娘が下駄をぬぐ。覚山も草履をぬいだ。

二階には二部屋あった。

通りにめんした襖のまえで膝をおった娘が、声をかけてあけた。

六畳間の壁を背にして窓のほうに柴田喜平次が、廊下のほうに浅井駿介がいた。喜平次が、ほほえんだ。

「そこへすわってくんな」

「ご無礼いたします」

　覚山は、ふたりのあいだになるよう膝をおり、脇に刀と八角棒をおいた。

娘が襖をあけたままで階をおりていった。

本所深川が持ち場の浅井駿介は、やや細身の三十三歳。仙次は三十歳で、霊岸島《れいがんじま》の南新堀町《みなみしんぼりちょう》で両親《ふたおや》が居酒屋〝川風《かわかぜ》〟をいとなんでいるとのことだ。

娘が食膳をもってもどってきた。

膝をおり、まえにおく。

喜平次が声をかけた。

「おせい、注いでやってくんな」

「はい。……先生」

銚子をとって親しげな笑みをうかべる。

覚山は、杯に手をのばした。

「どこぞで会《お》うたかな」

「おてつおばさんが、よく話してくださいます。おなじ長屋です」

「そうか」

覚山は、笑顔で酌をうけ、はんぶんほど飲んだ。

銚子をおいたせいが、辞儀をして腰をあげ、廊下にでて襖をしめた。

わずかに小首をかしげている喜平次に、覚山は顔をむけた。

「てつはよねが山本町にいたころからつかっていた者です。いまも、朝の一刻（二時間二十分）ほど、かよってきておりまする」

「引っ越したからって雇いどめにせずにひきつづききてもらう。およねのやさしさだな。ちゃんと気配りができるんで深川一の売れっ子になれた。なるほどな、そういうことだったんかい」

覚山は眉根をよせた。

喜平次がほほえむ。

「怒っちゃあいけねえぜ。おめえさんが、米吉《よねきち》を口説いたとは思えねえ。お奉行が雲州松江《うんしゅうまつえ》さまよりお聞きになったそうだが、おめえさん、仕官をことわったんだってな。で、松江公が江戸にともない、万松亭の亭主におめえさんをたのんだ。そのあたりの事情を、おそらくおよねは知ってる。剣の腕がたち、学問の師でもある。しかも、松江公のお声がかりだ、名花と謳《うた》われた米吉の良人《おっと》として不足はねえ」

喜平次が微苦笑をこぼした。

「……怒っちゃいけねえってことわったろう。独り身より亭主持ち。しかも、表店の内儀。なろうことなら、お武家の妻女。女にだって見栄がある。とくにおよねは売れっ子だっただけに、妬《ねた》みや陰口がある。そいつらの鼻をあかしてやらねばならねえ。心配《しんぺえ》しなさんな、そいつはきっかけにすぎねえ。見てわかるが、およねはおめえさんにぞっこんよ。それに、芸者やってたころよりも綺麗《きれえ》になってる。しあわせってことだ。女が輝くんは男しでえだ」

覚山は、かるく低頭した。

「おそれいりまする」

「なあに。よくおめえさんをとっつかめえてくれたって、およねに礼《れえ》が言いてえくれえよ。話があってきてもらったんだが、そのめえに教えてくんな。おめえさんが刃引の脇差をほしがる理由《わけ》はてえげえ察しがつく。八日の夜も、ここの通りで浪人三名《めえ》に襲われたそうだな。これまでもそうだったが、おめえさんの腕ならうごけなくしておいらたちを呼ぶことができる。縄目の恥、かい」

覚山は、ちいさく顎《あご》をひいた。

「仰せのとおりにござりまする。不本意ながら生きるためにやむをえず。あるいは、妻子があるやもしれませぬ」

「妻子か。そこまでは考《かんげ》えなかった。だがな、釈迦《しやか》に説法《せつぽう》を承知で言わせてもらうぜ。そいつらに難儀《なんぎ》してる町家の者《もん》にも、生活《たずき》があり、妻子がある。それに、おいらたちを呼ばねえのはやつらをつけあがらせることになる」

「わかっておりまする。八日は、地廻りらしき者が、そこの裏通りのかどから見ておりました。すぐのところ左右に居酒屋がござりまする。そこで待っておったように思いまする」

「わかった。明日《あす》あたらせる。まずは、おいらの話からだ。猿江裏町で殺された妾のひでだが、間男は金次でまちげえねえってことがわかった」

小名木川北岸の上大島町《かみおおしまちょう》の左官が、猿江裏町の仲間の家に呼ばれて酒をふるまわれての帰り、ひでの住まいからでてきた金次を見ている。

左官は、佃町《つくだちょう》の岡場所へときおり行く。ひとりのこともあれば仲間といっしょのこともある。もとの居酒屋で飲んだりもするので、金次の顔を知っている。が、揉めたことがないので、金次はたぶん左官を知らない。

「……ひでのとこから入船町への道筋だけでなく、逆の大島町まであたらせたんで、左官を見つけることができた。それとな、その左官も言ってたそうだが、ひではめっぽういい女だった。男ならふるいつきたくなるような中年増《ちゆうどしま》だったらしい」

金次は女がのぼせあがるような色男というわけではない。金《かね》もない。いっぽうのひでは噂になるほどのいい女だ。

ふたりはどうやって知りあったのか。いつごろからの仲なのか。

もうひとつ。猿轡《さるぐつわ》をかませて手足を縛ってうごけなくするだけで、危害をくわえない盗人一味もいる。だが、声がだせず、身動きできなくとも、耳と眼がある。したがって、そういった一味はたいがいお縄になる。

だから、本所長崎町の質屋のように皆殺しにされることのほうがおおい。質屋の一件では、女は内儀と下女のふたりだけで年寄だったので悪さはされてなかった。しかし、若い女がいれば、殺されるまえに酷《むご》いめに遭う。

「……ひでは殺されている。銭のありかを吐《は》かせるために痛めつけたように思えた。賊は、すくなくともふたりか三名《めえ》はいたはずだ。死骸《しげえ》を見たときもひっかかったんだが、周辺の野郎どもが涎《よだれ》をたらすほどの女なのに、なんでてごめにしなかったんだ」

「たしかに」

覚山は、眉間《みけん》に皺《しわ》をきざんだ。

「……犯してはならぬと命じられていた。もしくは、命じる者がいた。……お待ちください」

眼をみひらき、喜平次を見た。

「……金子《きんす》を奪ったはめくらまし」

喜平次がうなずく。

「そうじゃねえかって気がしてきたとこよ。押込み強盗にみせかけ、間男してた妾を殺した。なら、銭の隠し処ではなく間男が誰かを聞きだすために痛めつけたのかもしれねえ」

「ひでを囲っていた者であれば、隠し処を知っている。間男が金次だとわかったのであれば、痛めつけてまで吐かせたのであり、見逃すはずがない」

「ああ。もしそうだとするなら、ひでを囲ってたのはただの商人《あきんど》じゃねえ。ところが、そいつがどこの何者《もん》なのかさっぱりよ。ひでの野辺送りなんかは、貸し主の百姓が家財道具を売ってすませた。ここからは駿介の番だ」

浅井駿介が、喜平次から顔をむけ、ほほえむ。柴田喜平次は三十六歳、浅井駿介はおなじ三十三歳だ。

「おいらも町家言葉にさせてもらいたいが、いいかな」

覚山はこたえた。

「むろんにござりまする」

かるく顎をひいた駿介が、口をひらく。

五日まえの七日朝、簀巻死骸が大川河口にある石川島《いしかわじま》東岸浜の波打ちぎわにあるのを佃島《つくだじま》の漁師が見つけた。石川島は、六割から七割が石垣と囲いのある人足寄場《にんそくよせば》だが、東岸に野原がのこっている。

人足寄場には町奉行所の与力と同心がいるが、人足の管理が役目である。となりの佃島をふくめて見まわりには行かないが、本所深川が持ち場の定町廻りの掛《かかり》であった。

簀巻での殺しはほとんどが地廻りのしわざだ。

殺されたのは男で、おおよそ三十歳前後。身の丈、五尺五寸（約一六五センチメートル）余。中肉。顔をふくめて躰《からだ》じゅうに痣《あざ》があった。身につけているのは下帯だけだった。

「……身を証すものがなんもねえ。こいつはながびきそうだなと思ってた。三日めえの夜、八丁堀の縄暖簾で柴田さんと一献かたむけてて、ひょっとしたらってことがうかんだ」

喜平次がわってはいった。

「おいらから話そう。ただし、ここからは他言無用にしてくんな」

「承知いたしました」

「おめえさん、北と南とで手柄を競うことはねえのかって訊いたことがあったな。そう思ってる者《もん》はけっこういる。おいらと駿介とはうまくいってるが、廻り方すべてがかならずしもそうってわけじゃねえ。お奉行どうしの仲がうまくねえこともある。けど、御番所どうしはぎくしゃくしねえように年番方が気をつかってる。で、石川島で見つかった死骸《しげえ》の額に治りかけた古い痣が三つあったって言われ、ひょっとしたらって思った。おめえさん、この朔日《ついたち》の暮六ツ（七時）じぶん、二挺艪《にちょうろ》屋根船の船頭らの額をポカポカやったろう」

覚山はうなずいた。

「松吉が浅草《あさくさ》はずれの橋場町《はしばちょう》の者だと申しておりました。三つ殴ったのはまんなかの者で、たしかに身の丈五尺五寸ばかりでござりました」

「翌日、駿介が一日かけて青柳から橋場町へまわった。駿介」

「橋場町の船宿田沢《たざわ》の船頭で、名は幸助《こうすけ》、三十二歳。独り者で博奕《ばくち》好き。おめえさんがポカリとやった残り二名《めえ》にたしかめさせた。博奕好きのつねで、幸助もあちこちに借金があった。ポカリの二名《めえ》によると、ちかぢかまとまった銭がへえるんで借りてる銭はきっと返《けえ》すって言ってたそうだ。もっとも、催促すると、いつもそう言ってたらしいがな」

そんな奴だが、船頭としての腕はたしかだった。田沢では、また四宿《ししゅく》あたりの賭場にかよい、飯盛女でも抱いているのだろうと思っていた。すっからかんになれば、悪びれたようすもなくもどってくる。そんなことはたびたびであった。

駿介が喜平次に顔をむけて訊いた。

「あのことも」

ひと息ほどのまをおき、喜平次がこたえた。

「そうだな、そいつもおいらが話そう。……金次を簀巻にしてた筵《むしろ》と荒縄はとってある。むすびめをのこしたまま片方を切ってな。南の吟味方が北の吟味方に、見せてもらえねえかとたのんだ。むすびめが似ていた。縛りかたも、首から巻きだして足首でむすんであった。それがわかったんが、昨日《きのう》よ。まだどっちとも言えねえんで、幸助が件は月番の駿介がさぐり、おいらはひでと金次とを調べなおすことにした。おめえさんのたんこぶのおかげで身もとがわかった。青柳には駿介が口止めしてある。そのあたりをふくんでてもらいてえ」

「承知いたしました。これでよろしいでしょうか」

「ああ。かまわねえよ」

覚山は、脇の刀と八角棒をとった。

せいが、表まで見送りについてきた。

たきもそうだが、年ごろの娘は花のようだ。笑顔がまばゆい。それゆえ、独り者の男らがかよい、繁盛する。

むろん、よねにはけっして口にできぬことだ。松江城下の村ではのんびり暮らしていたが、江戸へでてきて妻ができ、浮世の機微《きび》を日々学びつつある。

万松亭によった覚山は、小田原提灯を手にして住まいにもどった。

四

翌朝も快晴であった。

長吉がいっそう稽古にはげむようになった。明六ツ（五時）の捨て鐘で稽古を終えるころには顔や腕に汗をうかべていた。

よねが湯屋からもどってほどなく、庭のくぐり戸が開閉した。

「おはようございやす、松吉でやす。先生《せんせえ》、おじゃましてもよろしいでやしょうか」

縁側の障子は左右にあけてある。

松吉がにこやかな笑顔であらわれた。

「おっ、およねさん、今朝は二十四、いや、陽気がいいんでふたつほどおまけして二十二ってことでどうでやしょう」

「ありがとね。おあがりなさい」

「へい」

濡れ縁から敷居をまたいだ松吉が、膝をおった。

風をとおすために廊下の襖もあけてある。盆をもったたきがはいってきて、膝をおり、松吉のまえに茶碗をおいた。

「おたぁきちゃぁぁん、夏になったことだし、今日から十六でもいいよぅ。年齢《とし》がちけえほうがいいんなら、おらっちも今日から二十六、いや、二十五ってことにするから」

よねがとがる。

「松吉ッ」

肩をふるわせてうつむくたきが、盆をもっていそぎ足ででていった。

よねが追討ちをかける。

「まったく」

松吉が、知らんぷりで茶を喫して茶碗をおく。

「先生《せんせえ》、おたきちゃん、見るたんびにかわいくなっていきやす。年ごろの娘を見ると、朝のおてんとうさまのようにどんどん気持ちが昇っていくのはどうしてでやしょう」

「さあな。わしはおよねしか見ておらぬゆえ、わからぬ」

顎をおとした松吉が、よねに顔をむける。頬から首筋まで染めたよねが眼をふせる。

松吉が顔をもどした。

「先生《せんせえ》、そういうんをのろけってんでっせ。汗かいてきやがった。まじめな顔してなにを言うかと思えば……ん、そうやっておよねさんを口説いたってわけだ。こんど、やってみよ」

「おまえは誰にでも言うから信じてもらえまい」

松吉が、ため息をつく。

「わかってやす。頭ではわかっておりやす。どうしたらいいんでやしょう」

「目移りせずにひとりに決め、かるがるしく口をひらくな。三日くらい黙ってろ」

「よくよく考《かんげ》えろ翌々日ってんでしょ。お願《ねげ》えでやすからやめておくんなさい。それ聞くと、なんか、むなしくなっちまい、死にてえ気分になりやす」

「死ぬのはかまわぬが、おたきがさびしがるのではないかな」

松吉の眼がかがやく。

「そうでやしょうか」

「たぶんな。おまえがくると、なにも言わずともすぐに茶をもってくるではないか」

松吉が破顔する。

「あっしに気があるかもしれやせんね」

「しあわせな奴だ」

「ありがとうございやす」

「おまえは、後悔したことなどあるまい」

「先生《せんせえ》、むつかしいことをおっしゃらねえでおくんなさい。艪の漕《こ》ぎかたは、こうかい。あっ、そうかい」

よねが噴きだした。

覚山は首をふった。

「後悔とは、くやむということだ」

「なら、そうおっしゃっておくんなさい。あっしだって、ほかの奴に負けねえよう毎日《めえにち》くやんでおりやす」

「そうかい」

よねが両手で口をおおい、松吉はあんぐりと口をあけた。

ややあった。

「めえにも申しあげやしたが、洒落《しやれ》を言うお顔じゃあございやせん。お願《ねげ》えでやすから、やめておくんなさい。今晩、また夢でうなされそうな気がしやす」

「そうかい」

こらえきれずによねが大笑いをした。

「先生《せんせえ》、勘弁《かんべん》しておくんなさい」

「えっ、ああ、すまぬ。ちとほかのことを考えておった。松吉、なにゆえかぞんじておるなら教えてもらいたいが、入堀通りを見まわっていて屋台を見たことがない。よねもそういえばと申しておった」

「そいつは、たぶん、こういうことじゃねえかと思いやす」

門前仲町も門前山本町も、川ばたには柳と常夜灯があり、岸は桟橋へおりる石段になっている。そこに辻駕籠《つじかご》がおかれ、駕籠舁《かき》や船頭らがいるので、屋台をおく場所がない。

入堀通りには、料理茶屋や食の見世ばかりでなく、ふつうの商いをしている店《たな》もある。そういったところは日暮れまえに雨戸をしめるが、軒下に屋台をおかれるのをいやがる。屋台は火をつかうので火事のおそれがあるからだ。

「……それに、屋台をおくには地廻りに所場代《しょばでえ》を払わねばなりやせん。町家の旦那がたやお侍《さむれえ》、ましてや芸者衆が屋台のものを食うわけがありやせんし、稼ぎにならねえと思いやす。先生《せんせえ》が見まわりをするめえやあとに、通りが静かになったころをみはからって、堀留んとこに屋台の蕎麦売りがやってめえりやす。あっしらや駕籠舁など小腹がすいた者《もん》は、そこへ行って蕎麦をかっこみやす」

「なるほど。あいわかった」

「地廻りで想いだしやしたが、為助《ためすけ》一家のばってんの磯《いそ》が草鞋《わらじ》をはいたようでやす」

「ほう。いつのことだ」

「ここ数日のことだと思いやす。旅姿を見たってのもいやすが、あてになりやせん。ですが、いなくなったんはたしかなようで。すっかり長居しちまいやした。……およねさん、馳走《ごち》になりやした。……先生《せんせえ》、失礼《しつれえ》しやす」

辞儀をした松吉が去っていった。

昨夜《さくや》、八方庵からもどり、入堀通りに屋台がないのはなにゆえかをよねに訊いた。八日の暮六ツ（七時）すぎに山本町の入堀通りで三人組に襲われたことは柴田喜平次に報せていない。にもかかわらず知っていた。これまでにもあった。おのれが見張られているとは思わないが、誰かが報せている。

喜平次が、弥助の手先で振売りや屋台担ぎをしながら探索にあたっている者がいると話していた。

昨夜の帰路、それを想いだし、入堀通りで見かけないことに思いいたった。

顔を憶えていないが、山本町の裏通りから覗いていた者は、ばってんの磯こと磯吉であったのかもしれない。そうであるなら、喜平次に報せなかったせいで逃げられたことになる。

朝四ツ（九時四十分）の鐘が鳴り、弟子がきて、よねが稽古をつけに客間へ行った。

覚山は、文机にむかい、為助一家の磯吉が逐電《ちくてん》したらしきことを松吉より耳にしたむねをしるし、八日に襲われたのをすぐに報せなかった不明を詫びた。

乾いた書状をつつんで封をし、中食のあとでたきに笹竹までとどけさせた。

よねが稽古を終えて弟子が帰った昼八ツ半（三時三十分）すぎに、戸口の格子戸があけられて三吉がおとないをいれた。

覚山は、戸口へ行った。

駆けてきたようであった。紅潮した顔や首筋を手拭でぬぐっていた。

三吉が手拭を懐にしまった。

「先生《せんせえ》、柴田の旦那が、夕七ツ（四時四十分）すぎじぶんに笹竹へきていただきてえそうで」

「承知した。待っておれ」

足早に居間にもどった覚山は、巾着から小粒（豆板銀）をとった。

戸口へもどる。

「雑作をかけたな。甘いものでも食するがよい」

右手をだす。

三吉が両手をかさねてうけとった。

「いつもありがとうございやす。失礼《しつれえ》しやす」

表にでて格子戸をしめ、低頭して駆けていった。

覚山は、夕七ツの鐘を聞いてからしたくをして住まいをでた。大小のほかに八角棒も腰にした。

笹竹は暖簾だけで、腰高障子ははずしてあった。

土間にはいると、女将のきよがすまなさそうに首をかしげる辞儀をした。

「先生、じきにもどると思います。あがって待っててくださいな」

「かたじけない」

覚山は、刀と八角棒をはずして六畳間にあがり、いつものところで壁を背にした。

小半刻（三十五分）ほどになろうとするころ、手先の声がした。

いそぎ足でやってきて手拭で足袋《たび》の埃《ほこり》をはたいた喜平次が、笑みをうかべた。

「すまねえ。待たせちまった」

「お気になさらずに」

喜平次が奥で窓を背にし、弥助が厨との壁を背にした。きよと女中が食膳をはこんできて、酌をしたきよが土間におりて障子をしめた。

箸をおいた喜平次が、諸白を注ぎ、飲みほして杯をもどした。

「書状をありがとよ。だが、詫びることはねえ。おめえさんが襲われたんを知ってたのに調べさせなかったおいらの落度《おちど》でもある。為助一家の磯吉だが、たしかにいなくなってる。おいらも、昼飯どきに知った。けど、山本町の裏通りでおめえさんを見てたのは磯吉じゃねえ」

笹竹は夜五ツ半（九時三十分）ごろまでには暖簾をしまうが、町内の者をあいてにしているちいさな居酒屋などは夜四ツ（十時二十分）の鐘までやっていたりする。それでも、裏店の独り者のために明六ツ（五時）には暖簾をだす。

朝五ツ（七時二十分）の鐘で暖簾をしまい、昼九ツ（正午）まえに暖簾をだし、昼八ツ（二時二十分）にしまって夕七ツ（四時四十分）にだす。暖簾をさげているあいだに、食べたり休んだりする。なかには、朝と夕からだけで昼は暖簾をださない見世もある。

笹竹は、参道にあるので参拝客のために昼もあけてある。

今朝、手先のひとりに山本町裏通りにはいったところにある二軒の居酒屋をあたらせ、昼を食べながら報告をうけた。

八日の夕刻、かたほうに浪人三名がいた。だが、案内してきたのは磯吉ではなかった。磯吉は兄貴分で、柄《がら》が悪く、歳も三十をこえている。浪人三名を連れてきたのは、名は知らない細面の三下《さんした》だった。

三下の名は半次《はんじ》で、十日の朝に磯吉とともに草鞋をはいていた。

「……ふけさせるんなら、半次って三下だけでいい。なんで磯吉もいっしょなんだ。それに、めえに話したことがあるが、為助一家には河井玄隆《かわいげんりゅう》って切れ者《もん》の用心棒がいる。おめえさんが遣い手だってことは知ってる。おめえさんは、江戸じゃあほとんど見かけねえ総髪だ。わざわざ三下をつけなくとも、総髪だってこととあらわれる刻限を教えればいい。思いつくことがあるかい」

「孫子は、さぐりをいれて敵がでかたをみよと教えておりまする。敵をみきわめ、正《せい》奇《き》をもって応じる。たとえますなら、正は正面より堂々と、奇は機略策略のたぐい。それを臨機応変につかいわけて勝利をうる」

「御番所がどうでるかの小手調べ。そいつはおいらも考《かんげ》えた。……なるほど、そういうことかい。つまり、磯吉はおめえさんをうらんでいる。いまじゃ、がきにさえ、ばってんの磯って呼ばれてる。おめえさんへの意趣返《げえ》ししたさに、親分の為助に許しをえずに用心棒の浪人をつかった。おめえさんにちょっかいだされえよう、為助にはおいらが釘を刺してる。で、為助はふたりを縁切りして一家から追いだした」

覚山は首肯した。

「為助はそう言い逃れができまする。ですが、磯吉はそのようなふるまいができたでしょうか」

喜平次が首をふる。

「ふつうにはまずむりだな。だが、おめえさんをうらむあまりみさかいをなくし、親分の命《めい》だと半次に嘘ついた。子分にしめしがつかねえんで、ふたりとも縁切りした。これなら、たしかにおめえさんを襲わせた言いわけになる。磯吉と半次とをとっつかめえねえかぎりな。いま思いついたんだが、磯吉はほんとうにおめえさんを襲わせるたくらみをしてたかもしれねえ。あるいは、尻《けつ》のばってんが消えることはねえかもしれねえが、頭を冷やさせるためにしばらく草鞋《わらじ》をはかせることにした」

「八日の件をお話ししてよかったと思いまする。これからは、あったことをお報せいたしまする」

「ああ、そうしてくんな。今朝、おいらがさぐらせたんは、河井玄隆と為助の耳にへえったと考《かんげ》えたほうがいいな。いまの入堀通りは、おめえさんがいるんで為助一家の縄張とはいえなくなった。まだしばらくようすをみるかもしれねえが、為助がこのまなんもしれねえんなら、三十三間堂《さんじゅうさんげんどう》まえ入船町の権造《ごんぞう》一家か、寺町《てらまち》うら蛤 町《はまぐりちょう》の三五郎《さんごろう》一家がかならずちょっけえをだしてくる」

「心しておきまする」

「もうひとつ話しておきてえ。遅くなったんは、駿介と大川ばたで待ちあわせて立ち話をしてたからだ。駿介の手の者《もん》が気になることをつかんだ。こっちの一件にもかかわりがあるかもしれねえんで、すぐに報せたほうがいいだろうからって使《つけ》えをよこしてくれた」

質屋への押込み強盗があった本所長崎町は、横川《よこ》の西岸で南割下水《みなみわりげすい》をはさんでいる。

東岸は武家地で、どちらも川岸は白壁の土蔵がならぶ河岸地である。南割下水のよこには長崎橋があり、橋から竪川《たて》へ四町（約四三六メートル）ほど行った西岸に本所の時の鐘がある。

質屋があるのは南の長崎町だ。裏は、通りと掘割とをはさんで武家地である。質屋は横川にめんした表通りにある。

皆殺しであり、雨戸はいまだにしめたままだ。葬儀などの後始末は親類がした。金品はことごとく奪われているし、家は借家だ。親類も跡を継ぐ気はない。おそらく、四十九日の法要がすめば、壊して建てなおすことになるであろう。七人も無残に殺された家など、借り手がつかないだろうからだ。

「……賊は屋根船でずらかった。たぶん、まちげえねえはずだ。夜四ツ（十時二十分）あたりなら通りには人っ子一人いねえ。質屋が襲われたんが先月二十二日の夜。その日とつぎの日、簀巻で殺された船頭の幸助が船宿を休んでる。のっぴきならねえ用があるって言ってたそうだ。駿介の手の者《もん》が、あらためて田沢の亭主に会いに行き、黙っての休みのほかも訊いてわかった」

「幸助は田沢の船頭で、屋根船持ちとはうかがっておりませぬが」

喜平次がうなずく。

「幸助が一味の運び役をうけたんなら、屋根船持ちの船頭から借りたんだろうよ。理由《わけ》を訊かねえでくれってそこそこの額をしめせばことわらねえ」

「つまり、屋根船を貸す。しかしながら、それがどうつかわれるかは知らぬ」

「勘づいてても知らんぷりをする。言いぶんとしては、たとえばこうだ。ひいきにしてもらってる大店の主が馴染《なじみ》の芸者と知られねえように逢引をしてえとおっしゃってる。礼をはずむんでひと晩貸してくんねえか。嘘かもしれねえと思っても、そこそこの銭になるんなら穿鑿《せんさく》はしねえ」

「浅井どのによれば、幸助は仲間にちかぢかまとまった銭がはいると話していた。筋がとおっておりまする」

「運がよけりゃあ、貸した船頭が見つかるかもしれねえ。運がよけりゃあな。駿介が、幸助のつきええをあたらせる。まだ決めてかかるわけにはいかねえが、幸助と金次とは殺されかたが似てる。妾のひでと質屋とはおなじ夜に襲われた。金次は、そのひでの間男だった。するってえと、ひでと質屋とはおなし一味のしわざってことになるのか。なんでおなし日に」

「おなじ日ゆえ、ことなる盗人一味のしわざと思わせんとした」

「ああ、それがねらいかもしれねえ。だがな、翌日でもかまわねえはずだ。おなし一味が二日つづけてとはなかなかに思いつかねえ。さて、御番所へ顔をだしたあと、八丁堀で駿介と会わねばならねえ。なんかわかったらまた報せる」

「ご無礼つかまつりまする」

覚山は、刀と八角棒をとった。

相模の空からのやわらかな夕陽が、参道にながい影をおとしていた。

第三章　月と猫

一

翌十四日朝、布子《ぬのこ》から小袖《こそで》にきがえた覚山は、着流しの腰に両刀だけさして住まいをでた。

昨夜、見まわりのおりに会えればと思ったが、あいにくと松吉の姿はなかった。

船宿有川《ありかわ》は、入堀と十五間川のかどにある。土間にはいっていくと、板間に腰かけて談笑している船頭らのなかに松吉がいた。

松吉が、驚いた顔で立ちあがった。

「先生《せんせえ》」

「ちと教えてほしいことがある。そこまでよいか」

「へい」

覚山は、表へでて、川岸のかどまですすんだ。

ふりかえる。

松吉が立ちどまった。

「先生《せんせえ》、なんでやしょう」

「横川《よこ》の南割下水《みなみわりげすい》のところにある本所長崎橋《ほんじよながさき》から小名木川《おなき》へでて猿江裏町《さるえうらまち》のちかくまで屋根船でどれくらいかぞんじておるか」

松吉が小首をかしげた。

「南割下水から猿江裏町……半里（約二キロメートル）くれえだと思いやすが、たしかめてめえりやす。待っててておくんなさい」

松吉が有川の土間に消え、すぐにもどってきた。

「先生《せんせえ》、やはり半里くれえでやす。歩行《かち》で半刻（一時間十分）とかかりやせん。屋根船なら小半刻（三十五分）の半分くれなもんでやす。猪牙舟《ちよきぶね》なら半分もかかりやせん」

「そうか。ここから南割下水までは」

「一里（約四キロメートル）あまりなもんだと思いやす」

「あいわかった。じゃまをした」

覚山は、顎《あご》をひき、猪《い》ノ口《くち》橋をわたって住まいにもどった。

質屋があった本所長崎町とひでが住んでいた猿江裏町とは、思っていたよりもさらにちかい。

中食《ちゅうじき》をすませた覚山は、羽織袴《はかま》で住まいをでた。

道順は、食べながらよねに教えてもらった。松吉のほうがたしかだが、道順まで訊《き》くと、なにゆえとなってしまう。松吉と話しているのは、身投げした達磨《だるま》屋のふじ、切腹した阿部《あべ》父子《おやこ》、それに金次《きんじ》にかんしてだけだ。

本所長崎町と猿江裏町とでおなじ夜に押込み強盗があったことに思いいたるかもしれない。しかし、おそらく、そこまでだ。松吉は探索方ではない。疑念をいだいたのであれば、やってきたおりにもちだすであろう。

柴田喜平次は信頼していろいろと話してくれている。どうからんでくるかわからぬことを、むやみともらすべきではない。

富岡《とみおか》橋で油《あぶら》堀をこえ、寺町《てらまち》通りをすすんで海辺橋をわたる。そのまま道ぞいに行き、高《たか》橋で小名木川をこえ、二ツ目之橋で竪《たて》川をわたる。

竪川の両岸は河岸地だ。

二ツ目之橋から東へ九町（約九八一メートル）余で横川。北へおれて五町（約五四五メートル）ほどで南割下水がある。

横川ぞいを一町（約一〇九メートル）ほどすすんだ川岸に本所の時の鐘がある。そこから本所入江町《いりえちょう》の通りが横道をはさんで二町（約二一八メートル）余つづく。つぎが本所長崎町だ。入江町も長崎町も通りをはさんだ川岸に白壁の土蔵がならんでいる。

表通りには食の見世《みせ》らしき構えが見あたらない。入江町の横道と、入江町と長崎町との横道に、居酒屋や蕎麦《そば》屋などの暖簾《のれん》があった。

長崎町の表通りは一町余。一軒だけ雨戸が閉められている店《たな》があった。間口二間半（約四・五メートル）で、二階の屋根に〝安房《あわ》屋〟との看板がある。

南割下水との横道にも食の見世があった。

入江町から長崎町まで、日が暮れると戸締りをする店ばかりだ。そして、土蔵が対岸からの目隠しになる。土蔵の白壁は夜空の明かりに映える。それでも、食の見世がない通りは暗い。通りの幅も四間（約七・二メートル）ほどしかない。賊にとって、たしかに安房屋は狙いやすい。

南割下水の幅は二間（約三・六メートル）。下水に架かる橋をこえ、長崎橋で横川をわたった。横川の川幅は二十間（約三六メートル）。

くだった橋のたもとで南の深川のほうにより、土蔵のよこで対岸を見た。

土蔵は二棟《むね》から三棟が壁一枚で仕切る造りになっている。そのあいだが、おおよそ四尺（約一二〇センチメートル）ほどずつ離れている。通りのほうは壁だけだった。川岸のほうに板戸がある。岸は石垣と石段と桟橋だ。

板戸のあいた蔵も、荷船も、人足の姿もない。

覚山は、ふり返った。

東岸は武家地だ。道には人影がない。竪《たて》川を新辻《しんつじ》橋でこえる。竪川の両岸は町家だ。町家の通りも、人影はまばらだった。

町家を背にすると、ふたたび河岸地と武家地がつづく。

横川が小名木川と十文字にまじわる東北のかどが猿江町《さるえちょう》で、そのてまえが深川東《ひがし》町《ちょう》だ。猿江町と東町との横道をはいれば、東町のつぎが猿江裏町である。

覚山は、まっすぐすすみ、小名木川ぞいにおれた。五町（約五四五メートル）余さきの大名屋敷かどをまがる。大名屋敷の奥行がほぼ二町（約二一八メートル）。道をはさんで猿江裏町がある。

そのまますすむ。町外れから五間（約九メートル）ほどの空き地があり、つぎに竹垣でかこまれた平屋がある。戸締りがされている。ひでが住んでいた妾宅であろう。裏と横は田圃《たんぼ》だ。そのさきは武家屋敷。道をはさんでも田圃で、苗が水面《みなも》から背伸びをして初夏の陽射しを浴びている。畦《あぜ》のそこかしこに、白や黄色のちいさな花が咲いていた。

田のむこうに、猿江御材木蔵がある。

妾宅から五町ほどで竪川にでた。

覚山は、東へ足をむけた。

四町（約四三六メートル）たらずで横十間川があった。橋をわたらずに南へおれる。材木蔵を右に見ながらすすむ。

ひでが住んでいた妾宅は、四方とも数町で川にでることができる。川ぞいに町家、あとは武家屋敷と寺社と田畠と御材木蔵。江戸のはずれである。人通りもすくなく、さびしい。

墨堤《ぼくてい》などの名所がおおい向島《むこうじま》あたりにくらべれば、おそらくは地所を安く借りられる。しかし、どこか釈然としないものがある。柴田喜平次も、ひでを囲っていたのはただの商人《あきんど》ではないかもしれぬと話していた。

覚山は、小名木川ぞいを横川へひきかえして帰路についた。

翌十五日朝、松吉が雲ひとつない初夏の青空のようなとびきりの笑顔であらわれた。

たきが茶をもってくると、でれぇっとなり、鶏《にわとり》が首をのばして鶏冠《とさか》をふるわせているかのごとき頓狂《とんきょう》な声で呼びかける。よねが、叱《しか》り、睨《にら》んでも、馬耳東風《ばじとうふう》でいっこうにこたえるようすがない。いかな名医も手のほどこしようがない病だなと、覚山は思った。

「なにかよきことがあったようだな」

松吉が身をのりだした。

「へい、そうなんで。薄情な奴ばっかで誰もまともに聞いてくれやせん。先生《せんせえ》だけがたよりでやす」

「話すがよい」

「ありがとうございやす。昨夜《ゆうべ》、山本町《やまもとちょう》の川岸でお客がでてくるのを待ってやしたら、とおりかかった友助《ともすけ》が、わざわざよってきて挨拶してくれやした。置屋の三好《みよし》屋も、このところ、あっしを名指ししてくれやす」

「よいことではないか。なにゆえ、仲間の船頭らは耳をかさぬのだ」

「友助がいなくなってから、しつこく訊《き》きやすんで、綺麗《きれえ》だってまごころこめて褒《ほ》めたから、ひょっとしたらほの字になったのかもしれねえってこてえたら、こきやがれって言われちまいやした。ですが、ほんとうにそうかもしれやせん。そうじゃねえとは言いきれねえはずで。友助はえれえ別嬪《べっぴん》で、先生《せんせえ》とこのおたきちゃんはええかわいい。こんなに迷ったことはねえって話したら、みんないなくなっちまいやした。薄情な奴らで」

「まあ、せいぜい、迷い、悩め。そうしているあいだは、しあわせだ。それで、ふられたら、後架《こうか》（便所）で泣けばよい」

「また厠《かわや》ですかい。涙は小便《しょんべん》とはちげえやす。勘弁しておくんなさい。それに、ふられるとはかぎりやせん。先生《せんせえ》が、およねさんとですぜ。あっしにだって望みはありやす」

「うん、そうか。望みをもつのはよきことだ。生きるはげみになる」

ややうつむきかげんに笑いをこらえていたよねが、ついに右手を口にあてて噴きだした。

「へい。望みをすてねえでがんばりやす。先生《せんせえ》……およねさん、馳走《ごち》になりやした」

かるく低頭した松吉が、腰をあげ、濡れ縁から沓脱石《くつぬぎいし》におり、去っていった。

よねが、肩をおおきく二度上下させて顔をあげた。

「松吉は勘違いしてます。お稽古にきてる見習の妓《こ》が話してましたが、三好屋の女将《おかみ》さんは松吉をとても褒めているそうです。松吉が言いふらさなかったおかげで、友助の評判に傷がつかずにすんだって。それがわかってるから、友助もお礼をするのです」

「そそっかしいし、おしゃべりだが、そういったことはこころえている。松吉のやさしさであろう」

「あい。そう思います」

「しかし、めったに鏡を見ぬが、わしはそれほどおかしな顔をしているか」

よねが、笑いをはじけさせた。

ごめんなさいとあやまり、うかんだ涙を指でぬぐい、それでも笑うのをやめなかった。

渋面でもうかべるべきなのかもしれないが、よねは相好《そうごう》をくずしてもなお美しい。

覚山は、おのれも松吉とおなじ不治の病だなと思った。

三日後の十八日。

昼まえに三吉がきた。柴田喜平次が夕七ツ（四時四十分）すぎに笹竹へきてほしいとのことであった。覚山は承知した。

三度の捨て鐘につづいて七度の鐘を聞きおえたところで、羽織袴にきがえ、大小のほかに八角棒も腰にしてよねの見送りをうけた。

いつものように湯屋《ゆうや》のかどをまがって大通りにでる。

陽は相模《さがみ》の空にかたむき、出職の者や振売り、担売り、裏店の女房などが通りをゆきかっていた。

京坂では振売りを棒手振《ぼてふり》というが、江戸では魚の振売りのみを〝ぼて〟と呼ぶ。

その天秤棒の両端に盤台《ばんだい》をぶらさげた魚売りが、追いぬき、駆けさっていった。

八幡橋《はちまん》、福島橋《ふくしま》とわたり、正源寺《しょうげんじ》参道におれて、笹竹の暖簾をわけた。

女将《おかみ》のきよが、笑顔で首をかしげる辞儀をして六畳間の障子をあけた。

奥に柴田喜平次が、厨《くりや》との壁を背にして弥助《やすけ》がいた。

覚山は、腰から刀と八角棒をはずして座敷にあがった。すぐに、きよと女中が食膳をはこんできた。きよが喜平次から順に食膳をおき、喜平次から順に酌をした。

土間におりたきよが障子をしめた。

喜平次が言った。

「昨夜《ゆうべ》、八丁堀《はっちょうぼり》の居酒屋で南の駿介《しゅんすけ》と会った。おめえさんに礼をたのまれた。このめえ、たしか十三日だったが、運がよけりゃあたんこぶの幸助《こうすけ》に屋根船を貸した奴が見つかるかもしれねえって、ここでおめえさんに話した」

「憶《おぼ》えておりまする」

喜平次が、顎をひく。

「のこりのたんこぶ二名《めえ》をしぼりあげ、幸助が知っていそうな屋根船持ち船頭をのこらず聞きだし、手分けしてあたらせたそうだ」

屋根船を貸してくれとたのまれた者はいた。三人だ。いずれも、晩春三月になってすぐのころだ。

幸助と仲がよい船頭がいた。おそらくは最初に声をかけたと思われる。大事《でえじ》な商売《しようべえ》道具だ、たとえおめえのたのみでも貸すわけにはいかねえ、とことわった。幸助は、あきらめなかったようだ。しつこくたのんだ。ついには、貸す、貸さないで喧嘩になった。幸助とはそれっきり会ってない。

あてがはずれたせいであろう、幸助は、のこり二名には下手《したて》にでて頭をさげている。しかし承知してもらえなかった。

御番所が幸助に屋根船を貸した者がいないか調べている。厄介事だ。幸助は簀巻《すまき》で殺されている。借りた屋根船で賭場をひらいていたのかもしれない。それが地廻りにばれて簀巻で始末された。

賭場がらみなら、たとえ知らずに貸したとしてもまきぞえはまぬがれない。それをおそれて、嘘をついているのもありうる。

駿介の命にしたがって、手先らは当人だけでなく周辺にもさぐりをいれた。幸助がいた船宿の田沢《たざわ》だけでなく、ほかの船頭仲間、かよっていた縄暖簾などへも訊きにまわった。

浅草橋場町《あさくさはしばちょう》は、川ぞいに道がないので船宿がおおい。橋場ノ渡から寺島《てらじま》ノ渡まで五町（約五四五メートル）余もある。

それだけあれば、たいがいのことは町内でまにあう。ほかへ足をのばすのは、食いものや酒ではなく、初心《うぶ》な娘やいろっぽい年増が目当てだ。

田沢は橋場ノ渡にちかく、幸助は一町（約一〇九メートル）ほどさかのぼった裏店に住んでいた。

先月の十日ごろ、船頭のひとりが、寺島ノ渡にちかい路地の縄暖簾から幸助がでてくるのを見た。そこからほどちかい裏店の住まいにもどると、夜五ツ（春分時間、八時）の鐘が鳴った。

近所なのでその居酒屋は知っている。だが、やっているのは年老いた夫婦で、食いものが旨《うま》いわけでも、別嬪の娘がいるわけでもなく、まわりとくらべてべらぼうに安いわけでもない。しかも、幸助はひとりだった。なんでわざわざこんな遠くまでと思った。

たまに仲間と誘いあって一杯やるくらいで、それほど親しいわけではない。幸助はなにか考えごとをしていたようで、ぶら提灯《ぢようちん》の柄《え》をにぎってうつむきかげんに歩いていて、こっちには気づかなかった。こっちも、あえて声をかけなかった。

手先は、三十代なかばすぎの小柄な船頭に礼を述べ、教えられた縄暖簾に行った。白髪《しらが》頭の親爺に幸助の背恰好《せかつこう》と年齢《とし》を告げると、うなずき、うらの長屋に住む茂造《しげぞう》と二度か三度きたことがあるとこたえた。小声だったので、なにを話していたかまでは知らない。

手先は、茂造の住まいを訊き、たずねた。

茂造は留守だった。老いた女房が床に臥《ふ》せっていた。茂造は屋根船持ちで、商売にでている、夕刻にはもどるはずですと床から上体をおこしてこたえた。

手先は、むりさせたことを詫《わ》び、土間からでて腰高障子をしめた。そして、浅井駿介に報せるべく、いそぎ足で吾妻《あずま》橋をわたった。

仕えている定町廻りが、その日、その刻限にどのあたりにいるか、手先らは承知している。

供のひとりを南御番所へ走らせた駿介は、報せにきた手先を案内にたてた。

夕刻にはまがある。吾妻橋をこえたところで、駿介は浅草寺《せんそうじ》ちかくの蕎麦《そば》屋にはいった。仙次《せんじ》と手先らにも蕎麦をふるまって一服し、ころあいをみはからって蕎麦屋をでた。

茂造は、竈《かまど》に鍋《なべ》をかけ、味噌《みそ》汁をつくっていた。

手先らを路地にのこした駿介は、土間にはいった。ついてきた仙次が腰高障子をしめた。女房から聞いていたのであろう、茂造の眼には観念のようすがあった。

――あっしは、お縄になるんでやしょうか。

駿介はこたえた。

――できればそうしたくねえ。正直にこてえるんだ、悪いようにはしねえ。いいな。

――へい。

――手をやすめずともいい。幸助に屋根船を貸したな。

茂造がうなずく。

――ご覧のように嬶《かかあ》が寝こんでるもんで、世話をしなきゃあなりやせん。それで、昼間と、夜しか船をだせやせん。あっしが困ってるんを誰に聞いたかは知りやせんが、田沢の幸助と名のり、礼をはずむんで船を貸してほしいとちかくの居酒屋で言われやした。あっしは、二、三日考《かんげ》えさせてほしいとたのみやした。すると、幸助が、そんなには待てねえ、明日《あす》の夜、聞きにくるって。

——いつのことだ。

——たしか、先月の十一日だったと思いやす。銚釐《ちろり》をもう一本たのみ、そのぶんの銭も払って帰《けえ》りやした。

——いくらで貸してほしいって言ってた。

——二朱銀二枚《めえ》でどうだって言われやした。

寛政九年（一七九七）ごろで、一両がおおよそ銭で六千文余、銀で六十匁《もんめ》余である。二朱銀は八枚で一両相当だから、一枚で約七百五十文になる。神田《かんだ》川の柳《やなぎ》橋から山谷《さんや》堀までの屋根船代が二百五十文くらいであった。二朱銀二枚なら三往復できる。

——おめえとしてはいい稼ぎってわけだ。

——申しわけございやせん。若《わけ》えころなら、一日で一貫文《いっかんもん》（千文、実際は九百六十文）ほど稼ぐこともありやした。

——それで、貸し賃はいつもらった。

──二度めに会ったときにもらいやした。

──十二日だな。

──へい。

──おなじ縄暖簾か。

──さようで。

──借りる日もそのとき言われたのか。

──いいえ。あらためて報せるってことで、十九日の夜、言いにめえりやした。二十二日の暮六ツ（春分時間、六時）すぎに借りにめえり、つぎの日の昼九ツ（正午）までには返《けえ》すと申しておりやした。

──わかった。船になにかのこってたり、貸すめえとちがうところはなかったか。

──ございやせんでした。

──返しにきた幸助はなにか言ってなかったか。

──また借りるかもしれねえんでよろしくなって申しておりやした。

──やべえことに使われるかもしれねえって考《かんげ》えなかったとは言わせねえぜ。今回《こんけえ》は見逃してやるが、二度と船を貸したりするんじゃねえぞ。

──けっしていたしやせん。旦那、ありがとうございやす。

茂造の両眼から涙がこぼれた。

——汁がふきこぼれてるぞ。女房を大事《でえじ》にしてやんな。

仙次が腰高障子をあけた。駿介は、路地にでた。

「……これが一昨日《おとつい》のことで、昨日《きのう》の朝、でかけるめえに、駿介が御番所からもどったらいつもの居酒屋で会いてえって言いにきてた。おいらたちが気になったのが二点ある。わかるかい」

「ひとつは、屋根船の借り賃でございましょうや。すくなすぎず、おおすぎず。つまり、慣れている」

「そういうことよ。はじめてじゃねえってことだ。もうひとつは」

覚山は眉根《まゆね》をよせた。

「屋根船を借りねばならない。借り賃も前払いする。返事を待てぬと言いながら、いつ借りるかがはっきりしない。つまり、すべては屋根船が借りられるかどうかにかかっていた」

喜平次が顎をひいた。

「二十二日の夜にあったそれらしいのは、本所長崎町の質屋への押込み強盗と、猿江裏町の妾ひで殺しの二件だ。こいつも押込み強盗かもしれねえがな。あとは、喧嘩や掏摸《すり》のたぐいでかかわりがあるとは思えねえ。ここで首をかしげることがある」

押込み強盗はあらかじめ周到な準備をする。質屋安房《あわ》屋の一件は、慣れた一味のしわざに思えた。じっさいに、両隣も裏店も、物音ひとつ聞いてない。騒がれることなく奉公人らを始末し、家捜ししてないので主に金子《きんす》のありかを吐かせ、内儀ともども殺した。

内儀は猿轡《さるぐつわ》をかまされ、首に一筋の血の痕《あと》があった。おそらくは、内儀の首に刃物をあてて引き、血を見せることで主にしゃべらせた。

場当たりな押込み強盗ではない。そうであるなら、いつ襲うかはもっと早めに決めたはずだ。

「……それがわからねえ。おいらたちが知ってる盗人一味のやりかたじゃねえ。狙われたんがひでならどうか」

両替屋に預けずに有り金をのこらず押入の隠し処にためこんでいたとする。数十両、あったとしても百両にとどいていたとは思えない。町外れの一軒家だ。始末して、町木戸がしまる夜四ツ（春分時間、十時）まえに消えればよい。屋根船があったほうが逃げるのにたしかだが、ないとだめだというわけではない。

「……どう考《かんげ》えても、屋根船は質屋への押込みのために用意したとしか思えねえ」

覚山は言った。

「質屋もひでもおなじ一味のしわざということは」

「ああ。ありえなくはねえ。ひでは頭《かしら》の女だった。これなら、ひでについちゃあ得心がいく」

「ここでお会いした翌日の昼、本所長崎町と猿江裏町を見にまいりました。本所長崎町は、通りに食の見世が一軒もなく、しかも川岸には土蔵があり、賊にとっては狙いやすいように思えました。猿江裏町のほうは、向島あたりにくらべれば地所を安く借りられるからであろうかとも考えましたが、あの妾宅からは東西南北いずれへも数町で川へでられまする」

喜平次が眉間に縦皺をきざむ。

ややあった。

「おいらも安く借りられるからだと思ってた。話してなかったかもしれねえが、ひでが住むようになったんは五年めえ、つまり、二十一歳の秋八月からだ。春三月までは、木場《きば》の材木問屋が妾を囲っていた。たしかに四方とも川だ。あそこらの町家も見まわってる。あたりめえすぎで思いつきもしなかった。ありがとよ」

「いいえ。それと、はじめてひでの件をお聞きしたさい、猿江裏町はずれの一軒家で押込み強盗があったと仰せにございました。報せがあり、そのまま本所長崎町へまわったと」

「なるほどな。猿江裏町は女がひとり、長崎町は主従が七名《めえ》。おいらとしては、どうしたってそっちのほうをおもくみる。質屋とおなじく、ひでも押込み強盗に殺《や》られた。つまり、ひでに間男を吐かせて殺すためであったが、押込み強盗にみせかけんとした。早合点や思いこみはしくじりをまねく。あらためて考《かんげ》えてみなくちゃあならねえようだ。そろそろ暮六ツ（七時）だな。これくれえにしとこうか」

「失礼いたしまする」

覚山は、刀と八角棒をとった。

二

沈みゆく夕陽が、相模の空を濃淡のある紅蓮《ぐれん》に染めていた。

覚山は、参道から大通りにでた。日暮れの通りは、おおくの者がゆきかっている。

福島橋をわたり、八幡橋もすぎ、一ノ鳥居を背にしたところで、暮六ツ（七時）の捨て鐘が鳴った。

いっそう足を速め、堀留から山本町の入堀通りにはいった。

一歩ごとに夜がふかまっていく。そのぶん、川岸に柳と交互にある朱塗りの常夜灯があかるさをます。

山本町の裏通りを背にしてすぐに、船宿有川のとなりにある料理茶屋〝双葉楼《ふたばろう》〟から男の人影がとびだしてきた。

こちらに顔をむけ、駆けだした。

双葉楼まえの川岸よりに、乗物（武家駕籠《かご》）がある。片膝《かたひざ》をついていた供侍ふたりが立ちあがった。草履《ぞうり》取りと挟箱《はさみばこ》持ち、陸尺《ろくしやく》（駕籠舁《かき》）四名は片膝をついたままだ。供侍のひとりが双葉楼にはいっていった。

覚山は、足をはやめた。

駆けてきた若い衆《しゆ》が立ちどまり、ぺこりと辞儀をした。

「双葉楼板場《いたば》の安吉《やすきち》と申しやす。先生《せんせえ》、めんどうがおきやした。主《あるじ》がいそぎお越し願《ねげ》えてえと申しておりやす」

「あいわかった」

「失礼《しつれえ》しやす」

辞儀をした安吉が、踵《きびす》を返して駆け去っていく。

覚山は、左手で腰の大小と八角棒をおさえた。

双葉楼から供侍がでてきた。眉根をよせてするどい眼光でにらみ、誰何《すいか》した。

「何者ッ」

「いま、若い衆がもどってまいったであろう。拙者を呼ぶためだ。邪魔をいたすでない」

「なにッ」

「主に累《るい》がおよぶぞ」

供侍が、柄《つか》にもっていきかけた右手をもどした。しかし、不審気に眼をほそめたままだ。

羽織袴の腰に大小と棒。あきらかに侍の恰好《かっこう》にもかかわらず、総髪。正体をはかりかねているのであろう。

覚山は、供侍からじゅうぶんにあいだをあけて双葉楼の暖簾をくぐった。

板間で三十すぎの女中が膝をおって待っていた。

覚山は訊いた。

「騒ぎは表の乗物の御仁か」

「さようにございます。さる大名家のお留守居さまで、ご無理をおっしゃっておられます。女将さんがお詫びしてもお許しいただけません。それで、いましがた、旦那さまが板場の安吉さんに先生を呼びに行かせ、二階の座敷へまいられました」

覚山はうなずいた。

「案内《あない》してくれ」

辞儀をした女中が立ちあがる。覚山は、腰の刀をはずすことなく草履をぬいだ。さきになった女中が、わずかに横顔を見せて経緯《いきさつ》を語った。

留守居役の座敷は夕七ツ（四時四十分）から暮六ツ（七時）までの一刻（二時間二十分）であった。芸者は、名指しした三好屋の友助のみ。

友助は、暮六ツからおなじ山本町入堀通りで座敷がはいっていた。ころあいをみた女将が告げに行くと、留守居役が、いますこし飲みたいゆえ半刻（五十分）のなおしをいれると言いだした。

お許し願いますと女将が頭をさげたが、むこうの座敷をことわればよいとゆずらなかった。そうこうするうちに、暮六ツの捨て鐘が鳴りだした。

留守居役は腰をあげる気配がなく、友助にも座をはずすは許さぬと言った。ご無理をおっしゃられては困ります、どうぞお願いにございます、と低頭する女将に、留守居役がついに怒鳴りだした。

それを聞いた亭主が、安吉に命じて二階へ行った。

覚山は、鼻孔から息をもらした。

双葉楼はおおきな料理茶屋ではない。二階廊下の片側に座敷がならんでいる。膝をおった女中が、声をかけて襖《ふすま》をあけた。

首をめぐらした亭主と女将、それに友助が安堵《あんど》の表情をうかべた。

「ご無礼」

覚山は、刀と八角棒をはずして左手にさげ、敷居をまたいで一歩すすみ、膝をおって左脇に刀と八角棒をおいた。背後で襖がしめられた。

酔眼をむけていた留守居役が、口をひらく。

「まさしく無礼であろう。何者ぞ」

「入堀通りの用心棒でござる」

「用心棒ふぜいがでしゃばるでない。ひっこんでろ」

「そうはまいりませぬ。だいぶお酔いになっておられる。いまなら、まだたわむれであったですみまする。早々におひきあげなさるがよろしい」

「おのれ。浪人のぶんざいで意見いたすか」

覚山は鼻孔から息をはきだした。

「ご身分をお考えなさるがよろしい。入堀通りの用心棒と申しあげました。この地を持ち場にしておられる南北両町奉行所の定町廻りとも懇意にしておりまする。ご貴殿は、いずれかのご家中のお留守居役とのこと。おひとりで料理茶屋の座敷。いったいどのようなお役目でござろうか。定町廻りにお願いし、お屋敷に問いあわせてもよろしゅうござる。いかが」

留守居役が狼狽《ろうばい》した。

「い、いや。た、たしかに、いささか酔ったようだ。ひきあげるとする」

左脇の刀をとった留守居役が腰をあげた。

女将が襖をあける。

留守居役がでていった。

亭主と女将がつづく。膝をめぐらして三つ指をつき、ふかぶかと低頭した友助が、腰をあげて追っていった。

覚山は、刀と八角棒を手にして立ちあがった。廊下にでて、刀と八角棒を腰にする。

ゆっくりと階《きざはし》をおりる。

土間で亭主が待っていた。

ふかく低頭する。

「先生、ほんとうにありがとうございました。女将のちかは友助と先方のお茶屋さんに詫《わ》びにまいりました。あらためてお礼に参上いたします」

「拙者はこのために雇われておる。あまり気にせずともよい」

「はい。ありがとうございます」

覚山は、上体をもどした亭主にうなずき、土間から通りにでた。

亭主が見送りについてきた。

翌十九日朝、よねも湯屋からもどり、ふたりでくつろいでいると、けたたましさが庭のくぐり戸をあけた。

「先生《せんせえ》、松吉でやす。おじゃまさせていただきやす」

松吉が、とびっきりの笑顔であらわれた。

「おはようございやす。今日は十九日。およねさんも十九に見えやす。臭《くせ》え年ごろなんて言いやせん。明日《あす》は二十歳《はたち》ってことでお願《ねげ》えしやす」

「ご機嫌だね。おあがりなさい。なにかいいことでもあったのかい」

「へい。ありがとうございやす」

濡れ縁から敷居をまたいだ松吉が膝をおった。

「猪ノ口橋のたもとで犬が日向《ひなた》ぼっこをしておりやした。あれは雌にちげえありやせん。尾っぽを踏んづけたら、キャンなんてかわいい声だして逃げていきやした」

「熱でもあるのかい」

「ちげえやす。うれしいんでやす」

風をとおすために廊下の襖もあけてある。たきが盆をもってはいってきた。

「おたあきちゃぁぁぁん」

「松吉ッ」

膝をおったたきが、盆をおき、松吉のまえに茶托と茶碗をおいた。

「きれえな指だなぁ」

「松吉ッ」

盆を手にしたたきが、腰をあげた。頰《ほお》が紅潮している。ふり返り、居間をでていく。

よねがぼやく。

「ほんとうに、どう言えばいいんだろう」

松吉が詫びる。

「すいやせん。気ぃつけてるつもりなんでやすが、口のほうが断りもなくしゃべっちまうんで。……それよか、先生《せんせえ》。昨夜《ゆうべ》のこと聞きやした。どっかの助兵衛《すけべえ》留守居から友助をたすけてくれたそうで。ありがとうございやす」

「おまえが礼を言うことはあるまい」

「冷てえことをおっしゃらねえでおくんなさい。こっちはあまりの嬉しさに犬の尻尾まで踏んづけたんですぜ」

「犬はとんだ災難だな」

「そんなことありやせん。キャンと喜んでやした」

「おまえ、〝ちゃんと〟にひっかけているのか」

松吉の顔にてれ笑いがうかぶ。

「先生《せんせえ》、わかってるんなら黙ってておくんなさい。あらたまって言われると、こっ恥《ぱ》ずかしくなっちまいやす」

よねが顔をふせた。肩がふるえる。

覚山は、吐息をもらし、首をふった。

松吉が茶を飲み、茶碗をもどした。顔をあげるのを待ち、覚山は言った。

「いささか気になることがある」

「なんでございやしょう」

「昨夜《さくや》の留守居はひとりで、呼んだ芸者も名指しした友助のみであった」

「へい。そう聞いておりやす。それがなにか」

「つまり、友助に気があるということだ」

松吉が赤鬼になる。

「なんてこった。色ぼけ爺《じじい》め。ふてえ野郎だ。棺桶に片足つっこんでるくせして、でえじな友助に色眼をつかうなんざ勘弁ならねえ。さっさと冥土《めいど》へ行きやがれってんだ」

「さわぐでない」

「ですが、先生《せんせえ》。友助が色狸《いろだぬき》に狙われてんでっせ。これがおちついてられやすか」

「それだ」

「えっ」

「男は気がある女のまえでは見栄をはる。ひとりで座敷をとって呼ぶくらいゆえ、留守居は友助に下心がある。相違あるまい。わしは、その友助のまえで留守居に恥をかかせた。武士は面目《めんもく》をたっとぶ。かえって友助にちょっかいをだすことにならねばよいが……」

松吉の表情がくもる。

「先生《せんせえ》、あっしはどうすればいいんでやしょう」

「友助を見かけたら、気をくばってやれ」

「わかりやした。浅葱《あさぎ》裏《うら》の田舎《いなか》侍《ざむれえ》に友助が眼えつけられてるって、さっそく仲間にも声をかけておきやす。先生《せんせえ》、ありがとうございやす。……およねさん、馳走《ごち》になりやした」

低頭した松吉が、あわただしく去っていった。

庭のくぐり戸が開閉した。

よねが言った。

「先生、そのお留守居が仕返しをするとしたら、友助ではなく先生へのような気がします」

覚山は、心配げなようすのよねにほほえんだ。

「用心いたすゆえ、案ずるな」

「あい」

笑みをうかべたよねが、たきを呼んで松吉の茶碗をかたづけさせた。

よねの朝の稽古は朝四ツ半（十時五十分）までだ。弟子が去ってほどなく、戸口の格子戸があけられ、男の声がおとないをいれた。

戸口へ行ったよねがもどってきた。

「先生、双葉楼のご亭主と女将さんがおみえになりました」

「わかった」

覚山は腰をあげた。

よねが厨の板戸をあけてたきに茶を申しつけた。

客間の襖はあけてあった。下座に双葉楼の亭主と女将がいた。覚山は、上座についた。斜め半歩うしろによねが膝をおる。

辞儀をしたふたりが上体をもどす。

亭主が言った。

「先生、昨夜はありがとうございました。万松亭《ばんしようてい》さんに、この刻限がよいのではないかと教えていただきました。ほんとうにたすかりました。お礼を申します。このとおりにございます」

ふたりが、ふたたび畳に両手をついた。

なおった亭主が、斜めうしろの女将に横顔をむけた。女将が、袱紗《ふくさ》包みに手をそえてすべらせる。

亭主が、さらにまえへだした。

「菓子にございます。ご笑納いただけますればさいわいにございます」

「かたじけない」

たきが、盆で茶をはこんできた。ふたりのまえに、茶托と茶碗をおき、でていった。

覚山は言った。

「さしさわりがなければ教えてくれぬか。昨夜《さくや》の留守居は友助によく座敷をかけておるのか」

亭主が、首をふる。

「おひとりでおみえになられたのは、昨日《さくじつ》がはじめてにございます。もどりましたら、きちんとたしかめてお報せいたしますが、半月あまりまえに霊岸島《れいがんじま》のお店《たな》がお招きにございました。そのおりの芸者のひとりが友助にございます。数日まえ、これもあとでお報せいたします、朝、お使いのかたがおみえになられ、友助を呼びたいと仰せにございました。それで、三好屋さんへ若い衆を走らせて都合をたしかめ、昨日の夕七ツ（四時四十分）から暮六ツ（七時）までのひと座敷になったしだいにございます」

「すると、かの留守居が双葉楼の客となったは二度めということだな」

「憶えているかぎりはさようにございます」

「あいわかった。ひいきにしている客であれば、迷惑をかけることになってしまったなと案じておったのだ」

「おたすけいただいたうえに、そのようなことまでお気にかけていただき、お礼を申します」

ふたりが低頭した。

なおった亭主が言った。

「先生、こんごともよろしくお願いいたします。手前どもは、これにて失礼させていただきます」

ふたりがかるく辞儀をした。

よねが、ふたりを戸口まで送った。

それからほどなく、双葉楼の若い衆《しゅ》が使いにきた。

留守居を招いたのは霊岸島南《みなみしんぼりちょう》新堀町の塩問屋で、この月の二日のことであった。夕七ツから暮六ツまでの座敷で半刻（五十分）のなおしをいれている。使いの侍がきたのは、十六日の朝。

覚山は、ごくろうであったと小粒（豆板銀）を若い衆にわたした。若い衆が、礼を述べて低頭し、敷居をまたいで格子戸をしめ、去っていった。

居間にもどり、留守居を饗応《きようおう》したのが塩問屋だと告げると、うなずいたよねが、霊岸島は湊《みなと》がちかいので、酒や塩、素麺《そうめん》、瀬戸物といった下《くだ》り物問屋がおおいと教えてくれた。

昼の稽古を終えた昼八ツ半（三時三十分）すぎに、三好屋の女将と友助がきた。

宵の座敷で見た友助は白百合の美しさであった。昼のあかるさで見る友助は、永代寺《えいたいじ》の山開きで見物に行った牡丹《ぼたん》のごとき艶《あで》やかさがある。

ひとしきり礼を述べた女将がひかえている友助から袱紗包みをうけとり、まえへだした。

覚山は、かたじけないと返し、友助に顔をむけた。

「朝、双葉楼の亭主と女将がまいっておった。二日に霊岸島の塩問屋が招いた座敷が双葉楼でははじめてだと申しておった」

「はい。南新堀町の江島《えじま》屋さまのお座敷で、芸者はあたしをふくめて四名。お客さまは赤穂《あこう》さまのお留守居で井上《いのうえ》さま。江島屋さまごひいきの姐《ねえ》さんより、だいじなお客さまだからくれぐれも粗相などないようにと言われておりました。それで、あたしともうひとりの若い妓《こ》が井上さまにつきました。それがはじめてです」

播磨《はりま》の国赤穂は塩の一大産地であった。元禄《げんろく》十四年（一七〇一）、浅野《あさの》家五万石三代長矩《ながのり》の刃傷によって断絶。翌年、永井直敬《ながいなおひろ》が三万三千石で入封《にゅうほう》。四年後、森《もり》家が二万石で領して幕末にいたる。

森家は領民にことあるごとに浅野家と比較されて苦労したようである。ことに塩の専売などで揉《も》めている。

「友助」

「あい」

「女将も聞いてくれ。わしは、かの留守居に座敷にて恥をかかせた。友助にまた座敷をかけ、無理難題を申すやもしれぬ。かの留守居ひとりのみの座敷、あるいは武家のみ数名の座敷はできればことわったほうがよい。それと、向島あたりや商家の寮での座敷もな」

ふたりの顔が不安にくもる。

女将がこたえた。

「仰せのとおりにいたします」

「万が一を考えてだ。今朝、松吉がまいっておったゆえ、友助に気をくばるよう申しておいた。船頭仲間にもつたえるそうだ」

「先生、ありがとうございます」

女将が言い、ふたりがそろって低頭した。なおった女将が挨拶を述べ、ふたりが腰をあげた。

「聞こえました」

戸口まで見送ったよねが、客間にもどってきた。

「うむ。友助が船にするおりはできるだけ松吉にたのむようにすると申しておったな」

よねがうなずく。

「ふたりとも、とてもよろこんでおりました。こないだもびっくりしましたが、友助はほんとうに綺麗になった」

「年齢《とし》はいくつだ」

「たしか、二十二。先生も綺麗だと思うでしょう」

覚山は、危険を察した。

――君子《くんし》、危うきに近寄らず。罠だ。へたに同意しようものならいかなるめに遭うかわからぬ。ともに暮らしてわかったことだが、女は一筋縄ではゆかぬ。気にいらぬことがあっても口にはせず、寝所で背をむける。あれは、みじめな気分になる。

「仙姿玉質《せんしぎょくしつ》という言葉がある」

よねが小首をかしげる。

「浮世離れした天女のごとき美しさという意味だ。およねは、わしの天女だ。永代寺の山開きにまいったおりも、わしは牡丹よりおよねを見ておった」

頬を染めたよねが、眼をふせた。

睫《まつげ》がながい。

その夜、待ちかねた捨て鐘につづいて四度の鐘がしのびやかにささやいた。

二階の寝所には、ひとつ布団に枕がよりそうようにならべてあった。

覚山は、いそいそとよねの帯をほどきにかかった。紐《ひも》もはずし、一糸まとわぬ天女をそっとよこたえる。

唇をかさね、舌をからめ、胸乳《むなぢ》をなぞり、赤児のごとく乳首を吸う。

ふいに、脳裡《のうり》に情けなさそうな顔の父がうかんだ。

――父上、お許しを。太宰府天満宮《だざいふてんまんぐう》におわす菅原道真《すがわらのみちざね》公、学問をないがしろにしてはおりませぬ、けっして、けっして。

「先生、なにを考えてるんです」

「なにも考えてはおらぬ」

「うそ」

………。

「あっ、これ、およね、そこをくすぐってはならぬ」

「こちょ、こちょ」

「うぃひっひっひっ。やめよ」

「こちょ、こちょ、こちょ」

「ならぬ。……うぃひっひっひっ。やめよと申すに。……うぃひっひっひっ」

あまりのことに、月が雲に隠れた。

屋根でまどろんでいた猫が、耳をそばだて、珍妙奇天烈《ちんみようきてれつ》な響きに、四肢をのばし、背をまるめて総毛だち、脱兎《だつと》のごとく逃げていった。

三

翌二十日。初夏四月も下旬になった。空は青く、雲は白く、陽射しはあかるく、暖かさから暑さになりつつあった。

昼の稽古を終えたよねが、厨《くりや》の板戸をあけてたきに茶を申しつけ、居間にきた。

覚山は、書見台をかたづけた。

ほどなく、たきが盆でふたりの茶をもってきた。

夕七ツ（四時四十分）の鐘が鳴り、よねがたきを呼んで茶碗をかたづけさせ、夕餉《ゆうげ》のしたくに厨へ行った。

庭のくぐり戸があけられた。

「先生ッ」

長吉《ちょうきち》が、顔をだした。

覚山は訊いた。

「いかがした」

「堀留のところで、入船町《いりふねちょう》の権造《ごんぞう》一家の者と蛤町《はまぐりちょう》の三五郎《さんごろう》一家の者とで大喧嘩がおきそうです」

よねがきた。

覚山は言った。

「かずは」

「二十名くらいだそうです」

「あいわかった」

覚山は、刀掛けの大小を腰にさし、八角棒二本を手にした。

沓脱石の草履をつっかけて地面におりる。

さきになった長吉がくぐり戸をあける。路地にでたところで長吉が言った。

「先生、ついていってもよろしいでしょうか」

「手だしはならぬぞ」

「はい。ありがとうございます」

いそぎ足で路地から入堀通りにでる。入堀の両岸は交互に朱塗りの常夜灯と柳があるが、堀留にはなにもない。そこの人だかりを野次馬が遠巻きに見つめている。

覚山は、大股になった。

着流しの裾《すそ》がはためく。左手でさげていた八角棒の一本を腰にさし、もう一本を右手にうつす。

駆け足でまえになった長吉が、詫びを言いながら野次馬をわけた。

髷《まげ》をゆがめ、胸をはだけぎみにした二十人ほどの悪相どもが、眼をむき、怒鳴り、罵声《ばせい》をあびせ、唾《つば》をとばしている。たがいに、さきに手をださせようとしている。売られた喧嘩ゆえ、やむをえず買った。そうしたいのだ。

覚山は、歩みをかえることなくちかづいていった。

睨みあっていたふたりが顔をむける。

片方がほざいた。

「なんだ、てめ……」

――ポカッ。

額に一撃。

「痛《いて》っ、なにし……」

――ポカッ、ポカッ。

さらに一撃と、ついでに片方にもあびせる。

「無礼な口をきくでない」

ふたりが両手で額をおさえてうずくまる。

覚山はふたりをまわりこんだ。

「てめえッ」

「このどさんぴんッ」

懐から匕首《あいくち》をだしてつっこんでくる。

覚山は、左手でもう一本の八角棒を抜いた。

剣術と喧嘩とでは雲泥《うんでい》の差がある。度胸はあっても隙《すき》だらけだ。匕首を握る右手を叩き、額に痛打をみまう。たちまち、五名が、匕首をおとした。裂けた額から血がにじみだした者もいる。

悪漢どもがひるむ。

覚山は、堀留を背にした。両足を肩幅の自然体《じねんたい》にひらき、両手の八角棒をたらす。

――水形流《すいぎょう》、不動の構え。

「刃物を手にしたからには、命はいらぬのだな。かかってまいれ。ひとりのこらず、川にぶちこんでくれる」

睨みつける。

「どうした」

あとずさった悪徒どもが左右に散った。野次馬があわててよける。

覚山は、右手の八角棒を左手にうつした。堀留から門前仲町の入堀通りにはいる。

長吉が、二歩斜めうしろをついてくる。

「長吉」

「はい」

「寄るがよい」

長吉が、左斜め半歩うしろにちかづいた。

「なにゆえ堀留を背にしたかわかるか」

「うしろからちかよることができません」

「それもある。だが、まえからつっこんでくる敵は、こちらが身をかわせば川にとびこむことになる。左右からの敵も一撃で川へ落とせる。これを、死地に身をおくという。死中に活《かつ》を求めるとの言葉もある。死地も死中も、危ういところと考えればよい。多勢に対したおりの戦いかただが、それもあいてしだいだ。敵に遣い手がおるなら、左右やうしろへしりぞく余地をのこさねばならぬ。あるいは、敵に川を背にさせることもな。決めつけるのではなく、敵が腕をみきわめ、その場におうじての戦いかたをする。よいな」

「はい」

路地へのかどで長吉と別れ、住まいにもどった。

翌朝、いつもの刻限に庭のくぐり戸があけられた。

「おはようございやす、松吉でやす。おじゃまさせていただきやす」

にこやかな松吉が顔をみせた。

「夏らしい陽気になってきやした。およねさん、おてんとうさまに負けねえくれえにかがやいておりやす。今日は二十一日でやすから、二十一歳ってことでよろしくお願《ねげ》えしやす」

「おや、毎日ひとつずつ歳をとってくのかい」

「二十三、四になったら、また、考《かんげ》えやす」

あがってきた松吉が、膝をおった。

「先生《せんせえ》、昨日のこと、聞きやした」

口をひらきかけると、松吉が頓狂な声をだした。

「おたぁきちゃぁぁん」

覚山は、首をふり、ため息をついた。

たきが、膝をおって、盆をおく。

「おたきちゃんは、掛値なし、割引なしの十五歳だもんな、うん」

よねの声がとがる。

「どういう意味だい」

「えっ。……先生《せんせえ》」

「知らぬ」

「そんな殺生《せっしょう》な。……およねさん、深《ふけ》え意味はありやせん。おたきちゃんが十五歳だってことを言いたかっただけで。勘弁しておくんなさい」

たきまでが、かしこまり、立ちあがりかねている。

よねが声をかけた。

「おたき、いいわよ。おさがりなさい」

「はい」

たきが、盆を手にしてさがった。

顔をもどしたよねが、松吉をにらむ。

「まったく」

「申しわけありやせん。先生《せんせえ》がおっしゃるように、できれば、よくよく考《かんげ》えるようにしやす」

よねが噴きだす。

「おまえは、ほんとに、もう、どうしようかしら」

覚山は言った。

「松吉、堀留が件を話しにまいったのであろう。二十人ほどもおった。なにゆえあれほどあつまったかぞんじておるか」

安堵した松吉が顔をむける。

「へい。見てた者《もん》らから聞きやした」

昼八ツ半（三時三十分）から小半刻（三十五分）ほどがすぎたころ、いつものように堀留に屋台の蕎麦売りがきた。小腹のすいた船頭や駕籠舁があつまって蕎麦を食べているところに、山本町の入堀通りから蛤町三五郎一家の三名がやってきて蕎麦売りにいちゃもんをつけだした。

地廻りのやりかたはおおよそ三とおりだ。いきなりいちゃもんをつけて銭を脅《おど》しとる。食べて銭をはらわない。食べたうえで払わずに銭を脅しとる。

そこに、一ノ鳥居のほうからやってきた入船町権造一家の三人がちかよってきた。たちまち剣呑《けんのん》なふんいきになった。

三五郎一家のひとりが仲間を呼びに駆けだした。それを見た権造一家のひとりも入船町のほうへ駆けていった。

蕎麦売りが屋台をさりげなく仲町のほうへうつし、蕎麦を食っていた者もいそいでかっこみ、銭をはらった。蕎麦売りは、屋台を担いで逃げていった。

夕七ツ（四時四十分）の鐘が鳴って、両方ともに仲間があつまってきた。

「……で、いまにも大喧嘩がおっぱじまりそうになったら、先生《せんせえ》がきたそうで」

「入船町や蛤町より、門前町《もんぜんちょう》の為助《ためすけ》一家のほうがちかいな」

「へい。そういえば、そのとおりで。入堀通りは為助一家の縄張でやした。堀留での騒ぎ。知らなかったとは思えやせん。しめしをつけねえと、あっしらにまで軽く見られちまいやす。それと、こんな話ばっかりもってくるとおよねさんに怒られそうでやすが、昨夜《ゆうべ》、佃町《つくだちょう》の岡場所で殺しがあったそうで。なにか耳にしたら、またお報せにめえりやす。……およねさん、馳走《ごち》になりやした」

辞儀をした松吉が去っていった。

覚山は、腕組みをした。

よねが、松吉の茶碗をもって厨に行った。

昼九ツ半（一時十分）からの弟子がきて、よねが稽古《けいこ》をはじめてほどなく、三吉がきた。

書見をしていた覚山は、いそぎ戸口へむかった。客間の襖をあけたよねにうなずく。

三吉がぺこりと辞儀をした。

「ご新造さまのお稽古を邪魔しちまって申しわけございやせん。柴田の旦那が、夕七ツ（四時四十分）すぎに門前山本町の蕎麦屋八方庵《はっぽうあん》までおこし願《ねが》えてえそうでやす」

「承知した」

「ありがとうございやす。浅井の旦那もごいっしょだそうで。ごめんなすって」

辞儀をした三吉が、格子戸を開閉して去っていった。

昼八ツ半（三時三十分）に稽古をおえて居間にきたよねに、覚山は柴田喜平次に呼ばれたので夕七ツすぎに山本町の八方庵へ行かねばならぬと告げた。

夕七ツの鐘を聞きおえてきがえた覚山は、腰に大小と八角棒をさして住まいをあとにした。

仲町裏通り正面に架かる名無し橋を山本町へわたる。

八方庵は腰高障子がはずしてあった。暖簾をわけてはいる。にぎやかさが消え、ふたたびにぎやかになる。一畳大の腰掛台は客で埋まり、御用聞きの弥助と仙次は小上がりにいた。

女中のせいが笑顔をうかべ、階《きざはし》のしたで、おみえになりました、と声をかけた。

覚山は、うなずき、腰の刀と八角棒をはずして二階へあがった。

通りにめんした部屋の襖があけられていた。覚山は、一揖《いちゆう》して六畳間にはいり、ふたりの向かいで膝をおった。

ふたりのまえには食膳があった。

せいが食膳をはこんできた。

「先生、どうぞ」

覚山は、ほほえみ、杯をとって酌をうけた。

辞儀をしたせいが、廊下にでて襖をしめた。

顔をむけた喜平次が笑みをうかべる。

「昨日《きのう》の夕刻、堀留でひと騒動あったそうだな。額から血を流した者《もん》も何名《めえ》かいたらしいが、おおごとにならずにすんだ。月番は南だが、おいらからも礼《れえ》を言わせてもらうよ」

「いささか気になることがござりまする」

「なんでえ」

「権造一家と三五郎一家の者が二十名ほどもあつまり、さわいでおりました。堀留から門前町の為助一家までは三町（約三二七メートル）もあるまいかとぞんじまする」

「ああ、そんなもんだ。おめえさんが入堀通りの用心棒になるめえは為助一家の縄張だった。なんで面《つら》をださなかったかってことか。で、おめえさんはどう考《かんげ》えた」

「今朝まいっておった松吉はこのように申しておりました。しめしをつけねば、松吉らにも軽く見られかねぬ、と。柴田どのは、為助一家には策士がおると仰せにござりました。あるいは漁夫の利をねらったのではあるまいかと愚考いたしまする」

「なるほどな。余所の一家が土足でふみこんできた。子分総出でおっぱらわなきゃあ縄張をのっとられちまう。だが、そいつらがお縄になるか、喧嘩で数が減りゃあ儲けものってわけか。河井玄隆《かわいげんりゆう》、たしかに奴なら、鶏冠《とさか》に血がのぼった為助にやらせといたほうが得策だと説きかねねえな。権造一家と三五郎一家が、入堀通りにちょっかいをだしはじめた。おめえさんには、ますますめんどうをかけることになりそうだ。で、きっかけはなんだったんだ、知ってるかい」

覚山は首肯した。

「松吉より聞きました」

あらましを語った。

喜平次が言った。

「ところで、昨夜《さくや》、殺しがあった。月番は南だが、おいらの掛《かかり》になるかもしれねえ。駿介、おめえから話してもらえるかい」

「かしこまりました」

喜平次にうなずいた駿介が、顔をもどした。

「殺されたんは、金次の母親もとだ」

覚山は眉をひそめた。

「今朝、松吉が、昨夜、佃町の岡場所で殺しがあったそうだと話しておりました」

「殺されたのがもとだったんで柴田さんに報せた。えれえ騒ぎになってたからな、船頭仲間から聞いたんだろう」

岡場所の路地に、居酒屋をかねたもとの住まいがある。一階が間口九尺（約二・七メートル）、奥行三間（約五・四メートル）（九畳）の居酒屋で、隅に急な階がある。二階は押入つきの四畳半で、もとの寝所だった。

もとは、手拭《てぬぐい》で猿轡をかまされ、裂いた手拭でうしろ手に縛られて、足首もおなじく縛られていた。

布団に仰向けになり、心の臓を一突き。頬に殴られた痣《あざ》があったから、銭の隠し処を吐かされ、殺された。

得物はなく、家捜しされた跡もなかった。手先に調べさせたが、巾着《きんちゃく》さえのこっていなかった。

「……見つけたんは、裏店に住む女だ。戸締りがされてなかった。不審に思い、声をかけたが返事がねえ。で、二階にあがって見つけた。一階厨の水桶がどかされてた。土に壺《つぼ》が埋めてあった。むろん、蓋《ふた》がはずされ、なかはからだった。やってきた柴田さんが、もとを見て、殺されかたが猿江裏町の妾ひでと似ているとおっしゃった」

喜平次がひきとった。

「あとはおいらが話そう。布団のうえ、寝巻姿、猿轡、心の臓を一突き。ひでの痣は顔だけじゃなかったがな。とにかく、似てる。おなじ奴か、奴らのしわざに思える。で、たげえの手先らにかいわいをあたるよう申しつけ、それぞれの御番所へむかった」

たがいに当番の年番方に報告をすませたあと、霊岸島南新堀町にある仙次の両親《ふたおや》がやっている居酒屋〝川風《かわかぜ》〟でおちあうことにした。

昼を食べながら、わかっていることをたしかめ、どうするかを話しあった。

本所長崎町の質屋の一件はまだ判然としない。猿江裏町の妾ひでは、押込み強盗にみせかけての殺しでまちがいないように思える。

二十二日夜におきたこの二件の掛は喜平次である。二十四日に簀巻で殺された金次の掛も喜平次だ。

金次はひでの間男だった。

初夏四月の月番は南御番所だ。

七日朝に石川島《いしかわじま》で見つかった浅草橋場町の船宿田沢の船頭幸助の殺されかたが金次のそれと似ている。

幸助は、二十二日に屋根船を借りている。本所長崎町か猿江裏町、あるいは両方で屋根船がつかわれたのであろう。

そして、金次の母親のもとが殺されたが、そのやりかたがひでとおなじだ。

今日か明日《あす》にも、南北の年番方が会って掛をどうするか相談をもつ。

「……ということなんだ。昨日《きのう》の喧嘩騒ぎも知っておきたかったんでな、三吉を走らせたってわけよ」

「もと殺しは、あきらかにひでや金次の殺しにかかわりがあるように思えまする。ですが、金次が殺されてからひと月ちかくもたっておりまする。それが釈然としませぬ」

喜平次が肩を上下させた。

「そこよ。おいらたちもさっきまで佃町にいたんだが、物音を聞いた者《もん》も、怪しげな奴を見た者《もん》もいねえ。まあ、正直にしゃべるわけねえがな。駿介とも話してたんだが、こいつは、どうも、ただごとじゃねえ。それはおいておくとして、地廻りどもにとっちゃあおめえさんはめざわりだ、じゅうぶんに用心してくんな。それを言っておきたかったんだ。もういいぜ」

「お心づかい、おそれいりまする。失礼いたしまする」

覚山は、左脇においてある刀と八角棒をとった。

四

帰って夕餉《ゆうげ》をとり、暮六ツ（七時）の鐘で見まわりにでた。もどってきて、羽織と袴をぬいでよねと居間でくつろいでいると、庭のくぐり戸があけられた。

「先生」

女の声だ。

よねが、腰をあげ、縁側の障子をあけた。

小《お》田原提灯《だわらぢょうちん》をさげた万松亭の女中が、沓脱石のところで辞儀をした。

「騒ぎがございました。旦那さまがおいでいただきたいそうにございます」

「あいわかった」

覚山は、刀掛けから大小をとって腰にさし、八角棒を手にした。濡れ縁にでて、沓脱石の草履をつっかける。

女中がくぐり戸をあけて待っている。

覚山は路地にでた。つづいた女中がくぐり戸をしめ、さきになって、斜めまえにある万松亭のくぐり戸をあけた。

小体《こてい》な枯山水の庭から表にまわる。長兵衛が板間に腰かけて待っていた。

立ちあがった長兵衛が低頭する。

「ごくろうさまにございます。ついいましがた騒ぎがございました。芸者がひとり、刃物で疵《きず》をおったようにございます」

門前山本町の裏通りから堅気ではなさそうな三人組が入堀通りにでてきた。すると、裏通りの居酒屋から匕首をにぎった男がとびだしてきて、三人組に襲いかかろうとした。

気づいた三人組のひとりが、とおりかかった芸者を匕首男のほうへつきとばした。三人組は大通りのほうへ駆け去り、匕首男も芸者の帯に刺さった匕首をのこしたまま十五間川のほうへ逃げた。

あっというまのできごとだった。

芸者は、帯に匕首を刺したままで猪牙舟にのせられ、八丁堀《はっちょうぼり》の金瘡《きんそう》（外科）の医者へつれていかれた。

「……まだ南御番所のお役人もおみえになっておりません。みな、刃物沙汰におびえております。先生に通りをまわっていただきますと、おちつくかと思います」

「承知した」

万松亭をでた覚山は、つねよりもさらにゆったりと歩をすすめた。

顔をよせあっていた船頭や駕籠舁たちが、躰《からだ》をむけて辞儀をする。ほっとした表情がうかがえた。

仲町の入堀通りから山本町の入堀通りをまわり、猪ノ口橋をわたって万松亭へもどった。小田原提灯を借り、通りから路地をまわって住まいへ帰った。

夜五ツ（八時四十分）の見まわりにでると、山本町入堀通りの蕎麦屋八方庵のまえで御用聞きの仙次が待っていた。

覚山は立ちどまった。

仙次がぺこりと辞儀をする。

「先生《せんせえ》、浅井の旦那が二階《けえ》の座敷におられやす。見まわりがおすみになったらおこし願《ねげ》えてえんでやすが」

「あいわかった」

「ありがとうございやす」

辞儀をした仙次が脇へよって道をあける。

見まわりを終え、万松亭でよねへの使いをたのんだ。名無し橋をわたって、八方庵の暖簾をわける。

酔客がにぎやかに談笑していた。

女中のせいがこぼれんばかりの笑顔をうかべる。

「柴田さまと親分はお二階です。……おみえになりました」

覚山は、ほほえみかけ、刀と八角棒をはずして草履をぬいだ。

六畳間のやや窓よりに浅井駿介がいて、隅のほうに仙次がいた。ふたりのまえには食膳があった。

駿介の正面で膝をおった覚山は、左脇に刀と八角棒をおいた。

せいが、食膳をはこんできて、酌をして去った。

覚山は訊いた。

「おたずねしてもよろしいでしょうか」

「かまわねえよ」

「疵をおった芸者はいかがあいなりましたでしょうや」

「帯のおかげで深い疵じゃねえ。だがな、男の疵は名誉だが、女の肌だ。突きとばした奴も、刺した奴も勘弁ならねえ。どうしたってしょっぴいてやりてえ。おめえさん、すぐに見まわってくれたそうだな」

「万松亭の長兵衛どのにたのまれました」

「なんか気づいたことなかったかい」

「とくには。長兵衛どのは、堅気とは思えぬ三人組と申しておりましたが、地廻りのしわざでござりましょうや」

「そいつがはっきりしねえ。裏通りすぐ右の縄暖簾に、暮六ツ（七時）の鐘が鳴りおわってすぐにひとりでへえってきたそうだ。はじめての客で、友だちにここで待つよう言われたって銚釐《ちろり》と田楽豆腐《でんがくどうふ》をたのみ、ちびちびやってたらしい」

無愛想で無口な客だった。年齢《とし》は二十四、五くらい。身の丈はおおよそ五尺六寸(約一六八センチメートル)。どちらかといえば、やや細面。

居酒屋も腰高障子をはずしてあった。男は、誰かがとおりかかるたびに顔をむけていた。

二、三名が入堀のほうへとおりすぎていった。杯に酒を注いであおった男が、ふいに立ちあがり、裏通りにとびだしていった。

「……というしでえなんだ。待ちぶせていた。こいつはまちげえねえ。ひとつ考《かんげ》えられるのは、入堀通りの縄張をめぐって奴らがはじめたってことだ。見かけねえ面《つら》だったってのは、旅烏《たびがらす》に一宿一飯《いっしゅくいっぱん》の恩義でやらせたのかもしれねえ。やった奴と逃げた三人組を見た者《もん》がいねえかさがさせてる。おめえさん、くれぐれも気ぃつけてくんな」

「お気づかいいただき、お礼を申しまする。これでよろしいでしょうか」

「ああ」

「ご無礼いたしまする」

覚山は、一揖して、刀と八角棒を手にした。

万松亭によって小田原提灯を借り、路地をとおって住まいにもどった。刺された芸者が無事らしいと告げると、よねが安堵に肩を上下させた。

翌朝、よねも湯屋からもどってほどなく、松吉がきた。

客を迎えにいかねばならないのでとあがらずに濡れ縁に腰をおろし、佃町の岡場所で殺されたのが金次の母であることと、昨夜《ゆうべ》、芸者を刺して逃げたのが猪ノ口橋をわたって油《あぶら》堀のほうへ消えたと告げた。

たきがあらわれても頓狂な声をださず、茶を喫して礼を述べ、去った。

昼まえに三吉がきた。

柴田喜平次が夕七ツ（四時四十分）すぎにたずねたいとのことであった。覚山は、承知してよねにつたえた。

夕七ツの鐘が鳴ってほどなく、弥助がおとないをいれた。覚山は出迎え、ふたりを客間に招じいれた。

すぐに、よねとたきとが食膳をはこんできた。よねが酌をし、襖をしめた。

喜平次が言った。

「まずは掛の件から話しておこう。浅草橋場町の船宿田沢の船頭幸助殺しもおいらの掛になった。本所長崎町の質屋安房屋《あわ》の押込み強盗と猿江裏町の妾ひで殺しのどっちかか両方に幸助がかかわってるのはまちげえねえだろうということでだ。金次殺しもひでがらみだからおいらだ。で、幸助については、臨時廻りに手助けしてもらえることになった。むろん、おいらも手先を行かせるがな。金次の母親もと殺しについては、もうすこしはっきりするまで駿介も調べる。その駿介が、昼を食う見世に手先をよこした。昨夜《ゆうべ》のこと、聞いたよ」

「よねが、疵を案じておりまする」

「元順先生《げんじゅんせんせえ》は腕のいい金瘡医だ。深い疵ではねえようだから、痕《あと》がめだたねえように縫《ぬ》ってくれたんじゃねえかな。女の躰だ、先生《せんせえ》もこころえてると思うぜ」

「かたじけのうござりまする」

「玉次《たまじ》って名だったかな、大事《でえじ》をとって先生《せんせえ》とこにいるって聞いてる。またようすがわかったら報せよう。それよか、ちょいと気になることがある。金次のことなんだが、簀巻で川にほうりこまれたのがたぶん先月二十四日の夜だ。それからひと月ちかくになる」

金次は佃町の岡場所で育った。母親のもとが躰を売るのをやめていまのところで居酒屋をはじめたのが十年まえ。人別帳に記された歳を信じるなら、そのときもとは三十二歳で、金次は十五歳。

「……はっきりしねえんだが、金次が十八か十九のころ、女を買った客と喧嘩になり、刃物で疵をおわせたらしい。金次は行方をくらました。だが、客は訴えでなかった。で、四年めえに入船町の仁兵衛《じんべえ》長屋に住むようになった。二十一歳。妾のひでが猿江裏町に住むようになったんは五年めえだ。あらためてあたらせてみた」

人別帳によれば、ひでは、生国が御当地で、旦那寺は亀戸村《かめいどむら》の常光寺《じょうこうじ》になっている。しかし、家主の旦那寺であり、店請人もいない。二十六という年齢《とし》もごまかしているかもしれない。

「……かよいできていた裏店の女房も家主も、遠国訛《おんごくなまり》はなかったと言ってる。行方をくらましていた金次だが、道中切手をもってねえから関所はこえてねえはずだ。仁兵衛長屋にたずねてきた者《もん》はいねえし、遊び仲間のたぐいがひとりもうかんでこねえ。ひでと金次は、どこで知りあったんだ」

「母親のもとは、代々木村《よよぎむら》の出だと憶えておりますが」

喜平次が鼻孔から息をもらした。

「手先をふたり行かせた。だが、それらしい百姓家はみつからなかった。出茶屋娘だったってのはほんとうだろうが、それが高輪《たかなわ》だってのも嘘くせえ」

「出茶屋娘がほんとうだろうとは、なにゆえにござりましょうや」

「二代めえの定町廻りが隠居の身だが、もとのことを憶えていた。娘のころは別嬪だったろうって面影《おもかげ》があったそうだ。それに、在所のことや出茶屋娘をしていたころの話はしたがらなかったらしい。出茶屋娘が嘘なら、むしろ吹聴《ふいちょう》しそうなもんだ。そう思わねえかい」

覚山は首肯した。

「たしかに。もとは、通夜のおりにいつかこうなるのではないかと思っていたと言い、見世にかよった手先の者には博奕のせいかもしれないけど他人《ひと》さまのものに手をつけてやっかいなことになってもしらないよって言ったのにとこぼしていた。つまり、金次が間男をしているのを知っているか、勘づいていた」

喜平次がうなずく。

「ひでか、ひでの旦那について、気づいたか教えてもらったのかもしれねえ。だから消された」

「わからぬことがございまする。ひでの旦那がきているのを、金次はどうやって知ったのでしょうや。教えた者がいたとは思えませぬが」

喜平次が微苦笑をこぼす。

「囲われ者《もん》の女に好いた男ができたとする。旦那がきているのをどうやって教えるか。なにか目印になるものをつかう。ぶらさげる。右においてるものを左におく。手桶のむきをかえる。まあ、いくつもあらあな」

「符牒《ふちょう》にございますな。ふむ、学ばせていただきました」

喜平次が笑った。

「そんなふうに言われると、かえって恐縮するぜ。けどな、二度、三度と似たような野郎を見たとする。ひでは女盛りだ。てめえはたまにしかこねえ。間男をうたがう。そういうことじゃなかったのかな。もうひとつ、耳にへえったことがある。蓬萊《ほうらい》橋で身投げした達磨《だるま》屋のふじがらみなんだがな」

門前東《もんぜんひがし》仲町《なかちょう》にある小間物屋〝銀杏《いちょう》屋〟の内儀しげはふじの叔母である。身投げした日も、ふじは銀杏屋へ遊びにきていた。

しげには十四歳の長女と十歳の長男がある。

「……娘ははなってんだが、ふじを姉のように慕ってたらしい。で、気煩《きわずら》いになっちまったようだ。この月になって、向島にある達磨屋の寮に、親子三人に女中ひとりをつけて移ったってことだ」

「あれは、わからぬ身投げにござりました」

「年ごろの娘の気持ちが、男にわかるわけねえよ。おめえさん、学問の師だが、女の心がわかるかい」

「さっぱりにござりまする。生身の女は書物のようにはゆきませぬ。なんと申しましょうか、矛盾の塊《かたまり》にござりまする」

「せいぜいがんばってくんな。さて、長居しちまった。弥助、腰をあげるとしようぜ」

「へい」

覚山は、戸口でふたりを見送った。

居間にもどり、客間の食膳をたきとともにかたづけたよねに、刺された芸者玉次についてて語った。

疵は深くはない。しかし、縫ったのは浅手でもないということだ。うごかして疵口がひらくのをふせぐためにとどめおいているのであろう。

よねが柳眉《りゅうび》の曇りをはらった。

陽がしずんでも、暑さがのこるようになってきた。

暮六ツ（七時）の見まわりでは、落日の残照のなか、川面の夕風に柳の葉がゆれていた。

住まいにもどってすぐに、ふいの雨がおそった。

とおり雨であった。

ほんのいっとき、庇《ひさし》を叩き、やんだ。低く速い黒雲が流れ、遠くの白い雲間で星がまたたきだした。

夜五ツ（八時四十分）の見まわりにでた。

雨が、通りの埃《ほこり》と陽のなごりを洗いながしていた。

仲町の入堀通りから堀留をまわって山本町の入堀通りにはいる。両岸とも、酔客や芸者、若い衆《しゅ》、駕籠舁や船頭らでにぎやかであった。

猪ノ口橋をのぼり、おりていく。

覚山は、立ちどまった。

右斜めまえの路地にひそむ気配。路地を睨みつけたままで、左の欄干《らんかん》により、羽織をぬいでまるめ、おとす。

路地から浪人がでてきた。

抜刀。切っ先を右したにむけ、ちかづいてくる。

覚山は、一尺七寸（約五一センチメートル）余の刃引脇差月山《がっさん》を抜いた。左手で八角棒も帯から抜く。

橋板からなだらかな坂をおりていく。

浪人が立ちどまり、柄《つか》に左手をそえて白刃を上段にとった。

覚山は、両足を肩幅の自然体《じねんたい》にひろげた。右手の月山と左手の八角棒は地面にむけたまま。

浪人の躰が殺気に膨《ふく》らみ、弾けた。

「オリャーッ」

裂帛《れっぱく》の気合を放ってとびこんできた。まっ向上段からの薪割りの一撃。

右足を半歩踏みこみ、月山と八角棒とを頭上で交叉。渾身の斬撃を堪《こら》える。八角棒をおろしながら弧を描かせ、敵の小手《こて》を狙う。

敵がとびすさる。

覚山は追った。

敵が袈裟懸《けさが》けにきた。

八角棒で白刃の鎬《しのぎ》を撃ち、月山で敵の左手首を痛打。左手が柄頭から離れ、白刃が右へたおれる。

「おのれッ」

苦痛に面貌《めんぼう》を歪めた敵が、身をひるがえして黒江《くろえ》橋のほうへ駆け去っていった。

覚山は、八角棒を右腋にはさみ、左手で懐紙をだして月山の刀身をていねいにぬぐい、鞘にもどした。

「先生《せんせえ》、すげえッ」

柳のよこで見ていた駕籠舁の片方が、感嘆の声をあげた。

覚山は、欄干《らんかん》そばから羽織をとり、万松亭へむかった。

第四章　娘かたぎ

一

翌二十三日は未明からの雨だった。

雨の朝は長吉の稽古《けいこ》を休む。

朝餉《あさげ》のあと、蛇の目傘をさして湯屋《ゆうや》へ行き、蛇の目傘をひらくことなくもどってきた。

覚山は、刺客一名に襲われたことを書状にしたため、たきに笹竹へとどけさせた。地廻りのほかに、播磨《はりま》の国赤穂《あこう》藩二万石森《もり》家留守居役が雇ったのもありうるむねを理由《わけ》とともにしるした。

雲間に青空がのぞき、陽も射したが、ほんのしばらくであった。昼すぎには、多摩《たま》のほうから薄墨色の雲がおしよせてきて、雨をもたらした。

雨はふったりやんだりであった。

暮六ツ（七時）の見まわりは小雨に蛇の目傘をひろげた。夜五ツ（八時四十分）の見まわりは、星がひかえめにきらめいていた。

翌朝は快晴であった。

昼まえに、三吉がきた。柴田喜平次が夕七ツ（四時四十分）すぎに笹竹へきてほしいとのことであった。覚山は承知した。

夕七ツの鐘を聞いてからきがえた。

よねの見送りをうけて路地にでて、格子戸をしめた。見ているよねにちいさくうなずき、刀と八角棒を腰にさす。

路地から裏通り、横道におれて大通りにでた。

深川でもっともにぎやかな通りだ。相模《さがみ》の空にかたむきつつある夏の陽にせかされるように人々がゆきかっている。

笹竹は腰高障子をはずしてあった。暖簾《のれん》をわけると、奥の座敷に喜平次が見えた。

女将《おかみ》のきよが、笑みをうかべてかるく小首をかしげる辞儀をした。

覚山は、笑顔をかえし、腰の刀と八角棒をはずして座敷にあがった。

食膳がはこばれ、あがってきたきよが三人のまえにおいた。そして、喜平次から順に酌をし、土間におりて障子をしめた。

喜平次がほほえむ。

「文をありがとよ。おめえさんの勘では、地廻りと留守居、どっちだい」

「刺客は一人《いちにん》にござりました。赤穂家留守居のさしがねではあるまいかとぞんじまする」

喜平次が首肯した。

「おいらも、そうじゃねえかって考《かんげ》えてた。地廻りどもなら、おめえさんの腕を承知している。だから、遣い手ならいざしらず、ひとりってのはおめえさんの腕を知らなかったってのをしめしてる。なんでそいつを身動きできねえようにしておいて、月番の駿介《しゅんすけ》を呼ばなかったとは言わねえよ。お縄にして白状させたとしても、あいては大名家の留守居だからな、知らぬぞんぜぬでおしとおされるのがおちよ。それに、その瘦《や》浪《せ》人にも暮らしがある。だからだろう」

「申しわけございませぬ」

「あやまることはねえ。きてもらったんは、ちょいとおもしれえことがわかったからだ。金次の母親のもとが殺されていた二十一日の明六ツ（五時）すぎ、三人組を見た者《もん》がある。佃町《つくだちょう》の岡場所は入船町《いりふねちょう》の権造《ごんぞう》一家の縄張だ」

覚山は顎《あご》をひいた。

「承知しておりまする。松吉より聞きました」

「なら話が早え《はえ》。だから岡場所の者《もん》は権造一家の三下まで知ってる。ほかの一家の下っ端が女を買いにくることもねえわけじゃねえが、へたをすりゃあ喧嘩《けんか》になるんで余所《よ》の縄張にはめったに顔をださねえ。それでもいい女がいると聞くと、ひとりじゃやばいんで、ふたりくれえで買いにいく。だが、三人となるとおだやかじゃねえ」

明六ツの鐘で町木戸があけられる。

裏店の女郎《じょろう》がもとの居酒屋にきたのは、明六ツの鐘から小半刻（三十五分）ほどがたってからであった。

喜平次は手先のひとりをもとの居酒屋へかよわせていた。

岡場所へは酒を飲みにではなく、女を抱きにいく。色っぽい女がいるならべつだが、居酒屋へだけ顔をだしていたら怪しまれる。手先も女を買い、ほかの居酒屋へもいっていた。

「……手先であるを隠して探索にあたる者《もん》を、世間じゃ下っ引って呼んでる。弥助らを岡っ引と呼ぶんとおなじで、さげすんだ言いかたよ。そいつの名は富助《とみすけ》ってんだいる。ひとり、ふたりとつまみ食いし、もとの居酒屋とおなじ路地のはずれの裏店にいるきねってのに馴染《なじ》んだようだ。深入りしねえてえどに、たまにはいい思いもさせる。余禄《よろく》だな、だからはげむ。ことをすませて一服しながら、もとの縄暖簾がなくなっちまったなって富助が言ったら、きねが思わぬことを口にしたそうだ」

──そういえば、あの朝、みょうな三人連れを見た。

きねが裏店の木戸から路地へでようとしたら、たちの悪そうな三人連れがいそぎ足でとおりすぎていった。

路地をまがり、もういちどまがれば大島《おおしま》川ぞいの通りにでる。

──権造一家の者《もん》じゃねえのか。

──一家の人なら、みんな知ってる。見たことのない顔だった。

──くわしく聞かせてくれねえか。

──なんでさ。なんでそんなことを知りたがるのさ。……あんた、もしかして。

──言わねえでくんな。二度とおめえに会えなくなる。明日《あす》の朝までの銭《おあし》を払う。けど、このこたあ、おらっちのことをふくめて、誰にも洩《も》らしちゃあならねえ。違《たが》えねえって誓うんならすぐにわたす。聞いたあとでけちるようなまねはしねえ。どうだい。

富助が脇においてあった巾着《きんちゃく》をつかむのを見て、きねがうなずいた。

――これからもかわらずにきてくれるかい。

――ああ、心配《しんぺえ》すんな。

「……よくやったって褒《ほ》め、ただしてえげえにしとけよって釘を刺した。男っては、女の柔肌におぼれるからな」

「たしかに」

喜平次が呆《あき》れた眼になる。弥助がうつむいた。肩が震えだす。

「なあ、先生《せんせえ》。まじめくさった顔で言うことじゃねえと思うぜ」

「さりながら、柴田どのがおおせのごとく、拙者、日々、忸怩《じくじ》たるものがございまする」

「まあいいやな。あいてがおよねだからな、おぼれるのもむりはねえ。さからっても勝てるわけねえよ、あきらめるんだな。なんの話だっけ。あ、そうだ。その三人連れなんだが、山本町で芸者つきとばして逃げた三人に背恰好《せかっこう》が似てるんだ」

「なんと」

喜平次がうなずく。

「逃げるんを見てた者《もん》もちらっとだからたしかじゃねえが、ひとりやふたりではなく

たんだがな」
は、今朝、屋根船で置屋へもどったはずだ。で、昨夜《ゆうべ》、八丁堀《はっちょうぼり》の居酒屋で駿介に会っ
三人ともだ、まちげえねえような気がする。ついでだが、元順先生《げんじゅんせんせえ》んとこにいた玉次《たまじ》

　浅井駿介は、芸者玉次がまきぞえで疵《きず》をおったことに義憤をいだいている。その夜と翌日、逃げた三人組と刺した男について、見た者をのこらずさがさせてあたらせた。

　富助がきねから聞いたのと、駿介の手先たちがたしかめた三人の年齢《とし》や背恰好が似ていた。

　もとがい殺されたのが二十日の夜。翌二十一日の朝、女郎のきねが、路地を大島川のほうへ行く三人組を見た。おなじ日の暮六ツ（七時）すぎに、門前山本町入堀通りで裏通りからでてきた三人組が居酒屋で待っていた男に匕首《あいくち》で襲われた。

「……その三人組と襲った奴を、駿介とおいらで手分けしてさがさせることにした。ところで、入堀から山本町の裏通りを行けば、永代寺《えいたいじ》の掘割かどにでる。そこから一町（約一〇九メートル）あまりのところに永代寺の山門があって、大通りのほうへまがった横町《よこちょう》に為助《ためすけ》一家がある。為助一家にかかわりがある者《もん》らかもしれねえ。なんで裏通りからでてきたんか、どこへ行っていたんか、駿介がさぐらせた」

裏通りには食の見世《みせ》がいくつもある。小店《こだな》もあるが、暮六ツまえに戸締りをする。三人組がはいった食の見世はなかった。

永代島の掘割ぞいを山門のさきまで調べさせたが無駄足であった。

裏長屋への木戸よこが、たいがいは家主の住まいだ。そこもあたらせた。

三人組については、それらしいのがとおるのを見たような気がするというくらいで、はかばかしくなかった。

駿介は、手先たちに縄暖簾へ行かせた。そこでも、三人組にかんしてはえるものがなかった。しかし、手先のひとりが小耳にはさんだことがある。

「……印半纏《しるしばんてん》を着た職人ふたりが酒の肴《さかな》にしていた噂《うわさ》話《ばなし》だ、あてにならねえ。その つもりで聞いてくんな。門前小町って評判だった達磨《だるま》屋のふじが蓬萊《ほうらい》橋から身投げしたんは、阿部《あべ》勝太郎《かったろう》が腹を切って死んじまったからだってんだ。ふたりは人目を忍ぶ仲だった」

「まさか、そのようなことが……。ありうるでしょうか」

「わからねえ。阿部伝右衛門《でんえもん》、勝太郎父子《おやこ》が割腹したんが、先月の十九日。見つかったんが翌二十日。ふじが身投げしたんが二十二日」

勝太郎は、傘と房楊枝《ふさようじ》とをじかに門前東《もんぜんひがし》仲町《なかちょう》の小間物屋銀杏《いちょう》屋にとどけていた。

叔母しげの嫁ぎ先であり、ふじはよく遊びに行っている。

しかし、銀杏屋主の惣八《そうはち》は、ふじと勝太郎とが親しげにしているのを見たことがないと言っている。そんなけはいがあれば、手代に傘や房楊枝をとりにいかせたであろう、と。ましてや、ふじは仲夏五月八日に日本橋平松町《ひらまっちょう》の両替屋に嫁ぐことになっていた。

「……門前小町のふじはなんで身投げをしたのか。蓬萊橋は勝太郎が銀杏屋へ行く通い路だ。勝太郎は金次にきせられた濡れ衣をはらさんと腹を切った。勝太郎の無念を知ったふじはあの世で添い遂げんと身投げした」

「辻褄《つじつま》はあいまする。ですが……」

「だから言ったたろ、酒の肴の噂話だって。門前小町と貧乏《びんぼう》な若侍《わかざむれえ》。いっときは、おいらもひょっとしたらって思った。こまるんは、そうじゃねえって断言できねえことだ。なんとなれば、ふじが身投げした理由《わけ》がわからねえからよ。だが、かたがついた一件だ。達磨屋は深川で一、二の両替屋だし、嫁ぐはずだった平松町の両替屋も大店だ。身投げの件で仲違《なかたげ》えしてる。もし、ふじが勝太郎のあとを追って身投げしたとあっては、ますますこじれかねねえ。けどな、そういう噂があるってのは気になる。おめえさんはどうだい」

覚山は首肯した。

「拙者もでござりまする。事情を知っている者でなければ、その噂話はできぬと思いまする」

「それよ。駿介とも話したんだが、おめえさんにはめんどうをかけてる。そのおめえさんが阿部父子のことを気にしてた。だから、おめえさんが望むんなら、この噂話、ひそかにさぐらせてみてもいい」

「ご迷惑でなければ、ぜひとも」

「わかった。ただ、いまも言ったようにひそかにだぞ。たとえそうであったとしても表沙汰にする気はねえ。それと、このめえ話したが、もともとひでの殺しかたが似てる。おいらは、ひで殺しも三人組のしわざじゃねえかってにらんでる。だから、まずはその三人組と襲った奴よ。そいつは承知しててくんな」

「むろんにござりまする」

覚山は、挨拶を述べて刀と八角棒をとった。

冬ならば相模の空が夕焼けに染まっていたろう。だが、初夏の空はようやく暮れかけ、西空はいまだに青さをとどめていた。

住まいに帰った覚山は、よねとむかいあって夕餉《ゆうげ》を食した。

柳眉に花びらの唇。白い肌とほそい首筋。勝てるわけがない。あらがうは愚かであり、おのれは果報者だ。

そうは思うのだが、なにゆえか学問をないがしろにしているうしろめたさにさいなまれてしまう。

箸《はし》をとめたよねが小首をかしげる。

だんだん勘がするどくなってきている。

覚山は、なんでもないというふうに首をふった。

夕餉をすませてほどなく暮六ツ（七時）の鐘が鳴った。覚山は、よねの見送りをうけて見まわりにでた。

翌二十五日もよく晴れた。

よねが湯屋からもどってきていっしょに茶を喫した覚山は、てつだってもらって羽織袴《はかま》にきがえ、大小と八角棒を腰にして住まいをあとにした。

路地から仲町入堀通りにでて、仲町裏通りまえにある名無し橋をわたった。山本町入堀通りから山本町裏通りへはいる。

食の見世のほかに、米屋や酒屋、薪《まき》屋などがあった。大通りがわの裏長屋のひとつに、かよいでくるてつが住んでいる。八方庵《はっぽうあん》の女中せいもおなじ長屋だ。

裏通りはずれの左かどに湯屋があった。

永代寺と富岡八幡宮《とみがおかはちまんぐう》とは、十五間川と掘割にかこまれている。永代島ともいう。永代寺は富岡八幡宮の別当寺《べっとうじ》である。

別当は管理職のようなものと理解すればよいかと思う。明治以降は〝社寺〟と神社のほうが上になるが、江戸時代は〝寺社〟と寺のほうが上であった。

覚山は、掘割ぞいの通りを永代寺山門橋のほうへすすんだ。

縄暖簾のほかに、〝お休み処〟と幟《のぼり》のある水茶屋、花屋、汁粉屋などがある。

山門まえをとおりすぎる。半町（約五四・五メートル）ほどで橋と大通りへの横道がある。さらに半町さきのかどにも橋が架かっていた。

かどをおれて大通りへ足をむける。

大通りを左へ行けば、半町ほどで富岡八幡宮の鳥居と参道がある。その正面が大島川にもうけられた船入《ふないり》だ。

覚山は、船入まえのかどを右にまがって蓬萊橋へむかった。

橋板をのぼりながら思う。

いい、ふじ、十七歳。勝太郎、十九歳。親に孝をつくし、つつましやかに生きていた阿部勝太郎のふるまいからして、町娘とふしだらなかかわりがあったとは考えにくい。

——そうであれかしとつむいだ夢物語か。

いただきで、しばし立ちどまり、川しもへ眼をやる。

橋で立ちどまるのは、法度《はっと》である。

そのまま佃町へくだっていった。

佃町の裏には岡場所がある。だが、見ても、おのれにはわかるまい。

武家屋敷にはさまれた瑞運寺《ずいうんじ》の境内《けいだい》へはいった。ひと月ほどまえにきたさいは、若葉だった梅の木に緑がしげっていた。

すみのほうで遊ぶ子らを見ている裏店の若女房三人が、ちらちらと眼をむけてくる。

覚山は、気づかぬふりをしてまっすぐ本堂へ行った。

懐から巾着をだして賽銭《さいせん》をたてまつり、巾着をもどしてから合掌し、頭《こうべ》をたれた。

帰路も、蓬萊橋のいただきで足をとめ、川しもに眼をやり、首をめぐらして二町（約二一八メートル）ほどさきの阿部父子が暮らしていた入船町を遠望した。

でかけてすこしして松吉がきていたと、稽古をおえたよねが言った。

昨日《きのう》の朝、匕首で腹に疵をおわされた芸者の玉次が八丁堀の医者のところから帰ってきた。置屋の女将が手をかしていたが、ゆっくりとではあったけれど自分の足で桟橋におりてきて屋根船にのったし、顔色もわるくはなかった。

むかえに行った船頭がそう話していたのだという。沓脱石《くつぬぎいし》のところで立ったまま心からうれしそうな顔でそれだけ話し、帰っていった。

二

この年の初夏四月は小の月で二十九日が晦日《みそか》である。

昼まえに三吉がきた。柴田喜平次と浅井駿介が待っているので暮六ツ（七時）の見まわりがすんだらそのまま山本町入堀通りの八方庵にきてほしいとのことであった。

覚山は承知し、よねに告げた。

暮六ツの見まわりのおわりに万松亭へよって長兵衛に八方庵にいるむねをつたえ、名無し橋で入堀をわたった。

八方庵の暖簾をわけると、女中のせいがぱっと花が咲いたかのごとき笑顔になった。

「先生、いらっしゃい。……おみえになりました」

声がおおきすぎた。せいが、いくらかはにかんだように頬《ほお》をそめた。

階《きざはし》したの小上がりに腰かけていた弥助と仙次がちいさく辞儀をした。ふたりのあいだには、それぞれの食膳があった。

覚山は、二階へあがり、喜平次と駿介のあいだの正面に膝《ひざ》をおって左脇に刀と八角棒をおいた。

ふたりのまえにも食膳があった。すぐに、せいが食膳をもってあがってきて、酌をして去った。

喜平次が言った。

「ふじと勝太郎の件だが、わかってきたことがある。まずは聞いてくんな」

縄暖簾で、噂話をしていた印半纏ふたりについて訊《き》きだし、たずねて問いつめた。そうやって噂のでどこをたどる。とぼけたり、しらをきろうとする者もいた。そんな者には、八丁堀の旦那にでばってもらい、自身番へ呼びだすとおどす。すると、たちまちしゃべる。

らちがあかなかったりてまどったりすることもあるのだが、今回は両方の手先たちにてわけさせたこともあってあっさりいきついた。

かよいで銀杏屋の下働きをしている裏店に住むときという独り暮らしの女だった。亭主とは死に別れ、娘ふたりはとうに嫁にいった。

達磨屋のふじが身投げした晩春三月の月番は北御番所なので、喜平次が弥助らをともなってときの住まいをたずねた。

ときは、御番所役人の姿におびえた。蓬莱橋で身投げした達磨屋おふじのことで訊きたいと言うと、蒼ざめた。

――お役人さまに、誰がどんなことを話したのか知りませんが、あたしではありません。あたしはなにも言ってません。

――めんどうをかけるんじゃねえ。知りてえことをすなおに話さねえんなら、縄をうつ。で、銀杏屋へのりこみ、おめえがこんなことをしゃべってたらしいがこころあたりがあるかって訊く。

――お役人さま、お許しください。そんなことをされたら、お暇《ひま》をだされてしまいます。どうか、どうか、お願いにございます。

――なら、正直にこたえな。そしたら、おめえがしゃべったってことは銀杏屋には黙ってるかもしれねえ。

――ほんとうでございますか。

――話を聞いてからだ。あんましおいらを怒らせねえほうがいいぜ。

――は、はい。

「……ときによれば、ふじの縁組がきまったのが去年の夏から秋にかけてだ。それまでもふじは銀杏屋へよくきていた。けど、秋ごろからはしばしばくるようになった。ふだんの銀杏屋奉公人の夕餉は茶漬けと香の物と豆腐の味噌汁で、月に二度か三度ひと皿つくそうだ。だから、毎日《めえにち》、豆腐売りがくる」

銀杏屋は裏店との境に板塀《いたべい》とくぐり戸がある。振売りや担売りなどは、路地から裏長屋をぬけ、くぐり戸をあけてやってくる。

豆腐売りが顔をだすのは、昼八ツ半（春分時間、三時）じぶんだ。ふじが身投げした晩春三月二十二日もそうであった。

小雨のなか、菅笠《すげがさ》をかぶっていたが、蓑合羽《みのかっぱ》ははおっていなかった。天秤棒《てんびんぼう》の両端に、豆腐のはいった蓋《ふた》のある桶《おけ》をさげている。豆腐売りは口が達者で、世間のできごとをおもしろおかしく話してくれる。勝手の下働きをしているときはそれをたのしみにしていた。

豆腐売りが、豆腐を桶から小盥《こだらい》にうつしながら、入船町の裏長屋に住む浪人父子が腹を切って騒ぎになっていると言った。

――ふぅん、どうしてまた。

――なんでも、倅《せがれ》のほうにちかくにある瑞運寺の賽銭《さいせん》を盗んだ疑《うたげ》えをかけられたのが無念で恥だってんで父子して腹を切ったそうで。父子で傘張りと房楊枝づくりをして暮らしてたって聞きやした。

――お店《たな》のほうに、傘や房楊枝をとどけにくる若侍がいるらしいけど。

――そうでやすかい。傘張りやなんかでかつかつに生きてる貧乏浪人はめずらしくありやせん。父親は阿部伝なんとかで、倅のほうはたしか勝太郎だったと思いやす。あっしは、そんなことくれえで腹を切るこたあねえと思いやすが、お侍《さむれえ》の考《かんげ》えることはわかりやせん。なんか耳にしたら、またお話ししやす。

桶に蓋をした豆腐売りが、天秤棒をかついで去っていった。

勝手をあずかっている女中が口うるさい。ときは豆腐のはいった小盥をいそいで勝手へもっていった。

そのあと、ふじの身投げが騒動をもたらした。

それから数日はたいへんであった。出入りの者たちも神妙な顔をしていた。むろん、豆腐売りもだ。

娘のはなの部屋はちいさな裏庭にめんしている。ときは裏庭の井戸ばたで洗いものなどをする。

ふじが身投げをしてからのはなは、ずっと暗い顔をしていた。障子をしめた部屋から忍び泣きがもれてきたこともあった。ふじとは姉妹のように親しくしていたのでむりもないとときは思った。そのころは、よくふたりのはじけるような笑い声が聞こえたものだった。

初夏四月になり、二日か三日だったと思う。内儀のしげとはなと嫡男の兼吉《かねきち》とが、ふたりいる女中のひとりをともなって向島にある達磨屋の寮にうつった。はなの気分がすぐれぬからとのことであった。

女中が減ったぶん、ときが勝手向きだけでなく奥の掃除や洗濯までやらざるをえなくなった。それでお手当がふえるとは言われていない。ときはそれが不満だった。

数日後の夜、床をのべてよこになったが、どういうわけかなかなか寝つけなかった。そして、ふいに想いだした。

井戸ばたで洗いものをしていたときに、部屋にいるふじとはなが〝勝太郎さま〟と言うのが何度か聞こえた。眼をみひらいて天井を見つめた。まちがいない。たしかに聞いた。

あの日、ふじとはなは部屋にいた。豆腐売りの声が聞こえたのかもしれない。

どうしてふたりは〝勝太郎さま〟と言っていたのか。ふじがほの字だったからだ。

だから身投げした。そうにちがいない。はなの気の病も、それを知っているからなのだ。

お店で口にするわけにはいかない。ふじは祝言をひかえていた。そんなことを言ったりすれば暇をだされてしまう。

「……そうだったのかもしれねえと思うと、黙ってることができねえ。ときは長屋の女房にしゃべった。その女房にはたしかめてねえが、そこからひろまったであろうことは容易に察しがつく」

覚山は言った。

「わかりまする。おもしろおかしく話しているうちに、しだいに尾鰭《おひれ》がつく。祝言のきまったふじがなおいっそう遊びにくるようになったというのがひっかかりまする」

喜平次がうなずく。

「おいらもだ。ふじが勝太郎を慕っていたとしよう。知っているのは、たぶんはなだけだ。はなは十四だ、まだ恋は知るめえ。よもやふじが身投げするとは思わなかった。で、みずからを責め、気煩《きわずら》いになった」

「母親のしげはどうでござりましょう」

「ふじが勝太郎を慕っていたのは知らなかったように思う。だが、はなから聞いて知った。だから、実家《さと》の寮にしばらくうつることにした」

「しかし、銀杏屋の主惣八が阿部父子の割腹を知ったは、今月の二日、たしか本所松井町《ほんじよまついちよう》の遠州屋《えんしゆう》に教えられてだったと憶《おぼ》えておりまする」

「こういうことだったのじゃねえかな。ふじと勝太郎が惚《ほ》れあってた。……不満そうだな。男女《なんにょ》の仲ってのはわからねえぜ。ましてや、ふたりとも若《わけ》え。まあ、ふじのいちずな片思いでもいい。どっちにしろ、銀杏屋でのできごとだ。ふじは縁組がきまっている。叔母であり、銀杏屋の内儀でもあるしげとしては、実家《さと》にも良人《おっと》にもうちあけられることじゃねえ」

「はなが話してしまうのを案じた」

「おそらくはな。はなははなで、ふじが身投げしたんはおのれのせいだと責めているのかもしれねえ。門前小町の達磨屋おふじはなんで蓬萊橋から身を投げたんか。絵解きにはなる。そうだったんだろうなって気もする。だが、こいつはどうあつかったもんか、むずかしいぜ」

「裏通りの縄暖簾で酒の肴にされていたのであれば、いずれは銀杏屋や達磨屋、嫁ぐはずであった日本橋の両替屋の耳にはいるやもしれませぬ」

喜平次が鼻孔から息をもらした。

「世間のくだらねえことあれかし噂だってかたづけられればいいんだがな。ふじと勝太郎が男女《なんによ》の仲だったなんてことがあきらかになったら、恥をかかされたといまでさえ腹をたててる日本橋平松町の両替屋がどうでてくるか。もうすこし考《かんげ》えてみてえ。駿介が話してえことがあるそうだ」

駿介が、喜平次にかるくうなずいてから顔をもどした。

「三人組なんだが、年齢《とし》がいずれも三十前後。ひとりが五尺五寸（約一六五センチメートル）あまりで、ややかくばった躰《からだ》つき。あとのふたりはどっちも五尺四寸（約一六二センチメートル）くれえで、片方が痩《や》せている。匕首で襲った奴は、二十四、五歳、五尺六寸（約一六八センチメートル）くれえ、いくらか細身で細面。で、ふと気になって柴田どのに金次の背恰好をたしかめた。すると、二十五歳、身の丈が五尺六寸、おなじく細面だっていう」

喜平次がひきとった。

「金次と匕首とが似たような背恰好だってのが、おいらもひっかかった。で、かよいできてた裏店の女房に、ひでが身内について話したことがねえか訊きにいかせた。生れ在所や両親《ふたおや》の話なんかをしたことはねえそうだ。だが、去年の春、明日《あした》は朝早くにでかけて弟と花見をして帰りが夕方になるのでこなくていいって言われた。弟さんがいるんですねって言うと、うれしげにうなずき、会うのは何年ぶりかしらってこてえた」

弟がいて、何年も会っていない。江戸払いの科人《とがにん》でも、旅姿であればとおりぬけられる。あるいは雇われ者で、半日だけの暇をもらったのかもしれない。旅回りの商人《あきんど》に奉公しているのであれば、それもありうる。

「……ひでは二十六歳。金次は二十五歳。匕首は二十四、五歳。金次と匕首とは背恰好が似ている。弟がひでのたったひとりの身内だとする。たまにしか会えねえ弟に似た金次に、ひでが親しみをおぼえる。ありえなくはねえ」

覚山は、顎《あご》をひいた。

「兄であるよりも、弟ゆえさらにありうるように思えまする」

「ああ。兄なら父へのあこがれ。弟なら母のような気分。歳したで、弟に似てる。かすかだが、ひでと金次とをつなぐ手懸りかもしれねえって気がする。だいぶ話しこんじまったな。おぼろげではあるが、しだいにかかわりが見えてきたように思う。なんかわかったら、また報せる。おめえさんはもういいぜ」

「失礼いたしまする」

覚山は、刀と八角棒をとった。

万松亭で小田原提灯《おだわらぢょうちん》を借りて帰った覚山は、よねに夜五ツ（八時四十分）の見まわりからもどったら話すと言った。

仲夏五月は雨の季節である。だから、雨のあいまのあざやかな青空を五月晴れという。

いつもの刻限に庭のくぐり戸があけられ、鶏冠《とさか》をふるわすがごとき声がひびいた。

「おはようございやす、松吉でやす。おじゃまさせていただきやす」

にこやかな顔であらわれ、沓脱石のところでぺこりと辞儀をした。

「よいお天気で。今日は朔日《ついたち》でやす。およねさん、二十一ってことでお願《ねげ》えしやす」

「まだやってんの。かわりばえがしないねえ」

「すいやせん。ですが、あっしが悪いんじゃありやせん。いつまでも若《わけ》えおよねさんがいけねえんでやす」

「ありがとね。おあがんなさい」

「へい」

松吉が、濡れ縁から敷居をまたぎ、膝をおった。

「先生《せんせえ》……おたぁきちゃぁぁん」

「はあ」

覚山は、聞こえよがしにため息をつき、あからさまに肩をおとした。だが、松吉は、聞いていないし、見ていなかった。首をのばして満面の笑みをうかべている。

うつむきかげんのたきが、膝をおって盆をおろし、両手で松吉のまえに茶托《ちゃたく》にのせた茶碗をおいた。

よねが釘を刺す。

「松吉ッ」

「なんも言いやせん、なんも言いやせん。胸がつまって、なんも言えやせん」

くすっと笑いをこぼしたたきが、盆を手にして立ちあがり、ふり返って居間をでていった。

よねがゆっくりと首をふる。

茶を喫した松吉が、茶碗をおいて顔をあげた。

「先生《せんせえ》、昨日《きのう》の朝、腹を刺された玉次を八丁堀の医者んとこへ送り迎《むけ》えしやした。あっしは医者のほうがくりゃあいいじゃねえかって思ったんでやすが、女将さんが言うには、お医者さまにむりしねえてえどに歩いたほうがいいって言われたそうで。女将さんの手えかりて石段をのぼりおりしてたし、顔色もあかるくなっておりやした。年齢《とし》は十八だそうで。永代寺《ええてえじ》の牡丹《ぼたん》が、負けたって尻《けつ》まくって逃げだすくれえかわいい顔をしておりやす。へい」

「なあ、松吉」

「なんでやしょう」

「永代寺の牡丹も逃げるかわいさでよい。なにゆえそこに尻《けつ》をいれるのだ」

「先生《せんせえ》、男は厠《かわや》で涙を流せってのよりよっぽどましだと思いやすぜ。それよか、またあっしの船にのってくれるかもしれやせん。別嬪《べっぴん》の褒《ほ》め言葉を教えておくんなさい」

「逃げる美しさなら、沈魚落雁《ちんぎょらくがん》という言葉がある。あまりの美しさに魚や鳥も恥ずかしくなって隠れてしまうとの意味だ」

松吉が眉《まゆ》をひそめる。

「いきなりチンでやすかい。なんか、ガキみてえでぎょっとしやす」

よねが、ぽっと頬を染めて眼をふせた。

覚山はさとった。

「たわけ。そのチンではない。〝ぎょ〟は〝驚く〟ではなく〝魚〟のことで、〝ちん〟は沈むという意味だ」

「沈んじまう。縁起でもねえことを言わねえでおくんなさい。あっしは船頭でやす。こう、元気がでるやつをお願《ねげ》えしやす。キン、とか。それにタマがつきゃあ、鬼に金《かな》棒《ぼう》でやす。なにしろ、あいては玉次でやすから」

よねがますます顔をふせる。

「あのなあ……まあ、よい。ふむ、金烏《きんう》玉兎《ぎょくと》、金科玉条《きんかぎょくじょう》。金と玉とがはいった言葉ではあるが、意味がちがう。ほかに思いつかぬゆえつくるしかあるまい。……これはどうだ、金花紅玉《きんかこうぎょく》、汝《な》が麗《うるわ》しさ、金花紅玉が如《ごと》し。そなたの美しさは、金の花《はな》、紅《くれない》の玉《たま》のようだ。ん、気にいらぬか」

「せっかく考《かんげ》えていただいたんでやすが、紅《くれねえ》は夕焼けの色でやしょう。また沈むんでやすかい」

「これはすまぬことをした。ならば……そうだな、金花翠玉《すいぎょく》、いや、焔玉《えんぎょく》。金の花、炎《ほのお》の玉《たま》。どうだ」

松吉の顔がかがやく。

「炎のタマ。男はそうありてえもんで。先生《せんせえ》、気にいりやした。申しわけありやせんが、書いていただけねえでやしょうか」

「よかろう」

覚山は、文机《ふづくえ》のまえにうつった。

墨《すみ》を摺《す》り、半紙に二行にわけて書き、かなをふった。墨が乾くのを待って、半紙を手にしてもどる。

膝をおって、半紙をさしだす。松吉が、両手でおしいただいた。

うれしげな顔でながめる。

「先生《せんせえ》、おってもかまいやせんか」

「むろんだ」

「ありがとうございやす」

松吉が、端をあわせて、ていねいに四つ折にした。

よねが言った。

「つつんであげるから、お貸しなさい」

「お願《ねげ》えしやす」

よねが、文机につんである半紙の一枚でつつみ、もどってきて松吉にわたした。

「すいやせん」

包み紙を懐にしまう。

「……神棚の竜神《りゅうじん》さまにお供えして、毎朝《めえあさ》、お祈りしやす。竜神さま、キンのタマタマさま、あっしは今朝も元気で燃えておりやす。どうか、ひとつ、早《はえ》えとこ見つけてやっておくんなさい。お願《ねげ》えしやす。そうやって毎日《めえにち》祈ってりゃあ、ご利益《りやく》があるにちげえありやせん」

キンのタマタマで、よねがまたしてもうつむいてしまった。

「おまえなあ。玉次を褒めるのではないのか。それになんだ、そのタマタマは」

「むろんのこと、褒めやす。会ったら、キンの棹《さお》や炎のタマより綺麗《きれえ》だって、心をこめて褒めやすとも。ですが、こっちの願掛けは毎日《めえにち》でやす。タマは二個そろってこそタマタマで。たまたまってことではありやせん。あれっ、わけわかんなくなっちまいやした。つい長っ尻《ちり》しちまい、申しわけございやせん。失礼《しつれえ》させていただきやす。およねさん、馳走《ごち》になりやした」

沓脱石の草履《ぞうり》をつっかけて地面におりた松吉が、ふり返って辞儀をし、去っていった。

三

夜四ツ（十時二十分）の鐘がしのびやかに去っていった二階の寝所で、キンのタマタマを叱咤《しった》激励《げきれい》、奮励《ふんれい》奮闘《ふんとう》。こらえきれずに憤死《ふんし》したが、正月のころにくらべると、いくらかたえしのべるようになった気がする。

このごろは、よねも、ひかえめながら、熱い吐息やよろこびの声をもらすようになった。

学問や剣の修行とおなじで、たゆまぬ研鑽《けんさん》が肝要だと、つくづくしみじみ思う。

褌《ふんどし》をしめ、寝巻をきて、枕に頭をあずけた。

どれほどたったであろうか、夜の静寂《しじま》をやぶる太鼓の響きで眼がさめた。

定火消《じょうびけし》の太鼓だ。

火事があると、まずは定火消が太鼓を打つ。火の見櫓《やぐら》のちかくで出火しても定火消の太鼓を待たねばならない。定火消の太鼓は遠近によって打ちかたがことなる。それを合図に、大名家は板木《ばんぎ》を打ち、町方《まちかた》は半鐘《はんしょう》を鳴らす。

――ジャンジャンジャンジャン。

半鐘の乱打だ。火事はちかい。よねも上体をおこした。

覚山は、はねおきた。

窓の障子をよせ、雨戸をあける。

よねがよこにならぶ。

夜空にあがる白いけむりと屋根を浮きだたせる炎が見える。火事は、入堀のむこう、門前山本町のどこかだ。

覚山は手をさしだした。

風はない。

障子をしめる。

「およね、着替えを」

「あい」

よねが寝所隅にある行灯《あんどん》の覆いをとった。

部屋があかるくなる。

帯をほどき、寝巻をぬぎおとす。よねが肩にかけてくれた肌襦袢《はだじゅばん》と木綿《もめん》の袷《あわせ》に腕をとおしてわたされた帯をむすぶ。

行灯から燭台《しょくだい》の蠟燭《ろうそく》に火をとり、寝所から一階におりた。

居間の行灯に火をともして蠟燭を吹き消す。

いまは風がない。だが、火は風を呼ぶ。風にあおられれば、火はたちまち燃えひろがる。

その用意をしておかねばならない。

まずは上屋敷の文庫で借りた書物だ。つぎに刀。そして、金子《きんす》と両替屋への預け証文のたぐい。

はいってきたよねが、簞笥《たんす》からたたんだ数枚の風呂敷をとりだした。畳に二枚重ねの風呂敷二組をひろげる。そして、簞笥からみずからの預け証文などをだした。片方の重ね風呂敷に書物と金子と証文のたぐいと刀を、もう片方に当座の衣類と身のまわりのものをおく。よねがあれもこれもともってくる。

覚山は、かさばるものや重いものは書物のほうの風呂敷にまとめ、片方は衣類などの軽いものだけにした。それなら、よねでももてる。

四方八方で、半鐘が鳴りつづけている。

見おとしているものがないかをたしかめ、うえの風呂敷をむすんだ。したの風呂敷は対角二隅だけをむすんで肩にかつぐか、四隅ともむすんで手にさげる。

用意がととのったところで、二階へ行った。

東窓の障子をあける。

万松亭二階の左壁と、入堀をはさんでならぶ二階建ての隙間に炎が見える。火は勢いを増している。

紅蓮《ぐれん》の炎が、夜空を焦《こ》がしている。

江戸の火消しは消火ではなく防火である。家屋を壊して延焼をふせぐ。さいわい、いまだ風のけはいはない。雨がふったのは七日か八日まえで、陽射しのつよい日がつづいている。

それにしても、燃えかたが激しいように思える。

よねが不安げな声をだした。

「先生」

「どうした」

「まえ住んでいたあたりのような気がします。仲のいい妓《こ》たちが住んでいます。となりの長屋にはおてつさんがいます。みんな無事かしら」

「およね」

「あい」

「いまのところ風がない。このままなら、大火《たいか》にはなるまい。腹が減っては軍《いくさ》はできぬ。わしもてつだうゆえ、飯《めし》を炊《た》き、おむすびをつくろう。逃げねばならぬなら兵糧《ひょうろう》だ。火がこぬなら、明日の朝、焼けだされた知り人たちへもっていくとしよう」

よねがうなずく。

覚山は、障子をしめてよねをうながした。

厨《くりや》をあかるくして、水口の雨戸をあける。よねが井戸ばたで米を研《と》ぐあいだ、覚山は燭台をもって手もとを照らした。

竈《かまど》に火をおこし、ふたりで板間に腰かけて火をみつめた。

半鐘が鳴っているのは町火消があつまるまでだ。路地を人声や人の気配が往《ゆ》き来している。火事のおりは町木戸があけられる。町火消が駆けつけたり、逃げる者らのためだ。

よねは襷掛《たすきが》けをして、姉さん被《かぶ》りの手拭で髪をつつんでいる。覚山は、肩を抱きよせ案ずるなというふうに手のひらに力をこめた。よねが、顔をむけ、ほほえんだ。

腕をはなして薪をたしにいき、二階へあがって火事のようすを見た。

大火にならずにおさまりそうであった。

厨へもどる。

炊きあがった米を飯櫃《めしびつ》へ三分の一ほどうつしてしゃもじで切って冷ましたのを、よねが手のひらに塩水をつけて叩いた梅干をいれて握り、浅草海苔《あさくさのり》をまいた。

おにぎりをつくりおえ、手を洗い、二階へ行った。

火事はだいぶおさまっているようであった。

障子だけしめて寝巻にきがえ、よこになった。

まどろみ、夢のなかで暁《あかつき》七ツ（午前三時二十分）の鐘を聞き、白みはじめた東の空を障子が映し、眼がさめた。

よねに声をかけて布団をはなれた。

きがえて一階へ行き、雨戸をあけた。庭へおりてくぐり戸の閂《かんぬき》をはずしてひくと、稽古着姿の長吉がいた。

「待っておったのか」

「はい」

覚山は路地にでた。

「寝すごしてしまった。すまなかった」

「いいえ」

「火事があった」

「知っております」

「今朝は休みにしよう」

「はい」

「長吉、よき心がけだ、ほめておく」

顔をこわばらせていた長吉が、しんそこ安堵《あんど》した表情になった。

「ありがとうございます」

一礼し、万松亭のくぐり戸をあけて、消えた。

覚山は、庭にはいってくぐり戸をしめた。よねが敷居のところで膝をおっていた。

「長吉さん、きていたのですね」

「たいしたものだ。迷ったであろう。修行への覚悟をしめすためにきがえて待っていたに相違あるまい。となり町で火事があった。動顛《どうてん》してもおかしくない。たいしたものだ」

明六ツ（五時）の鐘が鳴りおわるまえにたきもきた。

味噌汁とおむすびで朝餉をすませ、覚山は羽織袴にきがえ、おむすびをつめた重箱包みと吸筒と湯呑み茶碗とをいれた袋むすびにした風呂敷をさげたよねと住まいをでた。

路地から入堀通りにでる。人が多かった。そこかしこの軒先で立ち話をしている。

名無し橋をわたる。山本町の入堀通りはさらに大勢がいた。

山本町の裏通りへまがる。

顔をよせあってのひそひそ話。足早にゆきかう者。暗い顔。血走った眼。

「まさか、そんな」

斜めうしろのよねが絶句して立ちどまった。

覚山はふり返った。

顔から血の気が失せ、唇がふるえている。

「およね、うろたえるでない。火事見舞にまいったのだぞ、気をたしかにもて。いざとなれば、遠慮せずにわしの腕をつかめ。よいな」

「あ、あい」

裏通りのなかほどに大八車《だいはちぐるま》がならべられ、人足《にんそく》たちが木材や瓦などを積んでいる。それを遠巻きに見ているのは、周辺の者と焼けだされた者たちであろう。

こちらを見た年増が駆けだした。

ひとり、またひとりとつづく。

「お姐《ねえ》さん」

立ちどまった年増の両眼から涙がこぼれる。

「無事だったのね。よかった」

よねも涙ぐんでいる。

追ってきたふたりのあとからさらにちかよってくる女たちがいる。二十歳前後から二十四、五歳あたりまでだ。

「みんな無事で。ほんとうによかった。おにぎりをもってきた。食べなさい」

「ありがとうございます」

「先生」

「うん」

覚山は、よねがもちあげた風呂敷包みをそろえた両手をだしてうけた。よねがむすびめをほどき、重箱の蓋をとる。

「さあ、遠慮しないで食べなさい。白湯《さゆ》もある」

「いただきます。先生、ごめんなさい」

芸者たちが手をのばしておにぎりをとった。

両の手のひらには重箱が、手首から肘《ひじ》のあいだには蓋がある。よねが、袋むすびにした風呂敷のなかから湯呑み茶碗をだして蓋にならべ、吸筒《すいづつ》の白湯をそそいだ。

ちいさな子らが見ている。

よねが声をかけた。

「あなたたちもいらっしゃい」

子らがよってくる。

覚山は、とりやすいように腰をおとして片膝をついた。

焼けだされた身なりの女たちもやってきた。三段重ねの重箱のおにぎりがなくなった。三本もってきた吸筒の白湯もからになった。

「ごめんよぉッ」

入堀通りのほうから人足にひかれた大八車が二台きた。

火事場の雑多なものが山積みされ、荒縄をかけられた大八車が永代寺掘割のほうへひかれていく。

よねがおにぎりをもらえなかった者らに詫び、重箱と吸筒と茶碗とをひとつにしてつつんだ。

覚山は、風呂敷包みをうけとり、よねにさきに行くよううながした。

よねが芸者たちとまえをすすむ。

路地をはさんだ裏長屋が燃え、その両脇と裏通りにめんした家屋が壊されていた。

燃えた裏長屋と大通りとのあいだも焼け、やはり延焼をふせぐために両脇が壊されている。

知り人を見つけたらしいよねが、ちかよっていき声をかけた。覚山は、人足らのじゃまにならぬよう軒下で待った。

頭をさげてふり返ったよねがもどってくる。

眼から涙があふれている。

覚山は言った。

「帰ろう」

「あい」

よねが、袂《たもと》からだした手拭を目頭にあてた。

入堀通りのかどをまがって大八車が一台やってきた。覚山は脇へよった。名無し橋をわたって住まいにもどった。

格子戸をあけて戸口にはいる。たきがやってきて膝をおった。

「先生、さきほど万松亭の旦那さまがおみえでした。あとでまたおじゃまするとおっしゃっておられました」

「そうか」

よねが言った。

「おたき、使いに行っておくれ」

「はい」

居間へいく。たきが廊下で膝をおる。

よねが、朝と昼の稽古をお休みにするむねをつたえるように言って、それぞれの住まいを教えた。

うなずいたたきが厨へ行った。

よねが沈んだ眼をむけた。

「もどってきたら話します」

「おてつは、亭主とふたり暮らしであったな。亭主もか」

よねが、うなずき、眼をうるませた。

てつは三十八歳。娘がふたりあるが、したの娘も去年の春に縁づいたと聞いている。

「わたしが女として人並みになれたのも、すべておてつさんのおかげです」

無口で無愛想なところがあったが、しっかり者だった。独り暮らしをはじめたよねは、三味線《しゃみせん》や踊りはできても料理などはからきしだった。それを、ひとつひとつ、根気よく、教えてくれた。

座敷でいやな思いをした翌朝、愚痴を言ったことがあった。すると、てつが、でも米吉《よねきち》さんは芸者になれた、芸者になれない娘は吉原《よしわら》へ行くしかない、と言った。そのとき、もうけっして愚痴は口にすまいと心に誓った。

ぽつりぽつりと想い出を語り、涙をながした。

うんと泣くがよい、と覚山はいたわった。

小半刻（三十五分）ほどがすぎ、水口の腰高障子がかすかな音をたてた。

覚山は言った。

「おたきがもどったようだ」

「話してきます」

よねが厨へ行った。

すぐに、えっ、という声が聞こえた。

それからほどなく、庭のくぐり戸があけられた。

「先生、長兵衛にございます」

「まいられよ」

沓脱石のところにきた長兵衛がかるく辞儀をした。

「よろしいでしょうか」

「あがられよ」

「おそれいります」

長兵衛が、敷居をまたいで半歩すすみ、膝をおった。

「火事見舞においでになられたとうかがいました」

覚山はうなずいた。

「まえに住んでいたところあたりだとよねが申すゆえ、昨夜《さくや》のうちに飯を炊き、にぎりをこしらえておいた。それがため、今朝は寝すごしてしまい、長吉にはわるいことをした。動ずることなく稽古着姿でいつもの刻限にまいった。その覚悟、立派なものだ」

「ありがとうございます」

長兵衛が、親の顔をひきしめた。

「……先生、昨夜《ゆうべ》の火事、付け火のようにございます」

「まことか」

長兵衛がうなずく。

厨の板戸があいた。盆をもったよねがはいってきた。膝をおっておいた盆には茶碗が二個しかなかった。

覚山は言った。

「およね、あの火事は付け火だそうだ」

よねが眼をみはる。

覚山は顎をひいた。

「およねも聞くがよい」

「あい」

盆をもって立ちあがったよねが斜めうしろで膝をおった。

「長兵衛どの、およねが門前山本町に住んでいたころからかよいで雇い、ここにも朝の一刻だけきていたおてつが、亭主ともども昨夜《さくや》の火事で亡くなった」

「さようにございましたか」

長兵衛がよねに顔をむけた。

「……お見舞を申しあげます」

顔をもどす。

「先生、噂がとびかっております。手前もたしかめたわけではございません。そのつもりでお聞き願います。狙われたのは達磨屋さんだそうにございます。蔵も燃え、有り金のこらず奪われたらしいとのことにございます。店《たな》も焼け落ち、誰一人助からなかったとのこと。これがほんとうでしたら、達磨屋さんに金子《きんす》をお預けになっておられたところは大損にございます」

「長兵衛どのはどうだ」

「手前は、火事のことを考え、両替屋さんは何ヵ所かにわけております。おつきあいもございますので、達磨屋さんにも預けておりました。そのぶんは諦めるしかございません」

「それは気の毒な」

「いいえ。一手預けにしたほうが手形やなんかで便宜をはかってもらえます。手前のところも、いくたびかお誘いをうけましたが、ほかとのおつきあいがございますのでとお断りいたしました。達磨屋さんとだけ取引なさっておられたお店はたいへんだと思います。先生のほうはだいじございませんか」

「案じていただき、かたじけない。拙者はおよねがつきあいのある大津《おおつ》屋に預けてある。しかし、そうだな、わけたほうがよさそうだ。ご教示《きょうし》、かたじけない」

「いいえ。ひとまずは安堵いたしました。さきほどは、倅をお褒《ほ》めいただき、お礼を申します。なにか耳にいたしましたら、お話ししにまいります。失礼させていただきます」

　茶を喫した長兵衛が、低頭して腰をあげた。

　庭のくぐり戸が閉まる音を待って、覚山はよねを見た。

「長兵衛どのが申すとおりだ。すでに大津屋へ預けてあるのをうつすのはかどがたつであろう。どこぞ知ってる両替屋はないか」

「あい。両国《りょうごく》橋東広小路《ひがしひろこうじ》の南本所元町《みなみほんじょもとまち》にあります石倉《いしくら》屋さんにひいきにしていただいておりました」

「では、上屋敷よりたまわっている半期ぶんはその石倉屋へ預けることにいたそう」

「わたしもわけてそうします。この六月からでよろしいですね」

「そうだな」

よねが、茶碗を盆にのせて厨へもっていった。

──押込み強盗。

覚山は、胸中でつぶやき、腕をくんで沈思した。

いつもの刻限に松吉がきた。軽口をたたかずあがることもなく、濡れ縁に尻をのせて上体をむけた。

「先生《せんせえ》、火事のことはごぞんじと思いやす」

覚山はうなずいた。

「およねがちかくに住んでおった」

「そうでやすか。二軒さきの千川《せんかわ》の船頭が焼けた長屋に住んでおりやした」

「独り身か」

うつむいた松吉が首をふる。眼をしばたたかせる。

「すいやせん」

懐から手拭をだして眼にあてた。

盆をもってはいってきたたきが、松吉のようすを見て、泣きそうな顔になる。膝をおり、敷居の内側に茶托《ちゃたく》ごと茶碗をおいた。

唇をむすんで涙をこらえ、居間をでていった。

松吉が手拭を懐にしまった。

「申しわけありやせん。一昨年《おととし》の春に所帯《しょてえ》をもち、去年の秋に男の子をさずかって、たいそうよろこんでおりやした。みな、付け火だって噂しておりやす。火のまわりが速かったそうで。お調べになってるお役人が、油をまいて火ぃつけたんじゃねえかって話してるそうでやす。達磨屋が押込み強盗にへえられ、金子をのこらず盗まれたって聞きやした。こんなこと口にしちゃあいけねえのはわかっておりやす。ですが、なんで裏長屋まで火ぃつけたんでやしょう。誰ひとり逃げられなかったそうでやす」

「かよいできていたおてつもあの長屋に住んでいた」

「えっ、そうだったんで。てめえのことばっかり考《かんげ》えて申しわけありやせん。……およねさん、勘弁しておくんなさい」

よねが、口端をやさしくほころばせ、ゆっくりと首をふった。

松吉が、手をのばして茶を喫し、茶碗をもどした。

「おじゃましやした。失礼《しつれえ》させていただきやす」

腰をあげた松吉が、低頭し、沓脱石からおりて去っていった。

四

翌々日の四日、昼すぎに三吉がきた。たきが、昼まえにきて、またくるそうですと言っていた。

柴田喜平次が夕七ツ（四時四十分）すぎに笹竹へきてほしいという。覚山は承知し、よねに告げた。

昼八ツ半（三時三十分）に稽古をおえて弟子が帰ったあと、二階の障子と襖《ふすま》を簾《すだれ》障子にかえた。

夕七ツの鐘を聞きおえてからしたくをした覚山は、よねの見送りをうけて住まいをでた。

この日の朝、回向院《えこういん》でまとめて供養がおこなわれた。

誰の死骸《しがい》かわからないからであった。死骸は黒焦げで、躰のおおきさで男女《なんにょ》と子が見当つくくらいであったという。亡くなったかずも、供養におとずれた者によってまちまちであった。

国豊山《こくぶざん》回向院は、両国橋東岸から一町半（約一六四メートル）ほどで山門がある。明暦《めいれき》三年（一六五七）正月の大火で十万七千人余が亡くなった。その亡骸《なきがら》をまとめて埋葬するために宗門を問わない無縁寺回向院が建立された。

大火で死者がおびただしく識別がつきがたいさいは、回向院をはじめとする無縁寺にまとめて埋葬され、供養塔が建てられた。

覚山は、よねとともにおとのうた。松吉の姿もあった。よねが、てつの娘ふたりをなぐさめた。

ふいの死別は人を悲嘆の淵に突き落とす。憔悴《しょうすい》しきったふたりに、覚山は胸が塞ぐ思いだった。

福島《ふくしま》橋をわたってなだらかに左へまがっている大通りをすすむと、丁《てい》字路になっている深川相川町《あいかわちょう》のかどから喜平次があらわれた。弥助と手先らがつづく。

覚山は、正源寺《しょうげんじ》参道のかどで待った。

やってきた喜平次がほほえむ。

「回向院へ行ったんだってな」

「まいりました。かよいできていたてつがあの長屋に住んでおりました」

「そうだったのかい。行こうか。……身内は」

「ふたりの娘は嫁ぎ、亭主とふたり暮らしでした。両親《ふたおや》をいちどに喪《うしな》い、娘たちが哀れでした」

「病なら諦《あきら》めもつくが、火事で焼け死んだんだからな、わかるよ」

小走りでさきになった手先のひとりが、暖簾をわけて声をかけた。

腰高障子は、はずしてある。

覚山は、喜平次につづいて暖簾をわけた。女将のきよが、笑顔で首をかしげる辞儀をした。

六畳間にあがる。食膳がはこばれ、酌をしたきよが土間におり、障子をしめた。

銚子をもって諸白《もろはく》を注ぎ、飲んだ喜平次が、杯をおいて肩をおとした。

「おめえさんとこのかよいの女中があの火事にまきこまれたんなら察しがついてるだろうが、おなじ長屋に住んでた八方庵のおせいもだ」

覚山は眉を曇らせた。

「あの娘が。いくつだったのでしょうか」

「十五だ」

覚山は絶句した。思わず、眼がうるむ。

「申しわけございませぬ」

「いいんだ。おいらもやりきれねえ気分よ。長屋では、ほかにもちっちぇ子が何人か死んでる。おとなだってそうだ。やりてえことや夢、苦しかろうが明日《あす》があった。それが、畜生どもに奪われた。はらわたが煮えくりかえるぜ。おせいは、この三月の出代《でがわ》り（晩春三月五日、新規雇用や雇用契約の更新日）からだった。長屋ではつぎはぎのある古着だが、おなじ古着でも見世のものは色鮮やかだ。前垂《まえだれ》もな。それがよほどにうれしいらしくていつもにこにこしてた。以前はそれほどでもなかったが、おせいがきてくれて繁盛するようになったって親爺《おやじ》がよろこんでた」

「あかるい笑顔でした。長屋の者は誰ひとりとして助からなかったのでしょうか」

喜平次がうなずく。

「路地をはさんだ平屋の長屋が二棟。それと両替屋の達磨屋。焼けたんはこれだけだ。おおきな火事じゃねえ。けど、五十三名《めえ》も死んだ」

覚山は息をのんだ。

喜平次がつづけた。

「長屋は七軒ずつの十四軒で二十九名。達磨屋が二十四名」

達磨屋の東側は裏通りまで幅四尺（約一二〇センチメートル）の路地になっていて、西側は達磨屋のはずれまでが三尺（約九〇センチメートル）の路地だ。西の表店は達磨屋より二間（約三・六メートル）ほど奥行がみじかく、西へおれて戸口つきの二階屋があり、手習所《てならいどころ》（寺子屋）の師匠が住んでいる。

「……東の路地の裏通りよりも戸口つきの長屋で、三軒は芸者が住んでいる」

「よねもそこで暮らしていたそうにござりまする。あの朝、握り飯をもって火事見舞にまいりました」

「きていたらしいな。裏通りにまわってた手先のひとりから聞いた。見たんならわかるだろうが、両脇と裏通りの家は火がひろがらねえように壊された。吟味方《ぎんみかた》とおいら、火盗改《かとうあらため》の奴らもきてたがな。吟味方の見立では、たぶん、こういうことだ」

盗人一味は十数名。手分けして二階の奉公人と、一階の主一家に猿轡《さるぐつわ》をかませて身動きできないように縛った。そうして、内儀や子らを殺すと脅し、主に蔵の錠前《じょうまえ》をあけさせた。

蔵から千両箱をのこらずはこびだして、店にある長持《ながもち》などの箱につめた。

それから、裏長屋の路地を、たぶん達磨屋からはこんだ戸板や桶などでふさぎ、それと壁とに灯油をたらし、六ヵ所から八ヵ所で火をつけた。

定火消の太鼓を合図に、そこいらの自身番屋の半鐘が鳴らされる。

半鐘が鳴れば、木戸番は町木戸をあけはなつ。大勢の町火消たちが駆けぬけるからだ。火事場から逃げる者たちもいる。

裏長屋との板塀が燃えだす。店者《たなもの》の恰好《なり》をした盗人一味が東の路地から箱をはこびだす。店にも火を放ち、表の雨戸をあけて、そこからもはこぶ。

「……あたりはごったがえしている。町火消が何名《なんめえ》も、達磨屋の者《もん》が箱をもちだすのを見てる。だが、周辺の店もだ。みな、おのが家財道具で血相をかえてる。余所《よそ》の店のことなんぞ気にする奴はいねえ」

大島川石嶋《いしじま》橋の桟橋に、半鐘が鳴りだしてほどなく屋根船が二艘《そう》つけられた。ずいぶんと早手回しだなと思った者も、火事になったのが達磨屋の裏だと知って納得した。

屋根船の座敷に箱がつぎつぎとはこばれてきて、店者たちをのせた屋根船二艘は川しものほうへ船足速く去っていった。

「……よく考《かん》えてある。こっそり逃げるんではなく、大騒ぎをおこしてそれにまぎれて消える。盗人一味ってのは、てえげえおなじやりかたをする。火事をおこして逃げるなんてのは聞いたことがねえ。なんでこんな話をするのかわかるかい」

「例の三人組」

「そういうことよ。達磨屋の両脇は路地があり、かたほうは行き止まりだ。聞いたか、絵図を見せられたかしていた。てめえらの眼でたしかめに行ったにちげえねえ」

「三人組を襲った者は、それを知っていたことになりまする」

「ああ。ただ、そいつも一味かとなると、もうひとつはっきりしねえところがある。けど、いろんなことがつながりだしてきた。今日んとこはもういいぜ。なんかわかったらまた会おう」

「失礼いたしまする」

覚山は、刀と八角棒をとった。

参道から大通りへでて、五十三名と胸中でつぶやいた。歩きながらもの思いにしずむのは不覚につながる。

――それにしても、五十三名もの命。

住まいにもどって夕餉を食し、暮六ツ（七時）の鐘を聞いて見まわりにでた。

入堀通りはふだんのにぎわいをとりもどしていた。仲町入堀通りから堀留をまわって山本町入堀通りにはいる。

八方庵から通りに帯をひろげている灯りはわびしく、なかも静かであった。

夜五ツ（八時四十分）の見まわりもなにごともなかった。

火事のあと、夜のいとなみをひかえている。夜四ツ（十時二十分）の鐘が去り、二階の寝所に行くと、ひとつ布団に枕がならべてあった。

覚山は訊いた。

「よいのか」

よね《い》がうなずいた。

覚山は、やわらかに抱きよせ、口を吸った。そして、帯と紐《ひも》とをほどきにかかった。

よね《い》は、まるで生きていることをたしかめんとするかのように激しくもとめてきた。覚山は、懸命にこたえ、しばらくぶりに二度も果てた。

寝巻をきたよね《い》が、よりそい、肩に頬をのせた。覚山は、腕をまわしてしっかりと抱いた。

仲夏五月五日は端午《たんご》の節句である。この日から着るものが単《ひとえ》になり、足袋《たび》もはかない。

よね《い》が湯屋からもどったあと、きがえた覚山は住まいをあとにした。

路地から入堀通りを行き、大通りを東におれた。

達磨屋と両隣の敷地に、大勢の鳶《とび》の者らと人足らがいた。敷地の間口いっぱいに大八車がならんでいる。だいぶかたづけられつつあった。明日《あす》か明後日《あさって》には裏通りまで更地になるであろう。

覚山は踵《きびす》を返し、門前仲町と門前町のあいだの横道をとおって大島川へでた。すぐ上流に石嶋橋がある。

上流へむかう。四ヵ所に路地があった。二ヵ所は途中までで、二ヵ所は大通りまで見とおせた。

門前仲町と門前町とのあいだの横道から一町半（約一六四メートル）ほどのところに大通りへでる門前町の横道がある。

大通りへもどる。

左斜めまえに永代寺の山門へいたるややひろい横道がある。山門まえに架かる橋のてまえを西へ行く。

十日ほどまえにも三人組をたどって歩いた。まさか押込み強盗の下見だとは思いつきもしなかった。

掘割ぞいから山本町裏通りにはいる。やはり大八車がならべられ、鳶の者らや人足らが汗をながしていた。

山本町入堀通りにでて名無し橋をわたり、仲町入堀通りから路地へはいった。右へまがり、住まいがちかづくにつれ、三味線の音《ね》が聞こえてきた。

戸口の格子戸をあける。三味線の音がやむ。よねが客間の簾障子をあけた。

「おたき」

「はい。すぐに」

顔をむけてほほえんだよねが、簾障子をしめた。

たきが、すすぎと手拭をもってきた。

覚山は、沓脱石にあがって上《あが》り框《かまち》に腰をおろした。土間へおりたたきが、かがんで沓脱石にすすぎをおき、足を洗って手拭でふいた。

通りは埃《ほこり》をおさえるために表店の者が打水《うちみず》をする。それでも歩けば足はよごれる。そのままあがれば、廊下や畳がよごれる。けっきょくは雑巾《ぞうきん》がけをすることになる。

「すまぬな」

見あげたたきが、笑顔で首をふった。たきも十五歳だ。

覚山は、廊下にあがって居間へ行った。

達磨屋のふじが身投げしたあとも石嶋橋を見にいった。あらためて大島川ぞいを歩いてみると、石嶋橋の斜めまえに、大通りへのひとつめの路地があった。達磨屋から石嶋橋の桟橋ならそこが近道だ。

しかし、火事で路地も人がゆきかっていたはずだ。誰もが気が昂《たか》ぶり、焦り、殺気だっている。道をゆずれ、ゆずらぬで喧嘩にならぬともかぎらぬ。だから、近道よりも幅がある横道をえらんだ。

ほんとうにこまかなことまで考えぬいている。

妾のひでと金次の母親もとは殺されかたが似ている。もとは三人組が殺した。ひで殺しにも、おそらくはかかわっている。

柴田喜平次によれば、強盗一味はおなじやりかたをする。達磨屋の押込み強盗は火事をおこして逃げた。ひで殺しとおなじ夜におきた本所長崎町《ながさきちょう》の質屋安房《あわ》屋はそうではない。

安房屋では奉公人をふくめて七人が殺された。ひで殺しを調べていた喜平次はその報せをうけて長崎町にむかった。

そこが肝腎《かんじん》な点だ。だからこそ、安房屋はおなじ夜に襲われた。安房屋への押込み強盗は、町奉行所の眼をひで殺しからそらせる手段《てだて》だったのではあるまいか。

それなら、おなじ一味のしわざとして得心がいく。

昼も、書見をせずに考えつづけた。

朝は快晴であったが、いつのまにか、空を薄墨色の雲がおおいつくしていた。夕餉には霧雨がながれ、暮六ツ（七時）の見まわりは蛇の目傘をさした。右手で小田原提灯《ぢょうちん》の柄をにぎった。

雨は日暮れをはやめる。左手で蛇の目傘の柄《え》をにぎり、右手で小田原提灯の柄をにぎった。

路地から入堀通りへでて万松亭へより、小田原提灯をおく。

店からの灯りと常夜灯があるので、入堀通りは提灯をもたずとも歩ける。

名無し橋のまえにある仲町裏通りかどで、番傘をさして背をむけている者がいた。

頬っかむりをして顎で手拭をむすんでいる。雨がふっている。めずらしいことではない。

だが、肩がこわばり、殺気にふくらんでいる。

覚山は、川岸で挨拶する船頭や駕籠舁《かごかき》らにうなずき、通りのまんなかをゆっくりとすすんだ。

番傘男のよこをとおりすぎる。

やはり、右斜めうしろから殺気が襲ってきた。右足を踏みしめ、前方へ跳ぶ。宙で反転。

右手で匕首の柄《つか》をにぎり、左の手のひらを柄頭にあてた男が突っこんでくる。憎悪にゆがんだ顔に見覚えがある。

腰の八角棒を、右手で抜く。

右足、左足と地面をとらえる。

憤怒《ふんぬ》の形相《ぎょうそう》でとびこんできた。度胸はある。が、それだけだ。

匕首の柄をにぎる右手親指のつけ根を痛打。八角棒を撥《は》ねあげ、額に一撃。匕首が落ち、頭がのけぞる。踏みこもうとした左脚が浮いている。八角棒で払いあげる。

躰が宙でよこになり、尻から落ち、頭を打った。

覚山は、すっと寄っていき、左肘を左足で踏みつけ、八角棒を眉間《みけん》に擬《ぎ》した。

冷たく言う。

「うごくでない」

川岸へ顔をむける。

「こやつをぞんじておる者はおらぬか」

菅笠をかぶった駕籠舁がこたえた。

「先生《せんせえ》、ばってんの磯《いそ》でやす」

それで見覚えがあったのだ。

「誰ぞ、正源寺参道の笹竹まで使いをたのまれてくれ。定町廻りの柴田どのにいそぎ報せてもらいたいとな」

ばってんの磯だと教えた駕籠舁が言った。

「あっしがひとっ走りしてきやす」

「すまぬ」

「おやすいご用で」

駕籠舁が、菅笠を手でつかみ駆けていった。

覚山は、磯吉《いそきち》を見おろした。割れた額の血を雨がながし、額の手拭にしみこませている。口をゆがめて痛みをこらえている。

門前仲町から八丁堀まで半里（約二キロメートル）ほど。北町奉行所まではさらに八町（約八七二メートル）ほどある。

――自身番屋へつれていくべきであろうか。いや、きびしくできぬから甘くみられる。容赦せぬようすは警告になる。

蛇の目傘から雨の雫《しずく》が落ちる。

磯吉がわずかに身動きした。覚山は睨みつけた。磯吉が、諦めたように眼をとじた。

しばらくして、駕籠舁が駆けもどってきた。

「先生《せんせえ》、八丁堀の旦那がおられやした。すぐにおみえになりやす」

「雑作をかけた」

覚山は、八角棒を左脇にはさんで懐から巾着をだして蛇の目傘の柄をにぎっている左指にうつし、ひろげて小粒（豆板銀）をとりだした。

「あとで酒を飲んで温まるがよい」

小粒をさしだす。

破顔した駕籠舁が、ちかよってきて両手でうけとった。

「ありがとうございやす」

大通りのかどから弓張提灯《ゆみはりぢょうちん》に番傘、尻紮《しりから》げをした手先ふたりがあらわれた。つづいて、蛇の目傘の柴田喜平次、番傘の弥助、番傘の手先二名がかどをまがった。

やってきた喜平次が、立ちどまってほほえんだ。

「ちょうど御番所へ顔をだしに行こうとしてるとこだった」

ふり返る。

「弥助、縄をうちな」

「へい」

弥助が懐から捕縄をだした。覚山は、磯吉の左肘をおさえていた足をはずした。

喜平次が言った。

「かんたんに話してくんな」

覚山は語った。

「わかった。磯吉に吐かせたら会おう。もういいぜ」

覚山は、一揖《いちゆう》して堀留へむかった。

山本町入堀通りを見てまわり、猪《い》ノ口《くち》橋をわたって万松亭へより、小田原提灯をもって住まいへ帰った。

出迎えた案じ顔のよねに、居間でなにがあったかを話した。


三日後の八日。

火事で死んだ者たちの初七日《しょなぬか》である。よねは朝の稽古を休みにした。ふたりで回向院へむかい、門前で花を買った。供養塔はまだできていない。賽銭《さいせん》をたてまつり、てつ、八方庵のせい、松吉の仲間の船頭ら無念の死をとげた者たちに手を合わせて冥福を祈った。

昼まえに三吉がきた。柴田喜平次が夕七ツ（四時四十分）すぎじぶんにおとずれるとのことであった。覚山はよねに告げた。

夕七ツの鐘が鳴ってすこしして、喜平次と弥助がきた。

覚山は、ふたりを客間に招じいれた。

よねとたきが食膳をはこんできた。たきが弥助の食膳をとりにもどり、よねが喜平次の食膳から銚子を手にして笑みをうかべた。

覚山も注いでもらった。弥助にも注いだよねが簾障子をしめて去った。

喜平次が言った。

「磯吉が、観念して吐いた」

先月の十日、磯吉は三下の半次《はんじ》とともに草鞋《わらじ》をはいた。親分の為助《ためすけ》から、半年ほど中山道《なかせんどう》から東海道筋をまわりなと命じられ、各地の親分への紹介状をもらった。書いたのは、為助ではなく用心棒の河井《かわい》玄隆《げんりゅう》だ。

はじめのうちは親分の言いつけどおりにするつもりでいた。たしかに、ことわりもなく浪人を雇い、半次もつかった。

しかし、入堀通り用心棒の九頭竜《くずりゅう》覚山に恥をかかされたからだ。ガキまでが〝ばってんの磯〟とバカにする。なのに、仕返しはならねえという。

納得できるわけがない。だから、浪人を雇って仕返しをしようとした。

日がたつにつれ、江戸を離れ、なんでこんな田舎《いなか》をさすらっていないとならないのかと腹がたってきた。

女を抱いても、尻のばってん疵を見られないように気をくばる。それも腹がたった。

九頭竜覚山は腕がたつ。だが、おのれだって喧嘩の場数は踏んでいる。為助一家では兄貴ぶんである。正面からでは勝てっこない。うしろからふいをつく。殺せないまでも、せめて疵をおわせる。それで、恨みがはらせ、男がたつ。そのままずらかって、江戸には足をむけない。それでもかまわない。

半次と別れ、ひとりで江戸にもどってきた。むろんのこと、親分にも一家の誰とも会っていない。つごうがよいことに雨がふりだしたので、ころあいをみはからい、頰つかむりをしてあそこへ行き、背をむけて待っていた。

「……というしでえよ。たぶん、遠島だな。ただな、磯吉は断りもなくかってなまねをした。為助としてはしめしがつかねえ。にもかかわらず、草鞋をはかすんですませてる。いまは手出しをひかえてる。けど、為助もおめえさんをほっとく気はねえってことだ。じゅうぶんに用心してくんな」

「承知いたしました。五日の朝、達磨屋と石嶋橋を見にまいり、そのあと考えたことがございまする」

本所長崎町の質屋安房屋への押込み強盗は町奉行所の眼をひで殺しからそらさせる

ためではないかとの思案を語った。

喜平次が腕組みした。

眉間をよせる。

腕組みをといた。

「ありうるな。こういうことでいいかい。盗人一味がある。達磨屋に狙いをさだめた。ひでは、思うに頭《かしら》の女だな。ところが、間男がいた。ひでと間男の金次を殺す。だが、ひでを囲ってる者《もん》に眼をむけられたくなかった。だから押込み強盗にみせかけた。おなじ夜にもう一ヵ所。そこは皆殺しにする。こっちとしては、多く殺された一件に眼がいく」

「猿江裏町と長崎町とはさほど離れておりませぬ。しかも船がつかえまする」

「ひでと金次とのきっかけ。三人組を襲った匕首は何者《もん》か。駿介が奴を捜させてる。ところで、達磨屋は佐賀町《さがちよう》の日高《ひだか》屋とならぶ大店の両替屋だ。蔵にあった金子は、数千両から一万数千両くれえじゃねえかって吟味方はみてる。あの朝、すぐに四宿《ししゆく》に改め処がおかれて荷をてってえして改めてる。川をゆく荷船は船番所《ふなばんしよ》で、湊《みなと》の千石船ものこらずだ。いまのところ江戸からはこびだされたようすはねえ。一味ともども、ご府内か近在にひそんでる。きびしい改めをいつまでもつづけるわけにはいかねえ。ほとぼりが冷めるのを待ってる」

達磨屋がどうなるかは、御番所が一味を召し捕り、盗まれた金子をとりもどせるかにかかっている。それができなければ、達磨屋はつぶれる。親戚筋もひきうけるはずがない。銀杏屋の内儀しげは夫の惣八《そうはち》とともに、回向院にはきていたと手先からの報告があった。

しかし、惣八は歩行《かち》で深川へむかい、しげは辻駕籠で北のほうへむかった。たしかめさせたら、まだ向島の寮にいる。

「……正直に言うが、両替屋どうしの縁組がらみの諍《いさか》いに首をつっこみたくはねえ。ふじの身投げはけりがついている。いまさらほじくりかえして波風をたてるのもどうかって考《かんげ》えてた。ちょいと気になってるんだが、しげはなんで銀杏屋に帰らねえ。達磨屋は地所借りなのかもしれねえが、それでも親戚筋と奉公人の身内への報せやなんか後始末の話しええがあるはずだ。実家《さと》のことだ、惣八がすべてとりしきるってことはねえように思う」

覚山は眉根をよせた。

「もどりたくとも、もどれない」

喜平次がうなずく。

「おそらくはな。達磨屋の火事で娘のはなが動顛《どうてん》しちまってるんじゃねえかって気がする」

「ふじの身投げ。押込み強盗の付け火でみな焼け死んだ。達磨屋は不幸つづき。それがみずからのせいではないかということでござりましょうや」

「はなはなんか知ってる。たぶん、はなから聞いた母親のしげもな。まずは押込み強盗の件だが、どっかで向島へできれば行ってみようと思う」

それからほどなく、ふたりが辞去した。

覚山は、戸口の廊下で膝をおり、ふたりを見送った。

第五章　さみだれ雲

一

翌仲夏五月九日は、雨の夜明けであった。しらみはじめた空から音もなくふる雨が、江戸をぬらした。

雨の朝は長吉《ちょうきち》の稽古《けいこ》を休む。

ふったりやんだりが昼すぎまでつづき、いっときはわずかに青空がのぞいたが、陽が射すことはなく、すぐに白っぽい雲におおわれてしまった。

日暮れと宵《よい》の見まわりは、蛇の目傘をさしてであった。

十日はすみきった五月晴れが江戸の空をあざやかなふかい青に染めた。

朝餉《あさげ》のおりに、湯屋《ゆうや》からもどったら上屋敷へまいるとよねに告げた。先月の四日いらいである。

主のいない上屋敷は、寂しげであり、静かであった。文庫の当番が満面の笑みで迎えてくれた。

弁当を食べて借りた書物を袱紗《ふくさ》で包み、帰路についた。

翌日もよく晴れた。

湯屋からもどってよねとくつろいでいると、庭のくぐり戸があけられた。

「おはようございやす。松吉でやす。おじゃまさせていただきやす」

縁側の簾《すだれ》障子は左右にあけてある。

にこやかな松吉が姿をみせた。

「よいお天気で。五月晴れよりもおよねさんのほうがかがやいておりやす」

「ありがとね。おあがりなさい」

「へい」

松吉が、沓脱石《くつぬぎいし》にあがって濡れ縁に腰かけ、懐からだした手拭《てぬぐい》で足のうらをぬぐってあがった。

敷居をまたいで半歩すすみ、膝《ひざ》をおる。

「先生《せんせえ》、昨日《きのう》の朝、永代《ええてえ》橋を箱崎《はこざき》のほうへおりていくのを見や……おたぁきちゃぁあん」

背筋と首をのばし、髷《まげ》が鶏冠《とさか》のごとく震えるのではあるまいかと思えるような声だ。

覚山は、首をふった。

たきが、膝をおって、茶托《ちゃたく》ごと茶碗を松吉のまえにおいた。

「おたきちゃんが淹れてくれたんだなと思うだけで、飲んでもいねえのにもう酔っぱらっちまった、うん」

よねがどうしようもないというふうに肩でおおきく息をした。

唇をむすんで笑みをこらえたたきが、盆をもってでていった。

覚山はうながした。

「それで」

「なんでやす」

「いま申しておったろう。わしは、上屋敷へまいった」

「ああ、やっぱし。そうじゃねえかなって思ってやした。あっしは、玉次《たまじ》を八丁堀《はっちょうぼり》のお医者んとこへのせていくところでやした。終わるのを待ってて、女将《おかみ》さんとふたりを仲町までのせてきたんでやすが、先生《せんせえ》、どうもいけやせん」

「なにがだ」

「へい。もどってきて船をおりる玉次によろこんでもらおうと思い、褒《ほ》めようとしたんでやすが、キンの棹《さお》、炎のタマって、なんか、こっ恥《ぱ》ずかしくなって口にできやせんでした」

よねが眼をふせた。

覚山は、鼻孔から息をもらした。

「あのなあ。こないだも、キンの棹と申しておったな。そのおり正さなんだわしもわるいが、そうではない。金花焰玉《きんかえんぎょく》、金の棹ではなく花だ」

「えっ、そうだったんで。あっしは船頭でやすから、てっきり棹だって思ってやした。棹と玉じゃあ勘違《かんちげ》えされるんじゃねえかって思ったもんで」

よねが顔をふせる。

「ちゃんとかなをふっておいたではないか」

「そそっかしくてすいやせん。ひらがなやカタカナは読めやすが、唐《から》文字の奴はあっしを毛《け》嫌《ぎれ》えしてるみてえなんで。今晩、神棚からおろして、もういっぺん、よぉく眺めておきやす。女将さんがまたお願《ねげ》えするって言ってやしたから、つぎはまちげえねえようにしやす」

茶を喫した松吉が、礼を述べ、去った。

昼まえに三吉がきた。夕七ツ（四時四十分）すぎに柴田喜平次と弥助がおとずれるという。覚山は、よねにつたえた。

夕七ツの鐘からほどなく、ふたりがやってきた。

ふたりを客間に招じいれると、すぐによねとたきが食膳をはこんできた。

よねが、喜平次から順に酌をして、簾障子をしめて去った。

喜平次が言った。

「こねえだここへきた八日、あのあと御番所へ行ったら、達磨《だるま》屋押込み強盗でつかわれた屋根船二艘《そう》の船頭がお縄にされてた。臨時廻り二名《めえ》と、定町廻りはおいらと高輪《たかなわ》方面と神田《かんだ》かいわいと浅草《あさくさ》方面の四名《めえ》とが屋根船持ちの船頭をさぐらせてた」

喜平次は殺しや質屋への押込み強盗などいくつもかかえている。ほかの定町廻りや臨時廻りもおなじだ。なんとしても早急《さっきゅう》に捕縛《ほばく》すべしとの北町奉行小田切《おだぎり》土佐守《とさのかみ》直年《なおとし》の下知《げじ》もあったが、廻り方それぞれもできうるかぎり手先を割き、手分けして探索にあたらせた。

五十三名もの命が奪われた。裏長屋は逃げられぬようにしてまわりから火をつけている。酷《むご》いやりようだ。

火のまわりははやかったが、町火消はさほどおかずに駆けつけることができた。裏長屋の両隣と裏通りにめんした小店にも火がうつったが、町火消がすばやく壊したので燃えひろがらずにすんだ。

風がないのもさいわいした。

町火消は、家屋を壊すとともに、燃えさかる火に天水桶《てんすいおけ》の水をかけ、周辺の男らにも手助けしてもらって入堀と永代寺《えいたいじ》の掘割から手渡しではこばれる水桶を火にかけた。長屋の路地から、阿鼻叫喚《あびきようかん》と助けをもとめる必死の叫びが聞こえたからだ。

じっさい、焼けた死骸のほとんどが半間（約九〇センチメートル）幅しかない路地で見つかった。

火にとじこめられた者らがいる。ひとりでもふたりでも、なんとか助けたい。それが強盗どもの狙いであった。

そして、火がうつって燃えはじめた達磨屋から荷がはこびだされても、ほかの店もそうであり、疑う者はいなかった。

石嶋橋《いしじま》で待っていた二艘の屋根船は、大島川をくだり、河口で灯りを消して、芝《しば》の南新網町《みなみしんあみちょう》の桟橋につけられた。

深更であり、あたりは寝静まっている。音をたてることなく千両箱がはいった長持《ながもち》などが桟橋におかれた。強盗一味は十三名。

「……屋根船持ちの船頭は、ふたりとも芝の田町《たまち》三丁目に住んでた。名は常五郎《つねごろう》に清《せい》助《すけ》。三丁目の北には入堀があり、むかいは大名家の抱屋敷《かかえやしき》だ。入堀にも海沿いにも道がないので、屋根船持ちや猪牙舟《ちょきぶね》持ちの船頭が多く住んでる。汐留《しおどめ》川の芝口《しばぐち》橋で、高《たか》輪《なわ》の大木戸や品川《しながわ》宿へ飯盛《めしもり》を抱きにいく野郎どもをひろい、帰《けえ》りの客をはこぶ」

そういったのが多く住んでいるので、口が堅く、たがいにかばいあう。ふたりも口をつぐんでいたらばれなかったろう。

「……ところが、昼間っから縄暖簾で飲んでいていい気分になり、つい口走っちまった。儲《もう》かったな、一両のはずが倍の二両だぜ。もうひとりが、でけえ声で言うんじゃねえ。口止め料だぞ」

ふたりが縄暖簾にはいるのを見ていた手先ふたりが、おなじくちびりちびりと濁酒《だくしゅ》を飲みながら聞いていた。手先らは、船頭ふたりの住まいまで尾け、北御番所へ走った。

「……で、捕方がむかい、ふたりをお縄にした。つねなら、まずは問いつめる。強情をはるなら牢問《ろうもん》にかける」

責問《せきもん》には、牢問と拷問《ごうもん》とがある。おこなうのは、笞打《むちうち》、石抱《いしだき》、海老責《えびぜめ》、釣責《つりぜめ》である。笞打と石抱とが牢問とする説と、海老責までふくむとする説とがある。

吟味方《ぎんみかた》がいきなり石を抱かせると、ふたりとも観念した。

「……声をかけられたんは、先月の十日すぎごろとのことだ」

覚山は眉根《まゆね》をよせた。

「浅草《あさくさ》の船頭幸助《こうすけ》が石川島《いしかわじま》で簀巻《すまき》にされて見つかったのが……」

「七日だ。常五郎も清助も、屋根船を逢引や賭場に貸し、盗人一味の運びもやってい た。常五郎が四十、清助は三十七だ。常五郎んとこに男がたずねてきた。年齢《とし》は三十前後。背丈はおおよそ五尺五寸（約一六五センチメートル）。肥ってはいねえが肩幅のある躰《からだ》つきだったそうだ」

「三人組のひとりに似ているような気がいたしまする」

喜平次が顎《あご》をひく。

「間違《まちげ》えあるめえよ。そいつが、おめえさんと清助とにたのみてえことがあるんで、あくる日の暮六ツ（七時）じぶんにくるって言った。常五郎は清助と待ってた。そいつは、暮六ツの鐘が鳴りおわってすこししてきた」

腰高障子をあけた男が、船にのせてくれと言って入堀のほうへむかった。三丁目の入堀は、東海道に架かる橋までの一町（約一〇九メートル）たらずが桟橋になっていて、幾艘もの屋根船や猪牙《ちょき》舟《ぶね》がよこづけされている。

路地をさきになった男が川岸で立ちどまった。

海からすぐの入堀は潮の満ち引きで水面《みなも》が上下する。したがって、石垣の川岸から三尺（約九〇センチメートル）ほどに杭《くい》が打たれ、繋《つな》いでならべられた樽《たる》に板をのせた造りの桟橋になっている。路地にめんしたところは石段になっていて、そのぶん桟橋は幅が狭い。

常五郎は、担いできた艪《ろ》と棹を屋根船にのせて杭の舫《もや》い縄をほどいた。

男と清助が、艫《とも》から座敷にはいった。艫の障子をあけたままにした男が、新堀《しんぼり》川の金杉《かなすぎ》橋まで行ってくれと言った。

屋根船が入堀から湊にでて舳《みよし》を築地《つきじ》のほうへむけたところで、男が口をひらいた。

——ひと晩で一両。うまくやってのけたらもっとはずむ。どうだい。

——一両。

ふたりは絶句した。

男が冷たい声でつきはなした。

——いやならいい。ほかをあたる。

常五郎は、艪を握る手に力をこめた。

——やりやす。やらせておくんなせえ。なあ、清助。

清助もうなずいた。

——この晦日《みそか》から朔日《ついたち》、二日のどれかだ。きまったら報せる。それまで、この三日はあけといてくれ。

常五郎は清助に眼をやった。うなずくのを見て、男にこたえた。

——わかりやした。

それっきり男はなにも言わなかった。金杉橋の桟橋につけると、巾着《きんちゃく》から五匁銀《もんめ》（十二枚で一両）を手にして座敷から艫にでてきた。

——ふたりで一杯《いっぺえ》やってくんな。

——ありがとうございやす。

常五郎は、五匁銀を両手でうけとり、頭をさげた。

男は桟橋にとびおりると、石段をあがり、金杉橋をわたって芝口橋のほうへ去っていった。

つぎに男がきたのは、先月二十七日の朝であった。朔日の町木戸がしまる夜四ツ（十時二十分）まえにくるので屋根船で待っているように言われた。

朔日は新月で月がない。雲間に星だけがまたたいていた。やがて夜四ツになろうとするころ、男がきた。

常五郎は清助とおのが屋根船艫の船縁に腰かけ、煙草《たばこ》をくゆらせていた。艫からのってきた男が、永代橋深川の桟橋までやってくれ、ゆっくりでいい、と言った。

芝田町三丁目の入堀から永代橋までは一里半（約六キロメートル）ほどだ。座敷に男をのせた常五郎はゆっくりと漕いだ。うしろを清助の屋根船がついてきた。

灯りは舳両《りようげん》舷柱《ばしら》の掛行灯《かけあんどん》だけだ。

永代橋佐賀町《さがちよう》の桟橋についた。

佐賀町まえの永代橋上流がわは、夜四ツちかくまで、担ぎ屋台や、ふたまわりほどおおきい据え屋台でにぎわっている。

永代橋から油堀《あぶら》をはさんで仙台堀《せんだい》までは河岸地で桟橋があるが、昼間の荷船がおもである。夜は、猪牙舟や屋根船がちらほらと舫われているくらいだ。

桟橋に屋根船を舫ったふたりは、男に言われて舳の掛行灯を消した。清助が、常五郎のもとへやってきた。ふたりで艫に腰をおろして、煙草盆をまえにした。

それからしばらくしてだった。夜陰《やいん》の静寂《しじま》を、定火消《じようびけし》の太鼓がやぶった。

すぐに大名屋敷の板木《ばんぎ》が叩かれ、あちこちの半鐘《はんしよう》が鳴りだした。

男が、大島川の石嶋橋へ行くように言った。

常五郎は清助と顔を見あわせた。

懐に右手をいれた男が、低い声ですごんだ。

——いまさらできねえとは言わせねえぜ。

まっとうな船賃よりはずむという儲け話にはかならず裏がある。だから訊かない。逢引につかうとは思わなかった。前払いでもらっていたのでだめとは言えなかった。まさか博奕《ばくち》をするとは。いいえ、聞いていたらのせたりはしません。

理由《わけ》を訊かないのは、万が一にも御番所のお調べをうけたさいに言いわけができるからだ。

一両もだすからにはまともなことでないのはわかっていた。しかし、それにしても、まさか付け火がらみだとは。付け火は、お縄になれば火炙《ひあぶ》りである。

男が、懐から匕首《あいくち》の刃をのぞかせて睨《ね》めつけた。

——おれも艪は漕《こ》げる。おめえらふたりを始末し、あっちの船をつかってもいい。

性根をすえて返答しろい。

常五郎は、唾《つば》を飲みこんだ。

——わ、わかりやした。やりやす。やりやすんで、どうか、そいつをひっこめておくんなせえ。

　男が清助に言った。

　——逃げようなんて考《かんげ》えねえことだ。おめえの住まいはわかってる。おめえの眼のめえで、嬶《かかあ》と子《がき》を殺す。わかったかい。

　——へ、へい。

　——よし。行きな。

　ふたりは桟橋におりてそれぞれの舫い綱をほどいた。

　棹をつかって桟橋から離れ、艪にかえて河口から大島川をさかのぼった。石嶋橋北岸の桟橋に、男に命じられて舳を川しもへむけてよこづけした。舫い綱をかけ、言われるままに火打石で火をおこし、舳両舷柱の掛行灯をともした。

　あたりは騒然としていた。屋根のむこうの夜空が炎の色に染まっていた。橋や川沿いを駆ける者、家財道具を道にだす者などがいた。こっちを見ても、ひとりとして怪しんだりする者はいなかった。

　ほどなく、背負い箱を担いだり、ふたりで長持を担いだ店者《たなもの》たちが横道からあらわれて桟橋におりてきた。

　店者だとわかったのは前垂《まえだれ》をしていたからだ。しかし、あとになって、夜中に火事がおきて前垂をしているのはおかしいと思った。

長持や背負い箱の数ははっきりしない。いや、見ないようにしていた。だが、のせた者はわかる。あらたにのったのが六名。

「……清助は、長持が二棹に担ぎ箱も二個で、のったのはやはり六名だと言っている。それと、常五郎の船には頭《かしら》らしき者がのったそうだ。そいつが四十なかばくれえで、肥っても痩《や》せてもなかったってことだ。ひでを囲ってた奴じゃねえかと思う。だいぶ話しこんじまったな。おめえさんは軍《いくさ》の学者だから、二つほど考《かんげ》えておいてもらいてえ。一つが、奴ら、なんで常五郎と清助を殺さなかったか。二つめが、火ぃつけるまで、奴ら、いってえどこにいたんだ。二、三日うちに報せる」

喜平次が脇の刀をとった。

覚山は、ふたりを戸口で膝をおって見送った。

二

十三日の昼まえに三吉がきて、覚山は夕七ツ（四時四十分）すぎに笹竹へ行った。

柴田喜平次と弥助が奥の六畳間で待っていた。

　座につくと、食膳がはこばれ、女将のきよが酌をして土間へおり、障子をしめた。簾障子にしないのは障子よりも声がつつぬけになるからであろう。

　喜平次が言った。

「一昨日《おとつい》のつづきだが、考《かんげ》えてくれたかい」

　覚山は首肯《しゆこう》した。

「まずは、付け火まで一味がどこにいたかにつきまして存念を述べさせていただきまする。これは、なにゆえ達磨屋が狙われたかにつながるように思いまする。火付けは町木戸がしまる夜四ツ（十時二十分）をとうにすぎて、暁九ツ（深夜零時）の鐘のまえでした。それまでどこぞに身をひそめておかねばなりませぬ。焼け死んだ達磨屋の人数がたりぬとはうかがっておりませぬ。したがって、手引きした者はおらぬことになりまする。恨みなど達磨屋へふくむものがないのであれば、近場にひそむところがあったと考えるべきだとぞんじまする」

　喜平次がほほえむ。

「さすがだな。もう一点はどうだい」

「金次《きんじ》と幸助とは簀巻にして地廻りがらみの殺しにみせかけんとした。幸助につきましては、ひで殺しと質屋押込み強盗があった夜に屋根船を借りたのを町奉行所がつきとめておりまする。一味はそのことをぞんじておるやもしれませぬ。常五郎と清助も殺してしまうと、おなじ者らのしわざではあるまいかと疑われかねませぬ。ひとつには、それを案じた。もうひとつ、拙者は、あえて殺さなかったのではあるまいかと考えまする」

ふたりが捕縛されるであろうことをみこんで、一味は策をたてた。

盗んだ千両箱は、南新網町の桟橋まではこばれた。南新網町からほど遠からぬところに塒《ねぐら》があって、そこでほとぼりを冷まし、東海道か甲州道中で逃げるつもりではあるまいか。

町奉行所がそのように意図を読むのを一味は狙った。

「……裏をかく。軍の常套策《じょうとうさく》にござりまする」

「奴ら、桟橋におろした荷をどうしたと思う」

「ほかの船ではこばせたのではありますまいか」

「おいらもそう思う。奴ら、それを幸助にやらせるつもりだったんじゃねえかな。幸助が、欲をだすか、怖気《おじけ》づくかしたんで始末した」

「拙者は、用済みとなれば殺されるであろうことに気づいたか、指嗾《しそう》されたのではあるまいかと愚考いたしました」

　喜平次が眉根をよせる。

「指嗾……そいつができるのはひとりしか思いつかねえ」

　覚山はうなずいた。

「ひでを殺したのが三人組で、逃げた匕首男がひでの弟だとすれば……」

「待ってくんな。……そういうことか」

　喜平次が、畳におとしていた眼をあげた。

「……ひでの男は盗人一味の頭《かしら》でおそらくまちげえねえ。ひでに間男がいるんを知った頭は、ふたりとも殺すことにした。弟が一味なら、よほどの落度《おちど》でもねえかぎり、かんたんに始末するわけにはいかねえ。かたがつくまでどっか遠くへの用をいいつけた。ところが、江戸にあらわれ、姉が殺されたんを知った」

「江戸でおおきな盗みをはたらく。にもかかわらず、はずされて遠くへ行かされる。たとえ不審に思ったにしても、頭の命にさからうにはそれなりのきっかけがあったはずにござりまする」

「いま思いついたんだがな。弟は、途中までひとりかふたりといっしょだったのかもしれねえ。ひでが仲間の姉だってのを頭のほかは知らなかったような気がする。仲間《もん》の身内を酷《むげ》え殺しかたをするんはためらうんじゃねえかな。いっしょに旅をしてた者が、ひでと間男とを頭が始末する気でいるんを弟に話した。で、そいつか、そいつらと別れたあと、弟は江戸へむかった」

「なるほど。ひとりだけ遠方へ行かせるよりも、何ヵ所かへ行かせる。道理にござりまする」

「一味が、押込みをはたらき、火をつけるまで、どこにいたかってことだがな。おめえさんは、松江《まつえ》城下じゃあ村に住んでたそうだし、江戸でも住まいをさがしたことはねえだろうが、空店《あきだな》ができると、家主が木戸なんかに木札をさげておく。おいらは、深川と本所《ほんじょ》にある大店の両替屋のまわりを調べた。ほかも、それぞれ持ち場の定町廻りにあたってもらった」

仲春二月にはいったばかりのころ、日本橋通油町《とおりあぶらちょう》の両替屋と塀《へい》をへだてた裏長屋の空店を三十歳くらいの男が借りにきた。

家主は、うさん臭さを感じてことわった。

六日に、おなじ男らしき者が門前山本町裏通りの家主をたずねた。

空店をそのままにせず、店賃をとどこおらせずにあつめるのは家主のつとめである。

通油町の家主とちがい、門前山本町裏通りの家主は得意筋をまわる小間物の担売りだという男に十日から貸した。

「……というしでえなんだ。しかも、奴らにとって思わぬ儲けものだったろうが、路地の塀のかどにくぐり戸がある。いちおう閂《かんぬき》はある。けど、裏長屋に盗みにへえる奴なんかいねえ。だから、夜中でも出入りできた」

「借りた住まいのひろさはどれほどでしたのでしょうか」

「そこが東がわのいちばん奥だ。六畳一間に半間（約九〇センチメートル）幅の土間。ほかは四畳半二間に半間幅の土間。斜めすぐのところにくぐり戸がある。雨戸をあけておけば、そこからも出入りができるってことよ。おいらは、こう考《かんげ》えてる」

おのれでもちょっとしたものをつくる、あるいは得意先にたのまれたと、ときおり竹をもってくる。それと、縄で梯子《はしご》を二本つくる。達磨屋との塀の高さが六尺（約一八〇センチメートル）だったので、長さは六尺から七尺（約二一〇センチメートル）。宵にはいったころから、ひとりかふたりずつでやってくる。六畳間なら十二名であぐらをかいてすわれる。

長屋が寝静まるのを待って、塀をこえる。盗人道具があれば、音をたてずに雨戸をはずすことができる。

押込み強盗をはたらき、千両箱を長持や背負い箱につめ、何名かで長屋に火をつけた。

「……三人組は裏長屋の下見をして山本町裏通りから入堀通りへでてきたと思ってたが、そうじゃねえ。三人組のひとりがあそこに住んでた。長屋で焼け死んだ者《もん》の頭数が合ってた。だから、一味のひとりがそこを借りてたとは思いもしなかった」

「匕首男は入堀通りからすぐの居酒屋で待っていた。三人組が、その刻限に、裏通りから入堀通りへでるのを知っていたように思えまする」

喜平次がうなずく。

「おいらもひっかかったんで調べさせた。油堀を富岡《とみおか》橋でわたってちょいと行ったところに富久町《とみひさちょう》がある。そこの路地にある縄暖簾に、三月ごろから、ときおり、暮六ツ(日没、春分時間は六時、夏至時間は七時)すぎに三人連れがくるようになった。年寄の夫婦《めおと》でやってて、客もすくねえ。こういうことじゃねえかな」

ひでが殺されたのが晩春三月二十二日。三人組が襲われたのが初夏四月二十一日。

弟が江戸にきたのは、三月末《すえ》か四月のはじめごろであろう。

姉のひではすでに殺されていた。

手をくだしたのは誰か。

「……ふたつ考《かんげ》えられる。女を殺《や》るような情け容赦《ようしゃ》のねえ酷《むげ》えことはもっぱらその三人組がやってた。もうひとつが、一味のなかで弟にしゃべった者《もん》がいる。弟と仲がいい。頭のやりかたが気にくわねえ。ひとりが達磨屋うらの長屋を住まいにしたのも話したかもしれねえ。弟は、見張り、三人組が富久町の縄暖簾へかよっているのをつきとめ、機会《きけえ》をうかがった」

「あそこの裏店から、その富久町の縄暖簾までどれほどにござりましょう」

喜平次が、かすかに首をかしげた。

「五町（約五四五メートル）くれえかな。そこに別嬪《べっぴん》でもいるなら遠くたってかようだろうが、てえげえは町内《ちょうねえ》で飲む。知ってのようにあの裏通りにも縄暖簾が何軒もある。三人組が油堀をわたったたんは、富久町かいわいの者《もん》だと思わせるためだ」

「さきほど、長屋に住んでいた者と焼け死んだ者とがおなじ数だと仰せにござりました」

「おいら、はじめはこう考《かんげ》えた。あの日、手なずけておいた物乞いを長屋につれてくる。で、猿轡《さるぐつわ》をかませて身動きできねえように縛りあげ土間にでもころがしておく。それで頭数が合う」

「お教え願いまする。三人組は、襲われたあとも富久町の縄暖簾にまいっておったのでしょうか」

喜平次が、首をふる。

「なんせふたりとも年とってるんで、いつからかはっきりしねえんだが、しばらくきてねえそうだ」

「宵のこととはいえ、入堀通りには常夜灯がございますれば、三人組は襲った者の顔を見たと思われまする。駆け足で追ってきたのでなければ、左右いずれかの縄暖簾で待っていたことになりまする。すると、弟は、ひとりが長屋暮らしをしていることも、三人そろって富久町の縄暖簾へまいるのも知っていた。つまりは、仰せのごとく仲間うちに弟へもらした者がいる」

喜平次が首肯した。

「物乞いではなく、そいつが焼き殺されたんじゃねえかって、いまはおいらも考《かんげ》えてる」

「南新網町の桟橋から一味と荷をのせた船頭につきましてなにか判明しておりましょうや」

「本芝《ほんしば》から袖《そで》ケ浦《うら》あたりと、橋場町《はしばちょう》がある隅田《すみだ》川の山谷《さんや》堀上流はさけるように思う。そこもいちおうさがさせてはいるがな。神田川ぞいもいちど調べてるが、再度あたってる。襲われたのが達磨屋だから深川は考《かんげ》えにくい。本所の屋根船持ちを調べ、ひとりのこらずあたらせている。明日《あす》、明後日《あさって》になるかもしれねえが、中食《ちゅうじき》のあとでつきあってもらいてえ。三吉を迎《むけ》えに行かせる」

「かしこまりました。お待ちしております。これでよろしいでしょうか」

「ああ」

覚山は、かるく辞儀をして左脇の刀と八角棒をとった。

翌朝は雨だった。

ひとしきり音をたててふった。しだいに小降りになり、昼九ツ（正午）の鐘を聞くころには雲間に青空がのぞくようになった。

つぎの十五日は、快晴だった。陽が昇りはじめたころは雲ひとつなかったが、中食のころにはいくつかちいさな白い綿雲が浮いた。

中食をすませてしばらくして、三吉がおとないをいれた。

覚山は、待つように言ってきがえた。

羽織袴と大小のみにした。

表で待っていた三吉が格子戸をあけた。

三吉は南の大通りのほうへではなく北へ足をむけた。路地から入堀通りにでて猪《い》ノ口《くち》橋をわたる。

橋のいただきで、有川《ありかわ》の桟橋に舫われた屋根船のよこに立っている松吉が見えた。顔いっぱいの笑顔になった。

川岸で三吉がふり返った。

「柴田の旦那と親分がなかで待っておりやす」

「そうか。かたじけない」

三吉にうなずき、覚山は石段を桟橋へおりた。

艫からのって腰の刀をはずす。なかから障子があけられた。弥助であった。舳を背にして柴田喜平次がいる。

覚山は、草履《ぞうり》をぬぎ、身をかがめて座敷にはいった。やや上座よりで船縁を背にして膝をおる。

屋根船が桟橋を離れた。

両舷の障子が左右にあけてある。屋根船が、油堀から大川にでて、舳を上流にむけた。

黙っていた喜平次が、腕組みをほどいて顔をむけた。

「理由《わけ》はあとで話すが、鐘《かね》ヶ淵《ふち》までつきあってくんな。ここから二里（約八キロメートル）くれえだ。おいらが見習《みなれえ》になったばかりのころ、屋根船持ちの船頭が船ごと消えたことがある。屋根船持ちが殺されたり、行《ゆ》く方《かた》知れずになったりするんはめずらしいことじゃねえ」

きっかけはどうあれ博奕《ばくち》にのめりこみ、借金を返すために悪事に手をそめる。もしくはひきずりこまれる。てっとりばやく稼ぐためにもある。

しかし、いったん足をつっこむと二度と抜けだせなくなる。お縄になるまでつづけるか、足を洗おうとして始末されるか、知りすぎて殺される。

船宿も堅気な商売ばかりとはかぎらない。

逢引や、商人《あきんど》仲間や職人仲間のてなぐさみとしてのさいころや花札につかわせたりしている。ただし、持ち船ではやらせない。屋根船持ちに声をかける。そのために、日ごろから桟橋をつかわせている。

その屋根船持ちが屋根船ごと消えて一年半ほどすぎたある日、鐘ケ淵から新綾瀬《しんあやせ》川をさかのぼった小谷野村《こやのむら》の雑木林で、薪をとりにきた百姓が犬の吠えるところを掘って白骨になった死骸を見つけた。

身の丈が消えた船頭とおなじだったが、裸にして埋めたらしく、なにも残っておらずたしかめようがなかった。

翌年の秋、暴風雨が江戸を襲った。

家屋は吹き飛ばされ、壊され、隅田川や大川は氾濫《はんらん》が危ぶまれるほどに濁《にご》った濁流が渦巻いた。

暴風雨が去ったあと、石川島に横倒しの屋根船がうちあげられていた。そのころは、まだ人足寄場《にんそくよせば》はなかった。

舳と艫に穴があり、座敷の畳は腐っていた。吟味方が、舳の板をはがして海に投げるとそのまま沈んだ。ながいこと水底にあったことをしめしている。

それで消えた屋根船ではないかということになった。無縁仏として葬られていた死骸は、身内にわたされた。

「……その船頭が悪事にかかわってた証《あかし》はつかめなかった。屋根船が流されたんは暴風雨のせいだが、女房と船頭仲間なんかはちゃんと葬ってもらいたかったんだなって泣いてた。おいらも若かったからな、それで憶えてる。なんでこんな話をするかっていうと、鐘ヶ淵はかなり深《ふけ》えそうだ。屋根船はそこに沈められてたんじゃねえかって吟味方が話しておられた。弥助」

「へい」

弥助が、立ちあがった。

喜平次が言った。

「おめえさんもよってくんな」

覚山は、左脇の刀を手にして膝立ちになり、喜平次のほうへすすんだ。

膝をおった弥助が、懐から折りたたんだ紙をだして畳におき、ひろげた。

大川と本所深川の略図であった。大川四橋と本所深川の川がそれとわかるように描かれている。

喜平次が、腰の帯から扇子《せんす》をとった。

「まんなかにお城をおいた絵図はあるんだが、隅田川の途中までだ。絵心があるご老《ろう》体《てえ》にお願《ねげ》えして大川から東方面を描《か》いてもらった」

要《かなめ》で一点を指す。

「ここが鐘ヶ淵だ。新綾瀬川をさかのぼり、古綾瀬川を東南にくだっていけば中川《なか》にでる。小名木《おなき》川と中川とのかどに中川船番所《ふなばんしょ》がある。いまは達磨屋の件で眼を光らせているはずだが、ふだんはそうじゃねえと聞いてる。下総《しもうさ》の行徳《ぎょうとく》から行徳川（現・新《しん》川。小名木川までふくめて行徳川と呼ぶこともある）、小名木川を行って箱崎《はこざき》川の行徳河岸まで塩をはこんでる。塩だけじゃなく、野田《のだ》や銚子《ちょうし》の醬油《しょうゆ》もだ。利根《とね》川から江戸川をへての荷船や客をのせた行徳船も往き来している。船の往来がけっこうあるってことよ。ここまではいいかい」

覚山は顎《あご》をひいた。

「つまり、賊一味がすでに江戸を離れたのではなく、離れたやもしれぬと町奉行所に思わせせんとしている。柴田どのはそのようにお考えになっておられる」

喜平次がうなずく。

「四宿に、すぐに改め処をおいたことは話した」

「うかがいました」

「臨時廻り二名が一件にかかわるようになったこともだ。こういうことはあんまし話しちゃいけねえんだが、おひとりが腕利きの手先二名《めえ》に行徳河岸で据え屋台をやらせ、行徳船の客を見張らせてる。いまんとこ、それらしい奴らはいねえ。あれだけの盗みをはたらいてる。そのあたりは奴らもこころえてる」

「ご府内ならばともかく、遠方への屋根船はうたがわれるのではございませぬか」

「かならずしもそうじゃねえ。千住《せんじゅ》宿へ屋根船で飯盛を買いに行くってのはあまり聞かねえが、品川宿への屋根船はめずらしくねえってのはおめえさん家《ち》で話したよな。ほかに、たとえば、値が張る雨に濡らしたくねえ品を銚子へはこぶとする。日本橋あたりの大店なら、江戸川をさかのぼるさいの船頭を二名《めえ》から三名《めえ》つけて屋根船で行く。奪われたくねえんなら用心棒の浪人もつけてな。だが、船番所で見とがめられるかもしれねえ。南新網町の桟橋からは屋根船だったろうが、奴ら、まだ江戸からずらかってねえと思う。おいらの考え《かんげ》はこうだ」

鐘ヶ淵からそれほど離れていないところに荷をはこんでおろす。そして、船頭を殺す。屋根船の座敷に船頭をよこたえ、重石《おもし》になる砂袋なんかを積みあげる。

常五郎と清助をおどした者が艪を漕《こ》げると言っている。三名ほどで鐘ヶ淵まで行って船底に穴をあけて屋根船を沈め、ちかくの岸へ泳ぐ。

「……四宿の周辺には木賃宿《きちんやど》（安宿）が多い。本所深川も、亀戸天神《かめいどてんじん》周辺や、竪《たて》川や小名木川のさき、木場のはずれあたりにある」

たいがいは、夫婦《めおと》とか親子といった身内だけでやっている。床をのべたり、たたんだりするのは客がやる。食べるのは囲炉裏《いろり》ばたで宿の嬶《かかあ》が器によそう。飯と汁に香の物がせいぜいである。膳もない。

客は、お遍路《へんろ》や旅商い、食いつめ浪人、裏街道の凶状持《きょうじょうもち》などだ。

「……なかには盗人宿になってるところもある。ところが、盗人宿は木賃宿ばかりとはかぎらねえんだ。古着や小間物といった旅商いが多く出入りする店《たな》、人宿《ひとやど》（奉公人の斡旋《あっせん》仲介業）が盗人宿だったたってのもある。厄介《やっけえ》なんだが、地道にあたっていくしかねえ」

松吉が漕ぐ屋根船は水面《みなも》をすべるようにすすみ、吾妻橋《あずま》も背にしていた。

河口から吾妻橋までが大川、吾妻橋から鐘ヶ淵あたりまでが隅田川、その上流は荒《あら》川になる。

しかし、浅草の者は神田川から山谷堀あたりまでを浅草川と呼び、対岸の向島《むこうじま》の者は源森《げんもり》川から鐘ヶ淵あたりまでを宮戸《みやと》川と呼んだようだ。

やがて、船足がにぶり、松吉が向島の川岸によせた。

喜平次が、中腰になって舳の障子をあけた。刀を手にして舳にでる。覚山は、艫へ行って草履《ぞうり》をとってもどった。

弥助も舳にでてきた。

喜平次が言った。

「右が新綾瀬川で、左が荒川。まじわるところが鐘ヶ淵だ」

喜平次がふりかえった。

「松吉」

「へい」

「綾瀬川にへえってくんな」

「わかりやした」

棹を立てていた松吉が、艪をにぎった。

新綾瀬川のなかへ一町（約一〇九メートル）あまりはいったところで、喜平次がここいらでいいと言った。

松吉が岸へよせて棹をたてる。

一町四方余の池のようになっている。おそらく、かつての綾瀬川の河口ははるかにひろかった。おおきくまがっている荒川が、流れのそとにあたる綾瀬川河口に土砂を積みあげせばめていった。出口が狭くなった綾瀬川は川底を掘って流れた。

覚山は、その推測を述べた。

喜平次がうなずく。

「たぶんな。流れが川底をえぐる。だからだろうが、ここいらから山谷堀あたりまでは寄洲《よりす》がおおい。ところで、船縁の障子をあけ、本所深川よりをやってきたろう」

覚山は、わずかに眉をよせた。

「達磨屋の件は柴田どのが掛。一味がうごきを見張っているやもしれぬゆえ、あえて見せた」

喜平次がほほえむ。

「八丁堀の着流し黒羽織は遠くからでもわかる。その八丁堀と、羽織袴に総髪がいっしょにいれば、おいらとおめえさんってことになる。おいらは、千両箱をはこんだ屋根船はこのあたりに沈められているにちげえねえって考《かんげ》えてる。どっかで見張ってるんなら、おいらが疑ってることを教える。奴らがあわてれば、どじを踏むかもしれねえ。ほかにも、いま、駿介とやってることがある。船にのってるおいらとおめえさんを見るかもしれねえ。……松吉」

「へい」

「木母寺《もくぼじ》でひと休みだ」

「かしこまりやした」

松吉が、ゆっくりと舳をめぐらせる。

そのまま舳に立っていた。

鐘ヶ淵から六町（約六五四メートル）ほど下流の向島岸がおおきな船入のようになっている。その奥に梅若《うめわか》伝説で知られる木母寺がある。

桟橋に屋根船をつけた松吉に、喜平次が言った。

「松吉、おめえもついてきな。団子を食わせてやる」

「ありがとうございやす。馳走《ごち》になりやす」

覚山は、喜平次につづいて桟橋におりた。弥助がつづく。屋根船を桟橋に舫った松吉が追ってきた。

出茶屋で団子を食して茶を喫し、帰路についた。

三

翌十六日。

湯屋からの帰りに、雲ひとつない澄みわたった青空が眼にとまった。

雨の季節もなかばなのに雨がすくない。雨のめぐみがなければ不作になる。困るのは百姓ばかりではない。

居間縁側の簾障子を左右にあけ、膝をおってぼんやり空をながめていると、よねがもどった。

たきが盆に茶碗をのせて居間にはいってきた。膝をおって茶碗をおくたきのしぐさに、覚山は、ふと、そうかもうてつはいないんだなと思った。よねが想いだして悲しむであろうから口にはしない。

中食のおり、よねが朝稽古の弟子から聞いた火事跡のようすを話した。

弟子は門前山本町裏通りの路地に住んでいて、火事見舞に行ったおりに会っていると言われたが覚山は憶えてなかった。それを告げると、よねはなぜかうれしげであった。

達磨屋は空き地のままだが、両隣と裏通りまでは普請がはじまっているという。路地に住んでいた芸者たちは、座敷用の着物をもちだした。すべてではない。いまはみな、それぞれの置屋に身をよせている。

着物でも、簪《かんざし》でも、よければ貸すから遠慮しないでねと言うと、弟子は涙をうかべて頭をさげた。

燃えてしまったのならそろえてあげようと言ってくれる客がいる。見返りをもとめてと思ったほうがよい。あとで機嫌をそこねたくないなら、借金して購《あがな》うしかない。

火事だからしかたないことなんですけど、とよねがあきらめ口調でつぶやいた。

昼になり、白い綿雲が浮かぶようになった。

夕陽が相模《さがみ》の空を薄紅色に染めだすと、吹く夕風にいくらか湿り気があった。

陽が沈むまえに簾障子はしめて蚊《か》遣《や》りを焚《た》く。よねとむかいあって夕餉を食し、暮六ツ（七時）の鐘のあと、見まわりにでた。

入堀通りにでて堀留へむかう。

東の空には宵が深まるほどに輝きをますまるい月がある。

昨夜が満月だった。

入堀通りは、いつものごとく華やかで賑《にぎ》やかであった。挨拶をしてくる船頭や駕籠《かご》舁《かき》に、うなずき、ほほえむ。

名無し橋をすぎたところで、覚山はかすかに眼をほそめた。

門前山本町入堀通りかどの柳そばに、着流しで立つ二本差しのうしろ姿がある。両足を肩幅の自然体《じねんたい》にひろげている。

覚山は、堀留をおおきくまわり、山本町入堀通りに躰をむけた。

「卒爾《そつじ》ながら」

覚山は、立ちどまった。

四十代なかば。痩身《そうしん》。五尺七寸（約一七一センチメートル）のおのれよりわずかに背が低い。

「なにか」

痩身が一揖《いちゆう》した。

「九頭竜《くずりゅう》覚山どのにござりますな」

「いかにも。そこもとは」

「河井玄隆《かわいげんりゅう》と申しまする。それがしのことはごぞんじかと」

為助《ためすけ》一家の用心棒だ。

「承知いたしておりまする」

「いちどお眼にかかりたくぞんじておりました。おひきとめし、ご無礼つかまつりました」

かるく低頭した玄隆が、大通りのまんなかまででて、永代寺のほうへ去っていった。覚山は、躰をめぐらせながら眼で追った。

足はこびからも、かなり遣《つか》えるのがわかる。ひきしまった躰は修行をおこたっていないのをしめしている。

覚山は、見まわりにもどり、万松亭《ばんしようてい》で小田原提灯を借りて住まいに帰った。

羽織と袴《はかま》を脱ぎ、腰をおとしてあぐらをかく。

箪笥《たんす》のうえに羽織と袴をおいたよねに言う。

「およね」

「あい」

「まいれ」

うつむきかげんのよねがしずしずとちかよってきた。

手をにぎり、脚に腕をまわし、膝にすわらせて横抱きにした。甘美な香りと肌のやわらかさに、胯間の一物がたちまちいきりたつ。

たわけと心で叱《しか》りつけ、脳裡《のうり》では、いまだ半年にもなりませぬ、父上、なにとぞご容赦を、と詫び、よねの唇を吸った。

身八口《みやつくち》から手をしのばせて乳房を愛撫《あいぶ》し、乳首をしゃぶれぬので唇をむさぼる。

躰をほてらせたよねが吐息をもらして左肩に頬をあずけた。いとおしさが胸いっぱいにふくらみ、色欲が胯間で張り裂けんとす。

——こらえろ。これも鍛錬《たんれん》。

内心でつぶやく。

いつしか、雨になっていた。

雨は、しだいに音をたて、ふいに雷鳴がとどろいた。

よねがすがりついてきた。

覚山は、案ずるなと言い、抱く腕に力をこめた。

雨はなお激しくなった。夜五ツ（八時四十分）の鐘も雨音に消されがちであった。

足駄《あしだ》（高下駄《げた》）をはいた覚山は、格子戸をあけて大粒の雨に蛇の目傘をひろげた。

左手に蛇の目傘、右手に小田原提灯。

入堀通りには常夜灯がある。しかし、雨があまりにはげしいので、小田原提灯をさげたままで見まわりをした。すこしの雨なら川岸にいる船頭や駕籠舁も軒下に雨をよけていた。

蛇の目傘に打ちつける雨の飛沫《しぶき》が、羽織と袴をぬらした。

住まいにもどった覚山は、戸口の土間で羽織と袴をぬいだ。すすぎをもってきたよねが足のよごれを洗い、手拭でふいた。

深更まで、雷神の怒りがよねを震えさせた。

暁七ツ（三時二十分）からなおすこしまどろんでから床をはなれ、窓の雨戸をあけた。

白みはじめている東の空を、雨の糸がかすませていた。

寝巻をきがえて居間へ行き、雨戸をあけた。庭に水溜りができていた。雨の日は長吉の稽古を休む。それでも、覚山は、ぬれている濡れ縁から沓脱石の下駄をつっかけ、庭のくぐり戸の閂《かんぬき》をはずした。

湯屋への路地も裏通りも、そこかしこに水溜りがあった。空はよごれた綿色の雲におおわれていたが、湯屋からの帰りには雲間に青さがのぞいていた。

青空がひろがっていって陽が射し、よねがもどってきた。

昼まえに三吉がきた。夕七ツ（四時四十分）すぎに柴田喜平次がおとずれるとのことであった。覚山は、承知して三吉を帰し、よねに告げた。

夕七ツの鐘からすこしして、柴田喜平次と弥助がきた。

覚山は、ふたりを客間にしょうじいれた。

よねとたきが食膳をはこんできた。たきが弥助のぶんをとりにもどり、よねが喜平次から順に酌をした。

簾障子がしめられ、よねが去っていった。

喜平次が言った。

「まずは南新網町から盗人一味と千両箱をはこんだであろう船頭の件からだ。たぶんまちげえねえ奴がうかんできた」

本所石原町《いしわらちょう》には幅五間（約九メートル）ほどの入堀がある。

大川ぞいに架かる橋が石原橋。江戸の橋はどれもなだらかに盛り土がされて川岸からつきだし、そのうえにまるみをおびた橋が架けられる。川が荷をはこぶための水路だからだ。

石原橋は、長さが四間（約七・二メートル）、幅が二間（約三・六メートル）。堀留まではほぼ二町（約二一八メートル）。

堀留とその両岸は桟橋になっていて、石原町だけでなくちかくに住む屋根船持ちや猪牙舟持ち、荷船持ちなどが船を舫っている。

石原町の裏店に住む屋根船持ちの船頭の定吉《さだきち》が、仲夏五月朔日《ついたち》にでかけたきり帰っていない。

四十二歳。女房が三十八歳。一女一男の子がある。娘はすでに嫁ぎ、倅は柳橋の船宿に見習で住みこんでいる。

女房のてうによれば、先月のなかばごろに、定吉がひと月ほど留守にするかもしれないと言った。人と荷をのせて、下総《しもうさ》から常陸《ひたち》へ行き、鹿島神宮《かしまじんぐう》へお詣《まい》りしてもどる。前渡しで二両、後払いで二両。

月末ちかくに二両わたされた。朔日の昼を食べてしばらくして、心配するなと言ってでかけた。

「……まえにもいちど、ひと月あまり留守にしたことがあったそうだ。女房のてうは、来月になればもどってくるとまるでうたがってなかった。虱潰《しらみつぶ》しにあたったおかげでうかんだ。じっさいに商売《しょうべえ》の旅にやとわれたのもありえなくはねえが、朔日からってことを考《かんげ》えるとまちげえあるめえ。それとな、行徳川から江戸川にでれば、川をさかのぼるための棹がつかえる人足がやとえるらしい。けど、盗人一味はやといはすめえよ」

覚山はうなずいた。

「そう思いまする。かかわる者がおおくなれば、それだけ露顕《ろけん》しやすくなりまする。一味には、艪をあつかえる者がおりますれば、あえてやとわずともすむかと。船頭の常五郎と清助もしかりでありますが、足跡をのこすことですでに逃げたと思わせんとしているのではありますまいか」

「ああ、まちげえあるめえ。四宿の改め処がなくなり、お船番所の改めもゆるくなるのを待っている。それも、奴らを誘いだす策《て》ではあるんだが、万が一ってことがある。もうひとつ。昨日《さくじつ》は臨時廻りにおたのみして向島の達磨屋の寮へ行った。ふじがなんで身投げしたんかわかったよ」

「お聞かせ願いまする」

喜平次が、諸白《もろはく》を注いで喉をうるおし、語った。

八丁堀から向島までは一里半（約六キロメートル）ほど。夏の昼なら半刻（一時間十分）あまりだ。

深川の大店両替屋である達磨屋の寮は、桜餅で知られる長命寺《ちょうめいじ》にちかい須崎村《すさきむら》にある。竹屋《たけや》ノ渡《わたし》からも一町半（約一六四メートル）ほどだ。

喜平次は、手先三名を小径《こみち》に待たせ、弥助をともなって枝折戸《しおりど》をあけた。

弥助が、戸口の格子戸をあけておとないをいれた。

でてきた女中が、戸口のそとにたたずむ御番所役人の姿に息をのみ、あわてたようすで膝をおった。

弥助が言った。

——ご内儀に話がある。とりついでもらいてえ。

——は、はい。すぐに。

低頭して腰をあげた女中がふり返って去っていった。

喜平次は土間にはいった。弥助がわきによる。

顔をこわばらせた銀杏《いちょう》屋内儀のしげがでてきた。ふじの叔母である。

膝をおり、やや顔をうつむける。

——しげと申します。

喜平次はやさしく言った。

——おはなのようすはどうだい。

しげが、眼をとじて唇をひきむすび、さらにうつむく。膝におかれた両手に、涙がおちた。

——ありがとうございます。

――おいらは、北御番所定町廻りの柴田って者《もん》だ。実家《さと》の達磨屋が押込み強盗にへえられた件で、おふじの身投げまでとりざたされるかもしれねえ。この弥助と表にいるふたりをつけるから、話がすむまで、おはなには長命寺へ行って桜餅でも食べててもらえねえかな。土手したには汁粉の見世なんかもある。なろうことなら、おはなから話を訊くようなことはしたくねえんだ。それと、おふじのこともそっとしておきてえ。だから、正直に話してもらえねえか。

――はい、ほんとうにありがとうございます。したくをさせますので、お待ちください。

低頭したしげが腰をあげた。

喜平次は、弥助をうながして格子戸のそとで待った。

すこしして、しげとはながでてきた。はなは、蒼白く、十四歳とは思えぬほど頬がこけ、やつれていた。

しげが、沓脱石から土間におりて娘に手をかした。

敷居をまたいででてきたしげのうしろを、はなが隠れるようについてくる。

しげが弥助にふかぶかと低頭した。

――親分、よろしくお願いします。

――わかりやした。

ふり返ったしげがはなをうながす。

ゆっくりと枝折戸へむかう弥助に三歩ほどあけてはながついていく。待っている手先のひとりが、枝折戸をあけた。弥助につづいてはなが小径にでた。枝折戸をしめた手先ともうひとりがあいだをおいてはなのうしろについた。

見送っていたしげが顔をめぐらせた。

――お役人さま、どうぞ。ただいますすぎをご用意いたします。

――すまねえな。

土間にはいったしげが、沓脱石から廊下にあがるまで待って、喜平次は敷居をまたいで格子戸をしめ、上り框に腰かけた。

女中がきて足を洗い、手拭でふいた。おった手拭をかけたすすぎの手盥《てだらい》を沓脱石にのこして廊下にあがり、客間に案内した。

喜平次はしめされた上座で膝をおった。

廊下も南向きの縁側も簾障子だ。やわらかな朝陽が簾の隙間《すきま》から斜めに射しこみ、そよ風が草木のかぐわしさをもたらした。

声がかけられ、廊下の簾障子をあけてしげがはいってきた。わずかに斜めまえで膝をおり、脇においた盆から茶托をとっておき、茶碗をのせた。盆はうしろに隠した。

喜平次は言った。

――さっそくだが、おふじが嫁ぐはずだった日本橋の両替屋が腹をたててることは知ってる。表沙汰にしたくねえからほんとのことを知っておきてえんだ。これから話すことを誰がしゃべったかなんて穿鑿《せんさく》しねえでもらいてえ。いいな。

――かしこまりました。

――あの日の昼、毎日《めえにち》くる豆腐売りが、下働きの女中に、入船町《いりふねちょう》の裏長屋に住む阿《あ》部《べ》父子《おやこ》が切腹したことを話した。それを、おふじとおはなは部屋のなかで聞いていたんじゃねえかとおいらは考《かんげ》えてる。

――はい。仰せのとおりにございます。

〝入船町の裏長屋に住む浪人父子〟という豆腐売りの声が聞こえたとたんに、ふじとはなは顔を見あわせた。〝腹を切って騒ぎになっている〟でふじが蒼ざめた。はなも頬が鳥肌だつのがわかった。

ふじは、肩をおとし、眼もおとし、まばたきすらしなかった。そんなふじを、はなは声をかけられずに見つめているしかなかった。

しばらくして、ふじが〝勝太郎さま〟とつぶやいた。それからさらにしばらくして、〝帰るね〟と言った。

〝勝太郎さま〟のことはふたりだけの内緒事だった。

――……ですから、おふじが沈んだようすだなとは思いましたが、嫁ぐまえにふいに不安におそわれたりすることはわたしも憶えがありますので気にとめませんでした。

――おふじと勝太郎とのあいだになにがあったんだ。

――申しあげます。

ふじの身投げを知ったはながひどくとりみだした。まるでみずからのせいであるかのような嘆きようであった。姉のように慕っていた。そのせいであろうとはじめのうちは思った。

黙ってぼんやりしていて、ふいに涙をうかべる。食も細るいっぽうであった。

それで夫と相談し、実家《さと》の許しをえて、しばらく寮ですごすことにしたのだった。

寮に移って十日ほどたった日の昼すぎ、はなが話したいことがあると言った。数日、なにか口にしかけては思いとどまっているようすに、しげは気づいていた。

――誰にもけっして言わないってお姉さんに誓ったんだけど。

口ごもるはなへおだやかな眼差をむけ、しげは待った。

――おふじ姉さんは勝太郎さまをお慕いしていました。

――勝太郎さまって、誰のこと。どうしておふじが。どういうことなの。

去年の秋のことだった。

女中が迎えにきて店《たな》から大通りにでたところで、ふじは若侍とぶつかってしまった。

若侍は、左腕に風呂敷でくるんだ傘の束をかかえていた。

ころびそうになったふじの二の腕を若侍がさっとつかんでくれた。おかげで、ふじはころばずにすんだ。

若侍が、手を離して、詫びた。

――すまぬことをした。けがはないか。

ふじは、顔をふせ首をふった。

――それがし、川むこう入船町仁兵衛《じんべえ》長屋の阿部勝太郎と申す。もし、けがなり、あとで痛むところなりがあれば使いをよこしてもらえぬか。詫びにまいる。まことに、すまぬことをした。許せ。

阿部勝太郎は、両足をそろえて深く低頭して、よこをとおりすぎていった。

ふじが顔をふせたままで眼をむけると、勝太郎が銀杏屋の暖簾をわけてはいっていくところだった。

ぼんやりしていた。あいてもそうだったかもしれないが、でも、さきに詫びてくれた。ころびそうなのも、腕をつかんでささえてくれた。

物心ついてから初めて男の人に触れた。しかも、腋したのうちがわをにぎられた。ふじは頰を染めた。

夜、部屋でひとりになってから、勝太郎のことを想いだそうとした。背が高く、ほっそりとしていて、とても凜々《りり》しい声だった。

——恥ずかしがってないで、お顔をよく見ておけばよかった。

そう思っただけで、胸がきゅんとなった。

祝言をあげるあいてが決まっている。でも、そのことは考えたくないとふじは思った。それから、よく銀杏屋へ行くようになった。また会えるかもしれないと思ったからだ。じっさいに、顔をあわせることがあった。それだけで、ふじは心がときめいた。だけど、勝太郎はふじのことを憶えていないようであった。

ものたりなく、悲しかった。でも、お顔を見ることができるだけでもいい、とおのれをなぐさめた。

仲良しのはないには、誰にも言わないと誓わせて気持ちを告げた。

――わたしに話してからは、気煩《きわずら》いもすこしずつよくなっておりました。ですが、あの火事で、おはなはまたふさぎこんでしまいました。誓ったのに、誰にも言わないって誓ったのにと泣いてばかりおりました。そのたびに、わたしはおはなのせいではないと言いつづけました。このごろ、ようやく、おちつきをとりもどしてきておりました。

――そうかい。すまねえことをしたな。てえげえのところはわかった。おはなを苦しめたくねえ。おふじのことができねえようできるだけやってみる。

――お礼の申しあげようもございません。このとおりにございます。

いしげが畳に両手をついてふかぶかと低頭した。ぽたぽたと落ちる涙が、畳をぬらした。

――見送らなくていい。

喜平次は、脇の刀をとって立ちあがり、客間をでて戸口にむかい、沓脱石の雪駄《せった》をはいた。

はなは、長命寺境内《けいだい》にある出茶屋の緋《ひ》毛氈《もうせん》をしいた腰掛台かどにすわっていた。ちょうど木陰になっている。いっぽうのかどにいた弥助が立ちあがった。気づいたはなが腰をあげる。

不安げな表情だ。

喜平次はほほえんだ。

――終わったよ。送っていくから帰《けえ》ろうか。

はながこくりとうなずいた。

喜平次はゆっくりと歩いた。三歩ほどうしろをはながつづき、そのうしろに弥助と手先三名がいる。

寮の枝折戸のところで、喜平次はふり返った。

――おはな、聞いてくんな。いいかい、おはなはわるくねえ、なにひとつとしてな。おはなはおふじのことをよく知ってるだろう。おふじは、あの世で阿部勝太郎に会って、気持ちをつたえたのかな。

はながうつむいたまま小首をかしげた。

――男ってのはな、そういうことになると、まさかと思うかもしれねえが、鈍《どん》なんだ。つまり、気づかねえのよ。勝太郎がそうだったろう。だから、おはながお祈りして、ちゃんと教えてあげねえとだめよっておふじに言ってやんな。

はなが、ちらっと眼をあげてはにかみ、うなずいてそのまま顔をふせた。

「……というしでえなんだ。ふじの片思いだったたってわけよ」

「であるがゆえに、あの世で添い遂げんとした」

「ああ。雨のなかを帰《けえ》る。富岡八幡宮《とみがおかはちまんぐう》の鳥居を見て、冥福《めえふく》を祈りたくなった。参道から境内《けえだい》、本殿の賽銭箱のまえで手を合わせて祈る。そのどっかで、おのれも死のうと思ったんじゃねえかな。あの世で会えねえなんてことがねえようにちかくでと蓬萊橋《ほうらい》へむかった。さて、そろそろ暮六ツ（七時）だ」

覚山は、ふたりを戸口で見送った。

あたりはすっかり日暮れのけはいであった。ほどなく、暮六ツの鐘が鳴りだした。

四

季節が梅雨《つゆ》らしくなり、雨がふったりやんだりの日がつづいた。

二十四日も、薄墨色の雲が空をおおいつくした夜明けだった。

長吉の稽古をはじめたところで、雨がおちてきた。小雨なので、おった手拭で額に鉢巻《はちまき》をさせて稽古をつづけた。

鉢巻は汗止めともいう。汗や雨粒が眉や睫《まつげ》に流れるのをふせぐ。

湯屋の行き帰りも雨がふっていた。

それからしばらくして雨はやんだが、空は曇ったままであった。

昼まえに三吉がきた。夕七ツ（四時四十分）すぎに笹竹へきてほしいがながくなるのでそのつもりでとのことであった。

覚山は、承知し、よねに告げた。

夕七ツの捨て鐘で住まいをでた覚山は、万松亭へよって長兵衛《ちょうべえ》に暮六ツ（七時）の見まわりはまにあわぬかもしれぬ理由《わけ》を話して、霧雨に蛇の目傘をひろげた。

笹竹の暖簾をわけると、奥の六畳間に柴田喜平次と弥助がいた。

首をかしげる辞儀をした女将のきよが、ちらっと足もとを見てから眼をあげ、ほほえんだ。

水溜りののこる通りは朝からの雨で埃《ほこり》がおさえられていた。さらに、草履ではなく足駄できたので、足はよごれていない。

刀と八角棒とを腰からはずした覚山は、六畳間にあがり、壁を背にして膝をおった。

すぐに食膳がはこばれ、酌をしたきよが、土間におりて障子をしめた。

喜平次が言った。

「一味をのこらずお縄にした」

覚山は眼をみひらいた。

喜平次がほほえむ。

「芸者を刺しちまった匕首野郎は、おいらたちが考《かんげ》えたとおりひでの弟で名を忠吉《ちゅうきち》という。おめえさんには黙ってたが、駿介《しゅんすけ》の手先がそれらしき奴を見かけて見失い、手分けして追っていた。順をおって話す」

駿介は、芸者玉次がまきぞえで疵《きず》つけられたことに怒っていた。とくに、玉次をつきとばして逃げた三人組にだ。

なんとしても見つけろ、見つけた者には褒美《ほうび》をやる、と手先らを鼓舞《こぶ》した。

手先らは、はりきった。ほかの十手持ちや手先らにも、礼をはずむ、いただいた褒美を山分けにすると声をかけた。

褒美だというからには銭はありえない。銀か金だ。それよりも、南御番所定町廻りから手札《てふだ》（おのが御用聞きであることの私的証明書）をいただけるかもしれないのだ。

十手持ちや手先は、悪党どもがあらわれるところをこころえている。四宿、吉原《よしわら》、岡場所、裏通りや路地の縄暖簾、安宿の周辺などだ。

それらしき報せがもたらされるようになったが、すべてはずれであった。

仲夏五月にはいると、しだいに報せがすくなくなった。すぐに見つかると思っていたほかの十手持ちらがさがすのをやめた。見つけたら褒美がもらえるが、そのあいだの手当がでるわけではない。

十四日の昼、手先のひとりが、横《よこ》川の東岸を北へ歩いていた。東の横十間川へそそぐ北割下水《きたわりげすい》から一町（約一〇九メートル）ほどで、道は直角に西へおれて川岸にでる。

川沿いの道にでてすこしして、横道から長着の男があらわれ、業平《なりひら》橋をのぼっていった。

店者《たなもの》のようすではなかった。長着だから職人でもない。それが手先の注意をひいた。

業平橋まで四町（約四三六メートル）たらず。

橋をわたった男が、躰をこちらへむけた。

しだいにちかづいてくる。襟《えり》がはだけぎみで、あきらかに堅気ではない。やや細身で、背丈はおおよそ五尺六寸（約一六八センチメートル）。さがしている男に似ていると手先は思った。

男が中之郷横川町《なかのごうよこかわちょう》の横道におれた。手先は走った。中之郷横川町は奥行がみじかい。横道に顔をむけると、すでに男の姿はなかった。

手先は、力いっぱい駆けた。業平橋をわたって、横道から表通りにでたが、男は消えていた。

横道を走り、あたりを駆けまわったが男を見つけることができなかった。

詫びる手先を、駿介は褒《ほ》めた。嘆息や非難は萎縮させるだけだ。

その夜、八丁堀の居酒屋で、喜平次、駿介、弥助、仙次の四名で会った。

金次の母もと殺しと玉次への刃傷は駿介の掛《かかり》である。いっぽうで、ひで殺しから達磨屋の押込み強盗付け火までは喜平次の掛である。

まずは、男がどこへ行こうとしていたのかを考えた。

業平橋をわたってまっすぐ行けば吾妻橋への近道だが、つきあたりの丁《てい》字路てまえに自身番屋がある。しかし、中之郷横川町の表通りをすぐに西へおれて、横道や裏通りなどをぬって行けば、吾妻橋まで自身番屋や辻番所をさけることができる。

では、吾妻橋をわたってどこへ行った。吉原か。いや。逃げ道がない。上野《うえの》山下《やました》の岡場所。おそらくはそこだ。

喜平次と駿介は、吾妻橋東岸たもとに片側ずつ据え屋台と手先二名を配することにした。

男が業平橋まえにでてきた横道の奥には北十間川《きたじつけん》がある。北十間川から横十間川へおれて七町（約七六三メートル）ほど行けば天神橋《てんじん》があり、そのあたりは亀戸《かめいど》天神の門前町で、周辺に木賃宿がちらばっている。亀戸天神周辺には、双方とも手先であるのを隠して探索にあたる者らを行かせることにした。

翌日朝のうちに据え屋台をおいた。しかし、それらしき男はなかなかあらわれなかった。

浅草へわたるには吾妻橋だけではない。上流へ行けば山谷堀へわたる竹屋ノ渡が、下流には竹町《たけちよう》ノ渡、御厩河岸《おうまやがし》ノ渡がある。迷いは禁物であり、求められるは根気だ。喜平次も駿介も、それをこころえている手先をえらんだ。

そして、十九日の昼、中之郷竹町と大名家下屋敷とのかどから男がでてきた。業平橋で見かけた手先が、上流のたもとにいる喜平次の手先に合図した。吾妻橋をのぼっていく男を、じゅうぶんにあいだをおいて喜平次の手先が尾《つ》けた。

業平橋の手先は、駿介のもとへむかった。

駿介からの報せをうけた喜平次は、ひとりに手先らを呼びに行かせ、北本所表町《きたほんじよおもてちよう》の蕎麦屋《そば》へいそいだ。

男があらわれるとしたら竹町の通りからであろうとふんでいた。それで、ひとつ下流にある表町の川ぞいからすこしはいった蕎麦屋でおちあうことにしてあった。

駿介と仙次が一階奥の六畳間にいた。手先らは腰掛台にかけている。喜平次が六畳間の敷居に腰かけると、女中がすすぎをもってきて足を洗って手拭でふき、おなじすすぎで弥助の足も洗った。

ざる蕎麦がはこばれてきた。そろうまで待たずに食べる。手先らの腰掛台にもざる蕎麦がはこばれた。ほかの手先らもやってきた。

蕎麦を食べ、茶を喫し、待った。

吾妻橋の据え屋台は、もどってきた男がいぶかしむことがないように手先をふたりずつにしている。

夕七ツ（四時四十分）の鐘が鳴り、小半刻（三十五分）ほどがすぎた。

暖簾をわけて、男を尾けた手先がはいってきた。

六畳間のまえで低頭する。

――柴田の旦那、奴がもどってめえりやす。

――行ったんはどこだ。

——下谷広小路《したやひろこうじ》うら上野町《うえのまち》で女を買いやした。水茶屋ふうになってて、女と二階《にけえ》へ行くようでやす。構えからして、あのあたりでは高《たけ》えほうだと思いやす。野郎がでてきて、おなじ道をもどりだしたんで、さきまわりしてお報せにめえりやした。

——よくやった。おめえも蕎麦を食いな。

——へい。ありがとうございやす。

喜平次は、腰をあげて土間におりた。

——食いながらでいいから耳を貸しな。追ってる奴とまだ決まったわけじゃねえ。ちがうかもしれねえがそれでもいい。けっして捕り逃がしちゃあならねえぞ。てくばりどおり、気合をいれてかかりな、いいな。

——へい。

手先らがこたえた。

塒《ねぐら》をつきとめる。それからお縄にする。しかし、尾けているのに気づかれたら、すぐさまお縄にする。

しばらくして、据え屋台にいる手先のひとりがきた。

——奴が竹町の横道にへえりやした。

喜平次は、六畳間の敷居から腰をあげた。

――よし、かかりな。

三筋《みすじ》にわけて男をかこむ。源森川両岸は仙次組、弥助組は横川の法恩寺《ほうおんじ》橋、男を尾ける手先らのさらに背後をそれぞれ手先ふたりをしたがえて喜平次と駿介がすすむ。

日暮れがしのびよりつつあった。

夕陽は相模のかなただ。

男がかどをまがるたびに、手先のひとりが駆けて報せにくる。業平橋をわたった男が、そのまま北十間川のほうへ行く。法恩寺橋をわたらずにひかえている弥助組に報せが走る。

業平橋をわたると、源森川両岸をやってきた仙次組がくわわった。

北十間川の両岸は田畑《でんぱた》がひろがっている。

しかし、横十間川までのあいだに寺が八ヵ所ある。じゅうぶんに離れて寺の陰に身を隠しながらなら尾けられる。

男が、横十間川に架かる柳島《やなぎしま》橋をわたって天神橋のほうへむかった。横十間川の両岸には寺社のほかに大名家の抱屋敷がならんでいる。

法恩寺橋をわたった弥助組がまっすぐにすすめば天神橋にいたる。通りの南は武家屋敷で、北が町家だ。弥助組は法恩寺よこでひかえることになっている。

喜平次は、手先のひとりを走らせた。

ほどなく暮六ツ（七時）だ。

喜平次は駿介と相談した。駿介が、柳島町《やなぎしまちょう》の横道と裏通りとのかどにある湯屋の男湯二階はどうであろうかと言った。喜平次はうなずき、ひかえている手先を弥助組へ報せに行かせた。

柳島町の湯屋へいそいでいると、三名で前後しながら交代で尾けているひとりが駆けてきた。

男が、亀戸天神参道ちかくの一膳飯屋へはいったという。

喜平次は、駿介の考えを訊いた。

人違いということがありうる。おのれと似た者がお縄になったと知れば、姿をくらますおそれがある。塒をつきとめれば、おおよその見当がつく。騒ぎにならぬようお縄にできるかもしれない。そのほうがよくはあるまいか。

喜平次は首肯した。

門前には食の見世がいくつもある。二手にわかれて見張るように言って、報せにきた手先のほかに二名をくわえた。

湯屋の二階で待った。

暮六ツの鐘が鳴り、小半刻（二十五分）ほどがすぎた。

見張っている手先のひとりが階《きざはし》を駆けあがってきた。駿介の手先だ。

駿介が訊いた。

――なにがあった。

――へい。三人連れが、奴がいる一膳飯屋の斜めめえの縄暖簾にへえりやした。どう見たって堅気じゃありやせん。背恰好《せかっこう》も例《れえ》の三人組とおんなじでやす。

喜平次は言った。

――これでまちげえねえな。

駿介がうなずく。

――よし、四人ともお縄にする。みな、あつまれ。

亀戸天神の門前町である亀戸町《かめいどちょう》は三日ごとに見まわっている。横道や裏通りも承知している。

参道を囲むように指示をあたえ、手先らを行かせた。

喜平次と駿介もそれぞれ手先二名をしたがえて湯屋をでた。

あたりはすっかり夜の底であった。しかし、食の見世からの灯りと、満天の星があった。天神橋をわたって左へ行き、路地をすすんで山門のわきについた。

「……すこしして、奴が一膳飯屋からでてきた。縄暖簾から三人組が奴を追いかけ、囲んだ。で、おいらたちが四人を囲んだってわけよ。三人組は匕首をぬいたが、忠吉はあらがわず、すなおに縛《ばく》についた。こっちのほうが数がそろってる。三人組もすぐにお縄にした。吾妻橋までひったて、三人組と忠吉とをべつの猪牙舟にのせ、駿介が南御番所へしょっぴいた。忠吉を見つけたんはあいつの手柄だからな」

忠吉は隠すことなく吐いた。姉のひでと金次の母親もとを殺したのは三人組で相違ない。

いっぽうで、吟味方は躊躇《ちゅうちょ》することなく三人組を牢問《ろうもん》にかけて石を抱かせた。夜が明ければ帰らぬ三人組をいぶかしみ、一味は姿をくらましてしまう。

日をまたぐことなく三人組も吐いた。

やはり達磨屋を襲った強盗一味であった。本所長崎町《ながさきちょう》の質屋安房《あわ》屋も一味のしわざであった。

喜平次は北御番所の詰所にひかえていた。南御番所から報せがはいり、協議がなされ、両御番所合同での捕物をおこなうことになった。

一味がひそんでいるのは、千住《せんじゅ》大橋から荒《あら》川を六町（約六五四メートル）ほどさかのぼった南岸の枝川をはいった三河島村《みかわしまむら》の荒れ寺であった。

すでに暁八ツ（午前一時四十分）をすぎている。捕方をあつめる猶予はない。南北の宿直《とのい》の者で捕物にむかうことに決した。一味の残党は九名。南北の与力、同心、小者を合わせれば倍をこえる。

両御番所がある大名小路から三河島村の荒れ寺までおおよそ二里（約八キロメートル）。昼間であれば一刻（二時間二十分）とかからない。だが、深更で町木戸をあけさせながらである。しかも、夏の夜は一刻がみじかい（一時間四十分）。

三河島村につくころには下総の空がしらみはじめていた。

小者らは、御用提灯のほかに、刺股《さすまた》、突棒《つくぼう》、袖搦《そでがらみ》の捕物三つ道具をもち、同心は刃引した刀を腰にしていた。

荒れ寺を囲み、寝込みを襲ってのこらず捕縛し、月番であり達磨屋押込み強盗付け火の掛である北御番所へひったてた。

「……こっちにとって運がよかったんは、三人組が忠吉をさがして木賃宿を転々とし、数日おきにしか荒れ寺へもどらなかったことよ。一味の頭《かしら》は熊三郎《くまさぶろう》、四十四、身の丈五尺五寸（一六五センチメートル）、色浅黒く、眉間に二本の縦皺。ひでんとこへかよいできてた女房が見た奴にまちげえねえ。江戸へきた一味は十三名《めえ》。ひとりが忠吉に洩らしたんがばれ、長屋の火事で身代りにされた。さて、つづきはまたにしよう。二、三日のうちに報せる」

「お待ちしております。失礼いたしまする」

覚山は、脇の刀をとった。

持参した小田原提灯に火をもらった。

そとはすっかり宵のなかにあった。

翌々日の二十六日。

朝から曇っていたが、昼すぎから雨がふりだした。

夕七ツ（四時四十分）の鐘からほどなく、戸口の格子戸があけられた。

「ごめんくださいやし。弥助でございやす」

覚山は、居間から戸口へ行った。土間に柴田喜平次と弥助がいた。

喜平次がほほえんだ。

「雨んなかをすまねえが、ちょいとつきあってくんな」

「かしこまりました。しばしのお待ちを願いまする」

覚山は、ちいさく低頭して居間へもどった。

いそいできがえて羽織袴姿になり、腰に大小をさした。厨《くりや》から蛇の目傘と足駄をもってきたよねがついてくる。

「お待たせいたしました」

膝をおったよねが、身をかがめ、沓脱石に足駄をそろえた。

弥助が、格子戸をあけ、雨に番傘をひろげた。喜平次が敷居をまたいで蛇の目傘をひらく。つづいた覚山は、おなじく蛇の目傘をひろげ、うしろ手に格子戸をしめた。

喜平次が言った。

「ならんでくんな」

覚山は、うなずき、喜平次の右横にならんだ。ならぶさいは、右が下《しも》である。左の者は抜打ちができる。

「奴ら、畿内《きない》や街道筋を荒らしていた。それもおおきな城下はさけ、宿場や庄屋を襲ってた。一味は十五名《めえ》。根城は中山道《なかせんどう》との追分《おいわけ》がある草津宿《くさつじゆく》。頭の熊三郎には女房子があり、表向きは宿場で古着屋をいとなみ、街道筋から畿内にかけて担売りをやってるって寸法よ。京へ急飛脚をたてたんで、すでに店《たな》にいた者《もん》はのこらずお縄になってるはずだ」

「なるほど。江戸店があることにして、熊三郎は旅にでる。手下に眼をつけさせたところで盗みをはたらき、じっさいに江戸へきて妾のもとでしばらくすごす。それで、江戸土産などを買って草津宿へ帰る。内儀は熊三郎の正体を知らぬやもしれませぬ」

喜平次が笑みをこぼした。

「熊三郎もそう言ってる」

裏通りまで行って、入堀通りのほうへまがり、名無し橋をわたって大通りにでた。

達磨屋で奪った金子《きんす》が一万二千両弱。質屋が三百両余。多いのは高利貸をかねているからであった。

一味はそれを荒れ寺の床下に穴を掘って隠していた。

喜平次が、達磨屋だった更地に顎《あご》をしゃくった。

「金子はまだ御番所にある。だが、とり返《けえ》したってんで、親類縁者で騒動がはじまってるらしい。やっかいな公事《くじ》（訴訟《そしょう》）沙汰《ざた》になるかもしれねえ」

大通りから船入へのかどをおれる。

雨の糸に、蓬萊橋《ほうらい》が墨絵になっている。

「達磨屋おふじの身投げがすべてをむすびつけたような気がする。雨だしな、おいらも阿部父子に手を合わせたくなったんだ、つきあってくんな」

蓬萊橋にかかる。喜平次が言った。

「風が吹けば桶屋が儲かるってのがあるらしいが、知ってるかい」

「ぞんじませぬ」

「おいらも年番方のご老体《ろうてえ》に教《おせ》えてもらった。大風が吹くと、埃が舞って眼がつぶれるんで座頭がふえる。座頭は三味線で門付《かどづ》けをする。三味線をつくるには猫の皮が要る。猫がいなくなると鼠《ねずみ》がふえる。鼠は食いもんをいれてある桶を囓《かじ》る。するってえと、桶屋が儲かる」

「さながら、因果応報《いんがおうほう》。おもしろうござりまする」

喜平次が笑みをこぼす。

「さすがに学問の先生《せんせえ》だな。阿部勝太郎が腹を切り、門前小町のふじが蓬萊橋から身を投げた。なんで切腹したんかで金次がうかんできた。おめえさんが父子のことを気にかけてるんで、おいらは手先にさぐらせた。さもなきゃあ、金次は賭場がらみで殺されたでかたがつくところだった。一味の狙いがまさにそれだったからな。小町娘の身投げが、諸国を荒らしまわってた盗人一味の捕縛につながったってわけよ」

蓬萊橋をおり、大島川ぞいを瑞運寺《ずいうんじ》にむかった。

「熊三郎は、ひでに間男がいるのを知って怒り、てめえがしんそこ惚れているのに気づいた。かわいさあまって憎さ百倍。ひでと間男とを殺し、江戸で一世一代《いっせいちでえ》の盗みをはたらいて足を洗うつもりだった。質屋は、ひで殺しを押込み強盗にみせかけ、町方《まちかた》の眼を質屋のほうへむけさせるためだった」

雨にぬれた瑞運寺の境内は人影がなかった。

覚山は、蛇の目傘をとじ、喜平次とともに賽銭をたてまつって合掌した。

喜平次が、縁側に顎をしゃくった。

「そこにかけるとしよう」

覚山はうなずいた。

弥助も、賽銭箱に番傘をたてかけて賽銭をたてまつり、手を合わせて瞑目《めいもく》した。

「金次が十八か十九のころに行方をくらましたことは話したよな」

「うかがいました」

「母親のもとは、代々木村《よよぎむら》じゃなく、甲州《こうしゅう》道中府中《ふちゅう》宿の百姓の娘だった。ひでと忠吉も近在の出だ」

もとは、実家《さと》の母に孫である金次のめんどうをすがった。しかし、もとの兄、金次にとっては伯父がいい顔をせず、下僕のごとくこきつかうので、金次はとびだした。

そのとき知りあったのが忠吉だ。

忠吉とひでは、母親の連れ子だった。義理の父親がひでに色眼をつかうのでふたりで家をでた。ひでは水茶屋につとめた。しかし忠吉は、なにをやっても長続きしなかった。

そんなひでを旅の商人が囲った。熊三郎である。

「……だから、府中宿にいたころ、金次はひでに会ってねえ。ひではすでに囲い者だったからな。金次は忠吉とつるんで、ゆすりたかりなんかの悪《わる》をやってたようだ」

忠吉は、さそわれて旅にでて、熊三郎の正体を知った。

熊三郎は、ひでが姉であるのをけっしてしゃべらないよう忠吉に命じた。そのころの熊三郎には、京にも大坂にも女がいた。女の悋気《りんき》は手がつけられないのでと言っている。

金次のほうは、体面をおもんばかった伯父によびもどされた。祖母が泣いて懇願したおかげだった。ひとつにはそんな祖母のためと、仲間の忠吉がいなくなったこともあり、金次はおとなしくしていた。

去年の春、江戸へきた忠吉は金次をたずねた。母親のもとにも会った。

「……で、隅田堤《すみだづつみ》の花見でひでと金次とをひきあわせた。会ったことこそなかったが、おなじころに府中宿にいた。昔話でおおいになつかしんだ。ひでは女盛りで旦那はたまにしかこねえ。なるようになったってわけよ。熊三郎は、このめえ江戸へきたさいに、ひでのようすがちがうんに気づいた。もしやと思い、草津宿へもどってから手下をさぐりに行かせて間男を知った」

熊三郎は、畿内と東海道と中山道筋を荒らしていた。いつまでもおなじところでは顔を憶えられてお縄になりかねない。だから、山陰《さんいん》や九州《きゅうしゅう》のようすを知りたいからと、忠吉ともうひとりをむかわせた。

「……そいつが、頭が江戸に囲ってる女に間男がいる、ふたりの始末もかねて江戸ででけえはたらきをして、そのあとは山陽《さんよう》筋や山陰筋、九州を稼ぎ場にしようってなさっておられるんよ、と京で自慢げに話した。翌朝、山陰道へ行くそいつと別れた忠吉は、江戸へむかった」

江戸についた忠吉は、ひでと金次とがすでに殺されているのを知った。

仲間として盗みばたらきをしていると、おのずと親しい者ができる。忠吉は、そいつがひとりででかけるのを待った。驚くあいてに、ひでが実の姉であることを告げ、殺したのが誰かを訊いた。

門前山本町の入堀通りで襲われた三人組は、九州へむかってるはずの忠吉があらわれたことを熊三郎に報せた。

仲間に裏切り者がいる。熊三郎はひそかにさぐりはじめた。

「……三人組にもとを殺させたのも、こっちがしつこくさぐってるんで府中宿からひでと金次とのかかわりがわかるのをふせぐためだった。もとは、忠吉と会ったあとで金次に女ができたんで察したんじゃねえのかな。石原町の船頭定吉は、殺され、荒れ寺境内《けえだい》の隅に埋められてた。屋根船はやはり鐘ヶ淵だった。こんなとこかな。帰《けえ》ろうか」

覚山は腰をあげ、雨に蛇の目傘をひらいた。

蓬萊橋のいただきで立ちどまった喜平次が川しもの欄干《らんかん》によった。

覚山はならんだ。

若い命を散らしたふじに頭《こうべ》をたれ、瞑目する。

かすんだ空からおちてくる涙の糸が、江戸をぬらしていた。

あとがき

桶屋と人工知能

風が吹けば桶屋が儲かる。ＡＩ（人工知能）の研究者、学んだ者、学んでいる者にとってはおなじみの推論であろう。〝風〟から〝桶屋〟にいたるまでは第五章で述べたのでくりかえさない。

ところで、もとは〝桶屋〟ではなく〝箱屋〟であったようだ。インターネット百科事典の「ウィキペディア」にはつぎのように記載されている。

「江戸時代の浮世草子『世間学者気質《かたぎ》』巻三（無跡散人《むせきさんじん》著、明和《めいわ》五年、一七六八）が初出である。ただしここでは、〝桶〟のかわりに〝箱〟であり、〝風が吹けば箱屋が儲かる〟などの成句の形では書かれていない。また、『東海道中膝栗毛』二編下（享和三年、一八〇三）に現れるのも有名で、ここでも〝箱〟になっている」（荒崎注：表記を当方に合わせてあります）

手もとの慣用句辞典などもしらべたが、ほかに初出にかんする記述をみつけることができなかった。

「宗元寺隼人《そうげんじはやと》密命帖」シリーズの第一巻『無流心月剣』を執筆するにあたり、主人公を京から江戸まで旅させるために、東海道五十三次関連書籍数冊のほかに『東海道中膝栗毛』〈麻生磯次《あそういそじ》校注、日本古典文学大系62、岩波書店〉を読んだ。たしかに、その一一二ページから一一三ページにかけて当該箇所がある。

したがって〝箱屋〟とすべきかもしれないが、〝桶屋〟のほうがそれらしい。だからこそ〝桶屋〟になったのであろう。慣用句であり、〝箱屋〟とすると誤植だと思われかねないのでそのままにした。

初出が明和五年であれば（「国立国会図書館デジタルコレクション」でも明和五年出版となっている）、この作品の時代設定である寛政九年（一七九七）より二十九年も以前なので登場人物の知識であってもよい。作中のすべてを確認していないし、できかねるが、気になれば億劫《おっくう》がらずにたしかめるよう心がけている。

参勤交代についてもふれておかねばならない。

「外様大名は、在府一年の四月交代を原則とし、親藩・譜代大名は六月交代を原則とした」〈『徳川幕府事典』竹内誠《たけうちまこと》編、東京堂出版〉

雲州松江《うんしゅうまつえ》松平家は親藩である。ならば、参勤交代は六月のはずだが四月である。

『文化武鑑』〈石井良助《いしいりょうすけ》監修、柏書房〉では四月になっている。本家である越前福井《えちぜんふくい》の松平家も四月である。

宗元寺隼人でつかった三河《みかわ》の西尾《にしお》松平家は譜代で六月。譜代筆頭彦根《ひこね》の井伊《いい》家は五月。おなじく、姫路《ひめじ》の酒井《さかい》家も五月である。

あくまで原則であって、諸事情や願いなどによって変更されたのではないかと推測する。

もう一点。

第二章の『孫子』からの引用は、『孫子・呉子』（「中国の思想」10、村山孚《むらやままこと》・訳、徳間書店）と『孫子・呉子』（全訳「武経七書」①、守屋洋《もりやひろし》・守屋淳《あつし》・著、プレジデント社）を参照させていただいた。

本書は文庫書下ろし作品です。

|著者| 荒崎一海　1950年沖縄県生まれ。出版社勤務を経て、2005年に時代小説作家としてデビュー。著書に「闇を斬る」「宗元寺隼人密命帖」シリーズなど。たしかな考証に裏打ちされたこまやかな江戸の描写に定評がある。

蓬莱橋《ほうらいばし》雨景《うけい》　九頭竜覚山《くずりゅうかくざん》　浮世綴《うきよつづり》㈡

荒崎一海《あらさきかずみ》

講談社文庫

定価はカバーに
表示してあります

2018年8月10日第1刷発行

発行者——渡瀬昌彦
発行所——株式会社　講談社
東京都文京区音羽2-12-21　〒112-8001
電話　出版（03）5395-3510
　　　販売（03）5395-5817
　　　業務（03）5395-3615

Printed in Japan

デザイン—菊地信義
本文データ制作—講談社デジタル製作
印刷———豊国印刷株式会社
製本———株式会社国宝社

ISBN978-4-06-512561-8

講談社文庫刊行の辞

二十一世紀の到来を目睫に望みながら、われわれはいま、人類史上かつて例を見ない巨大な転換期をむかえようとしている。

世界も、日本も、激動の予兆に対する期待とおののきを内に蔵して、未知の時代に歩み入ろうとしている。このときにあたり、創業の人野間清治の「ナショナル・エデュケイター」への志を現代に甦らせようと意図して、われわれはここに古今の文芸作品はいうまでもなく、ひろく人文・社会・自然の諸科学から東西の名著を網羅する、新しい綜合文庫の発刊を決意した。

激動の転換期はまた断絶の時代である。われわれは戦後二十五年間の出版文化のありかたへの深い反省をこめて、この断絶の時代にあえて人間的な持続を求めようとする。いたずらに浮薄な商業主義のあだ花を追い求めることなく、長期にわたって良書に生命をあたえようとつとめるところにしか、今後の出版文化の真の繁栄はあり得ないと信じるからである。

同時にわれわれはこの綜合文庫の刊行を通じて、人文・社会・自然の諸科学が、結局人間の学にほかならないことを立証しようと願っている。かつて知識とは、「汝自身を知る」ことにつきていた。現代社会の瑣末な情報の氾濫のなかから、力強い知識の源泉を掘り起し、技術文明のただなかに、生きた人間の姿を復活させること。それこそわれわれの切なる希求である。

われわれは権威に盲従せず、俗流に媚びることなく、渾然一体となって日本の「草の根」をかたちづくる若く新しい世代の人々に、心をこめてこの新しい綜合文庫をおくり届けたい。それは知識の泉であるとともに感受性のふるさとであり、もっとも有機的に組織され、社会に開かれた万人のための大学をめざしている。大方の支援と協力を衷心より切望してやまない。

一九七一年七月

野間省一